陳映真全集

10

1987

1988

人間

目次

肅穆的敬意

六月十一日，我因為應一個韓國的文學研究團體之邀約，飛到了漢城。而於今舉世聞名的韓國「六一〇」學生和市民的民主運動，卻在六月十日開始。

漢城成了終日瀰漫著催淚瓦斯的城市。作為一個外國人，看別人的民主運動，總覺得是別人的內政。但韓國人民的愛國主義和民族主義，卻在我的心中留下很深的印象。

是六月十幾號的傍晚，我已記不真切。我參加了漢城著名的明洞天主教堂特別為韓國的民主舉行的大彌撒。參加聚會的信徒和市民人數，據新聞管制嚴格的次日韓國一份英文早報報導，就有一萬五千人。彌撒結束，這一萬五千個信眾和市民，都點燃預先發給的蠟燭，重重複複地唱著一條溫柔動聽的歌，流向戒備森嚴的漢城市，各自歸去。我問身邊的韓國人：「這首好聽的歌不像讚美歌……」

「不。這不是讚美歌。」韓國人說，「這是我們韓國人人人愛唱的一首歌。」

「歌裡唱著些什麼呀？」

「這首歌不斷出現的歌詞是：『我們心中最深的願望，是祖國的統一。』」

聽著那萬人齊唱溫柔地祈禱著似的歌，我的眼眶熱了……

一八六六年，美國的海盜洋艦「夏曼將軍」號，自海溯韓國大同江而上，侵入韓國。平壤監使派出使者找美國人交涉，要美國人從速離境。美國人把來使殺了，炮轟大同江沿岸。忿怒的韓國人用裝滿了火藥、硫磺的小舟，自殺性地朝夏曼號撞去。洋艦起火，美國的海賊紛紛跳河求生，豎起了白旗，韓國人把紛紛投降的美國人一個不剩地砍了頭。

不久，英勇的韓國人民也擊退了另外兩艘侵犯祖國的美國船。一八七一年，美國太平洋艦隊羅哲斯率領六艘火艦，炮轟韓國江華島。搶灘登陸的美國陸戰隊被夜間猛襲的韓國農民擊退。在韓國歷史上，稱為「辛未洋擾」。

一八六六年，法國東洋艦隊也攻打過這江華島，韓國人召集打虎的獵戶組成部隊，打退了法國陸戰隊。

這是我的友人朴君告訴我的，韓國的一段歷史。

在整個當時亞洲、非洲和拉丁美洲人民，全面對十九世紀西方帝國主義殘暴、貪婪的武力屈膝；當著當時朝鮮的「宗主國」大清帝國在一八四二年簽下恥辱的《南京條約》，韓國人民[1]獨力勝利地打退了來犯的、堅船和利炮的帝國主義。

如果一九一〇年，韓國人民當著日帝的鋒鏑為民族的獨立蜂起的「三一」運動，是韓國現代民族主義的發端，「辛未洋擾」前後韓國農民智勇擊退來犯之夷的歷史，也是韓國現代民族運動史上極為光榮的前史吧。

一九五三年，韓戰結束。韓國分成南北兩半。

在台灣，國土分斷，幾十年來，政府、人民、知識分子不但習以為常，而且朝野雙方的政治勢力，都或直接、或間接，或無心、或有意，承認甚至促使台灣和中國的分斷的永久化。但我在韓國短短的數日，卻具體感受到韓國人民對國土分斷、民族分隔所抱持的、尖銳的傷痛的心情，感觸至深。

「韓國人民是一個單一的民族。目前，我們的國家被分成兩半，是外國勢力強加於我們的。國家分斷，對韓國人民而言，是一項重大的國恥！」一個年輕的學生，在到處飄著催淚瓦斯氣味的、涼爽的漢城市裡，這樣對我說：「我們必須很快統一。否則，長此以往，韓國將永久分裂成兩個國家……我們不許可這樣的事發生。」

體制有異，生活水平不同，具體上，怎樣統一呢？我發覺我問了一個我在台灣最恥於發問的問題。

那戴著白色口罩的、年輕的學生，困難地思索著。他不是很確定地談起別的韓國學者說過的「聯邦制」、「一個國家、兩種體制」這一類的話。「具體上，我還不知道。目前，我們不能公開討論國家統一的方案。」他說，「但，不論如何，韓國一定要統一起來。」

一直到現在，我還記得他那堅毅而略為焦慮的，年輕的眼神。

「我們韓國一定要統一起來。」這樣的全民族的願望，儼然有它知性上的構成。韓國知識分子的統一論，大抵上都認為：

・韓國的分裂，是東西對峙的全球戰略要求強加於韓國民族的狀態，非韓人之所意願。

・在此「分斷構造」下，南北雙方，都為了屈從於各自所屬「陣營」的邏輯，從而民族自相敵視、自相殘殺，使民族的創意和生機無從健全發展，歪曲了自己民族的社會、文化、知識……的正常發展。

・國家分斷——只有利於韓國民眾的敵人。只有一些「外國勢力」和國內有力勢力，在祖國的分裂構造中得以獨占龐大的利益。對全韓民族，卻造成重大不利。

・韓國人民應該盡一切智力和創意，克服東西對峙的結構，在真實的、有韓國民眾作基礎的民主主義下，為了韓國民族自己的利益，使南北雙方重新自主統一起來……

這些是韓國學生、神父和文化人用不同的表達方式向我敘說的話。

有一回，在漢城市中心的街角上，在鼎沸的示威聲中，我和幾個延世大學的同學聊了起來。我說起，在台灣，有些人不但不願意民族統一，甚至主張台灣和中國永久分裂。有一個同學安靜地說：「這樣的想法，很可恥吧……」

從過了六月十五日還很涼爽的漢城，回看故鄉台灣，感覺到一九五〇年之後成為美國全球大戰略中的政治和軍事之一環的台灣，在韓國人所說的「分斷的構造」下，產生了台灣歷史所不多見的、否認和棄絕中國歷史和中國認同的中國人的存在的荒謬。這恐怕是國家長期分裂下所產生的政治、文化、社會和思想上的歪扭中的歪扭吧。

相形於早在七〇年代就開始摸索著克服「國家分斷」下民族、文化和社會的歪扭的根源，並尋求超克一切的困難，以實現祖國的民主化統一的韓國，台灣的「統一派」就不免太用功不足，太懶惰了……

懷著受到深刻啟發和教育的感激，我離開了漢城，心中激盪著對這個勇敢而光榮的民族的肅穆的敬意……

初刊一九八七年八月《中華雜誌》第二十五卷總二八九期

一九八七年八月

收入一九八八年四月人間出版社《陳映真作品集8・鳶山》

1 人間版此處有「卻」字。

國家分裂結構下的民族主義國家

「台灣結」的戰後史之分析[1]

一、前言

一九四五年日本戰敗，台灣從五十年日本帝國主義的支配下得到解放。當時的台灣人民和知識分子，無不歡欣鼓舞，感到莫大的「光榮與喜悅」[一]。一九八四年頃，台灣的輿論中開始公開出現主張台灣與中國大陸在政治、社會、文化上永久分裂的言論[二]。一九八七年，以中國的歷史、文化與政治為恥，詛咒台灣在二次大戰結束、日本戰敗後向中國復歸，直接主張台灣獨立的言論，在台灣黨外民主運動的刊物中，大量出現[三]。

主張台灣從中國獨立的政治運動，最早可以追溯到五〇年代中期廖文毅在東京的「臨時政府」。但是在相對性民主化的一九八六年以來，開始以空前的密集度，台灣分離論在台灣的言論界出現，並且起著雖然微弱，卻不能忽視的社會影響[四]。

長期以來，台灣分離論一直在台灣政治上處於被鎮壓的狀態，而沒有言論上的自由。但近兩年來，台灣分離論，已經在黨外民主化群眾運動中，無可諱言地取得了半合法的地位。這一方面使獨立地、而不是以政府的立場去分析、研究和批判台灣分離論的人，於是取得了相對的言論權，另一方面，也取得了相對的道德正當性。

這篇論文的目的，是想從亞洲的戰後史，和戰後台灣政治、經濟結構的形成過程中，去尋找在台灣的中國民族主義的滯萎、和「反(中國)民族」或「非(中國)民族」傾向的根源，並指出一九四五年以後逐步在全球範圍內形成的冷戰體系下，分裂國家的「冷戰—國家分裂」結構，對台灣在民族史和文化史上造成的重大歪扭。最後，這篇論文也企圖從世界冷戰體系的轉化、和台灣內外部政治—經濟上的轉變，提出當前國家分斷架構下，在台灣的中國民族主義的諸課題，從而摸索對國家分裂所造成的各種問題的克服之道。

二、台灣光復與亞洲的冷戰架構

冷戰和冷戰心智

一九一七年，蘇聯革命成功，世界上出現了第一個與已經發展了四百多年的世界資本主義體系完全背反的社會和經濟制度，引起當時西方資本主義列強的疑懼和憤怒，對新俄加以百般的干涉。因此，事實上，共產主義和資本主義的對立與緊張，早在一九一七年就開始了。一九四五年，二次大戰結束，共產主義與資本主義間的對抗，開始在全球的基礎上展開。一九五七年以後在土耳其、希臘、韓國、中國大陸、東南亞和歐洲各地，美蘇兩個世界性的霸權，在政治、經濟、軍事和思想、文化等廣泛的戰線上相互對立鬥爭[五]。蘇聯在從東歐、柏林、北京以迄河內的廣泛地區中，成了社會主義世界體系的盟主。而美國則成為上述社會主義陣營外的世界其他遼闊「自由世界」的領袖，以戰後美國強大的經濟和軍事力量，透過國際貨幣基金會（IMF）和國際貿易關稅同盟（GATT），在資本主義體系內取代大英帝國而取得全面的、強力的西方霸主地位。人類的歷史上，頭一次在全球範圍內，產生以美蘇兩大超強帶頭的兩大陣營的對抗，進行持續不斷的武器、軍備的競賽。一般稱這種「東西間的摩擦」為「冷戰」[六]。十四世紀西班牙的一位帝王術的學者唐・璜・馬紐埃（Don Juan Manuel），對「冷戰」與「熱戰」，做了這樣的比較：

劇烈、熾熱的戰爭，恆以雙方的死傷與和平休戰終。但冷戰的結果，則無具體的和平，對於挑起戰爭的一方，亦無榮耀可言。

Fred Halliday認為，六個世紀前的這個界定，仍然能生動地說明二次戰後核武時代的世界。對於美蘇雙方，冷戰都不曾帶來和平與榮耀。一直到今天，兩大陣營之間，誰也不曾把對方完全壓服。將近四十年來，美蘇兩個陣營之間在時而劍拔弩張，又時而相對集議[七]的過程中，在兩極對立的雙方（除了沒有真正地兩軍對仗），關係一般地是冷漠而癱瘓的；一般地充滿了相互威脅、杯葛、猜忌、封鎖和宣傳攻擊。美蘇雙方，對各自陣營中的國家施予軍事援助，甚至在第三世界挑起局部性的代理人戰爭（侵略與反侵略、革命與反革命的戰爭），相互實施經濟制裁、心理戰爭、間諜活動、文化和意識形態的戰爭。

有關冷戰形成的理論，最能表現這事實：在冷戰中，兩陣營中思想和意識形態的尖銳而廣泛的對立。對於以美國為首的世界資本主義陣營而言，社會主義，具有類似納粹．法西斯主義的獨裁、人權壓迫、恐怖和對外擴張的性質。社會主義，是一種沒有效率的經濟制度，使企業的自由發展與社會經濟的發展、繁榮成為不可能。社會主義使人民生活在恆久的物資缺乏、貧窮、特權官僚主義之中。而今日世界最大的危機，在於蘇俄共產帝國主義，無時無刻不在陰謀顛覆「自由世界」，向外擴張它那邪惡的赤色版圖。

對於蘇聯集團而言，美國和西方帝國主義的根本性質，在於它那與軍火特需工業分不開的資本主義。因此，尤其是美國，掀起戰爭、製造虛構的「蘇聯威脅論」，發展軍事工業，是保持「軍事—工業綜合體」資本主義發展的不二法門。因此，美國到處干涉他國內政，鎮壓全球各地的民族解放運動，支持親美獨裁傀儡政權，掠奪資源，成為戰後世界一切不安與危機的根源。

對兩個陣營的內部而言，資本主義和社會主義，卻有無可懷疑的「優越性」。美國的意識形態，宣傳富足、民主、自由、慷慨和友好，只有在資本主義自由社會中才有可能。蘇聯意識形態，宣傳只有社會主義才能保證經濟與階級的平等，抵抗美帝國主義，使正義、公平與真正的自由與和平得以實現。

這樣的宣傳戰爭，形成了根深柢固的「冷戰心智」(Cold War mentality)，對於兩個霸權支配下的各民族和各國家的教育、文化、經濟、社會，尤其是政治，造成了十分深遠的影響。特別是兩個陣營內部的第三世界國家，為了符合「陣營」的冷戰意識形態，嚴重歪曲了自己的經濟、政治體制和自己獨立的文化、思想和價值傳統，喪失了民族的文化、政治與經濟的主體性。

亞洲的冷戰架構

一九五〇年六月二十五日，韓戰爆發，美國和李承晚迅速鎮壓了在一九四五年以後韓國「建國準備委員會」在各地迅速發展的「人民委員會」，並以聯合國軍隊的名義出兵韓國，阻止北韓軍隊的南下，造成戰後冷戰的高潮，在整個亞太地區造成深刻的影響。

在中國方面，韓戰使美國躊躇於放棄國府、與中共修好的觀望狀態中，一變而為積極支持當時已經退守台灣的國民政府。一九五一年，美國在亞太地區，拉起了一條北自阿留申群島、經日本列島、朝鮮半島、台灣以迄菲律賓的反共「圍堵陣線」，對社會主義蘇聯和中共進行軍事、政治、經濟和文化的封鎖。

另一方面，美國在韓戰以後，比往昔更加深刻地涉入印支和其他東南亞事務，擴大美國對亞太地區任何左翼民族解放運動的鎮壓與干涉，並且積極地在亞太地區建設一個可以取代已經日薄西山的法國和英國殖民主義勢力的反共安全架構。一九五四年，法國殖民主義在越南奠邊府一役遭到致命的敗北之後，美國開始代法國而介入越南內戰。另一方面，美國分別與紐西蘭、澳洲、菲律賓、台灣簽訂軍事安全協防條約，並且組織東南亞公約組織（SEATO），在亞洲太平洋地區布置軍事基地和反共同盟網。在這些反共、安全、軍事架構中，當時駐在台灣與菲律賓的美軍，共受美國太平洋艦隊的指揮，由太平洋艦隊負責西南太平洋和整個東南亞的安全。至此，台灣已經在戰後亞太冷戰構造中，編入了美國亞太反共戰略體制中的「台灣—印支」安全體系[八]。

儘管中國內戰的形勢不斷變化，國府吃緊，企圖避免剉辱中共的民族主義從而使之完全倒向蘇俄的美國，直到韓戰爆發之前，猶曾不斷重申「台灣是中國的領土，美國無意使台灣脫離中國」[九]。韓戰勃發，美國急速地加強它在亞洲的反共、防共、安全布署。在日本，美國轉而支持戰前的財閥和戰爭系官僚，對當時的日本工會，進行政治肅清，並且在抽調美軍開赴韓國戰場之際，命令日本組成最初的七萬五千名日本自衛部隊。

為了派兵「防衛」一個美國自己在一九五〇年迭次申明為「中國領土」的台灣，杜魯門總統在韓戰爆發後的第二天，發表「台灣中立化」聲明，以「台灣的地位未定」為由，作為美國派兵「防守」台灣的藉口。一九五一年，美國大力推動西方各國與日本結束戰爭狀態，搞起「舊金山和約體系」(San Francisco Treaty System)[一〇]，使日本避開蘇聯和中共，與各交戰國家簽訂和約。

在美國的影響下[一一]，吉田首相承諾日本單獨與台灣的國民政府締結和約。在這項和約中，美國和日本悍然要脅國府承認國府的「主權」僅只限於台灣和澎湖，並且明白記明，和約的效力只限於台澎地區。換言之，戰敗國日本，對當年交戰而戰勝國政府的國民政府，否認國府對中國大陸的主權。此外，在這項和約中，為了符合美國協防台灣以封鎖共黨中國大陸的世界戰略，日本只宣布放棄從前的屬地台澎，卻拒絕言明將台澎歸還給中國。

在美國一手導演下簽訂的日本與中華民國間的和約，成為「台灣地位未定論」的「國際法的基礎」，成為截至一九七八年之前，國際間「兩個中國」論、「一中一台」論和台灣獨立論的合理化依據。於是，台灣與中國本部，先是因為國共內戰而對峙、分裂，繼則在編入美國在亞太地區的反共—安全體系之後，外來的勢力，不憚於用種種手段，企圖使這分裂永久化、固定化，甚至使台灣和中國永遠脫離[二三]。

台灣的光復

正是在這樣的戰後亞太地區的現代歷史中，台灣在一九四五年光復。一九四九年國府退守台灣，中國成為二次戰後與韓國、德國、越南同為被全球冷戰結構分裂的國家之一。

一八九五年，在中日戰爭中戰敗的清朝，把台灣和澎湖割讓給了日本。和世界其他殖民地不同的是，台灣的割讓，並不意味著全民族的淪亡於異族。陷入日本帝國主義掌握的台灣人民，當時還有一個遼闊的祖國。在日據五十年的台灣，不論是在前期的傳統主義的、農民的、帶有民間信仰色彩的抗日武裝蜂起，還是後期的、市民的、右翼的民族自決運動和左翼的民族解放運動，都高舉著中國民族主義，反抗日本在台灣的殖民地統治。

一九四五年，日本戰敗，台灣從日本殖民主義下獲得了解放。本來，這原應是台灣復歸於中國的經濟、政治、文化圈，使在日政下的台灣高高燃起的中國反帝民族主義得以獲得復權，和中國人民一八三九年鴉片戰爭以來歷經太平天國農民革命、中法戰爭、中日戰爭、戊戌政變、義和團農民反帝運動、辛亥革命、五四運動、五卅事件、北伐、抗日戰爭……後蓬勃展開的中國反帝民族主義合流，共同建設民主、自主和統一的中國，但不幸卻因國共雙方的對峙，和台灣被編入戰後冷戰二極對立的亞太地區反共—安全架構，而形成戰後四十年台灣和中國大陸本部間國土和民族的分裂，對在台灣的中國民族主義造成極大的打擊和挫折。

一九四七年，因陳儀惡政，和前近代的中國政治、文化與日本帝國主義殖民地近代化台灣社會的衝擊，爆發了不幸的「二二八事變」。以軍事鎮壓和恐怖屠殺收場的這個民眾不滿事件，對於在日本帝國主義下長期脫離中國歷史和社會經驗的部分台灣人民，造成第一次對中國民族認同的苦悶和迷惑。這苦悶和迷惑，先是受到「台灣中立論」、「台灣託管論」所棄[一三]，繼而在一九五八年美日推動「兩個中國」論和「一中一台」論的國際背景下，被台灣分離主義運動所用。

一九四五年台灣光復後，在日據時代的台灣長期從事抗日鬥爭的中國民族主義民族解放運動家，不但沒有受到褒獎與政治上的支持，反而因為抗日運動中不同性質的、真實或虛構的左翼色彩，在國共內戰和國際反共—冷戰—安全架構的歷史中遭到被殺、被監禁或流亡的命運[一四]。另一方面，日據時代與日本帝國主義協力的漢奸分子，光復後，卻沒有受到道德與法律的懲治，反而因為反共的共同政治立場和肅共的實際經驗，而得以在光復後的體制享有權力和名位。這種忠奸的顛倒，在五〇年代初希臘和土耳其的戰後史中屢見不鮮。法西斯統治下艱苦抵抗的愛國分子，在法西斯敗北、祖國解放後，被戰後親美親英的政府當作赤色分子加以殘酷肅清，而在戰時協贊法西斯蒂的奸偽分子，卻享盡權力和榮耀。但是，這樣的顛倒，對於沒有國家分裂的歷史經驗[一五]的人民而言，容易理解到國內政治和階級黨派鬥爭的實體。但對於具有特殊的殖民地歷史體驗的台灣人民，這忠奸的放膽的顛倒，對於台灣的中國民族主義，是一項重大而不易理解的打擊和摧殘。

一九五〇年，韓戰爆發，第七艦隊開始巡弋台灣海峽。這時台灣開始了對於共黨分子、民族解放分子、左翼愛國學生、教師、新聞記者和文化人進行組織性的政治肅清。五〇年代初葉的反共肅清，是世界「二極對立」構造中「自由—民主」陣營形成的副產物。那是一個從日本、韓國、一直到馬來西亞、菲律賓以迄中近東和中南美洲，在全球範圍內肅清「赤色第五縱隊」[一六]的廣泛的運動。但是在台灣，因為是彈丸小島，肅清在美國默許下，極為徹底地進行，馴至使台灣激進的、愛國主義的、民族主義的傳統為之滅絕。這一徹底的肅清運動，固然有利於「鞏固」美國「太平洋防線」中基地台灣反共純潔性，但對台灣而言，則是日據時代中長期培育出來的反帝．民族主義．愛國主義傳統的慘重摧折。戰後四十年台灣在政治上、文化上和思想上長期沒有對美、日霸權的批判觀點和民族主義的弱體化，一九五〇年代初的政治肅清，起著重要的作用。

一九四七年的「二二八」市民蜂起，戰後民族忠奸之辨的顛倒、五〇年後廣泛的民族．愛國主義者的肅清，加上配合世界冷戰意識形態框架的長期反共宣傳和教育，光復後一度高漲、旺盛的在台灣的中國民族主義和中國民族感情，遭到嚴重的摧損、打擊和歪扭。戰後很長一段時期，一直到現在吧，在台灣，主張民族主義和國家統一的人，不是被看成落伍、頑固分子，就是被看成赤色、左派分子。台灣人民的「祖國—中國」形象，也於是開始喪失了焦點，終而至於模糊和變形了。光復當初原本可以迅速地在台灣發展起來的中國的民主主義和民族主義，在一九五〇年世界和亞太地區冷戰體系的確立過程中，首度遭到嚴重的否定和打擊。

而一九五〇年以後，在「冷戰—國家分裂—反共—安全」結構下發展起來的台灣戰後資本主義，更從下部構造使得作為上部構造的台灣的中國民族主義進一步弱體化。

三、「冷戰—國家分裂」架構下的台灣戰後資本主義

從戰前繼承下來的殖民地性格

一八九五年，台灣割日，台灣遂透過編入日本帝國主義經濟圈而整編到十九世紀末年的世界資本主義體系[一七]，雖然十九世紀美、英、法、荷帝國主義侵擾台灣以前，台灣已經發展了相當的前期商業資本主義。

整編到日本帝國主義經濟圈的台灣經濟，不待說成了日本殖民主義資本主義再生產構造中的一環。五十年的殖民地統治，台灣殖民地經濟有這兩個特點：

(一)日本殖民體制一方面利用了台灣傳統的、前期商業資本主義的基盤，發展以米和糖為基本的工農業殖民地經濟支配構造，卻同時以嚴厲的壓制手段限制台灣土著商業—土地資本的發展，終日據五十年，台灣當地資本家階級，一般地弱小乏力。

(二)由於日本帝國主義在世界史的舞台上，顯示了它「早熟」與「落後」的特質，日本在台灣的殖民統治體制，以總督府中央集權主義殖民地官僚為中心，深刻地對台灣經濟施行全面的統制

與支配，從而促成殖民地台灣對日本經濟完成糖原料供給、米穀供應和南進工業化三項任務[一八]。

一九四五年台灣光復，至少在理論上，在日據時代無從成長壯大的台灣人資本階級，當可期待日本在台殖民主義產業，經由國府完成接收手續後，分發給台灣的抗日資產階級，從而發展台灣當地的民族工業，更從而強化台灣當地的民族資產階級的民族主義。然而，光復後的台灣資產階級失望了。國府把九〇%的日人遺留下來的殖民地重化工業，連同專賣體制、米糖產業、地方政治和安全體系全部接收，成為國府在台灣巨大的國家獨占資本主義的基盤。一方面，一九四五年以前原已經在日本支配體制下弱化的台灣當地商業—土地資產階級，使國府在台灣的支配沒有遭到任何地方勢力的抵制，也使國府在戰後得以輕易地全盤接收日本公營企業，也使得一九四九—一九五三年分成三階段完成的土地改革得以順利、和平地完成。此外，日據時代日本人巨大產業與台灣人零細小企業在台灣的「雙重．跛腳」殖民地經濟組成，也在某種形式上，以「國營巨大獨占資本與民間零細輕工業．中小企業」的雙重構造，移行到戰後的台灣經濟。此外，從直接承接日本殖民主義「米—糖」產業，並在戰後迅速因世界冷戰體系而向美日資本主義經濟圈形成深度依賴的戰後台灣經濟。凡此，在在都說明，台灣經濟從光復前到光復後台灣社會經濟的移轉過程中，承轉了一定的殖民地性質[一九]。這種「戰後清算」在政治、社會、經濟諸範圍中的不徹底，又是戰後台灣資本主義和資本階級缺少中國民族自立和統一的情感、力量與氣概的原因之一吧。

美援和戰後台灣的資本蓄積

從一九五一年到一九六一年，美國經由經濟和軍事援助的形式，對戰後台灣投下了十五億美元，從事能源、人力資源、教育、住宅、交通、保健等公共設施的投資和農業改革，以及為工業化創造有利條件的投資。美國透過「國際開發總署」（ＡＩＤ）駐守台灣的代表，以援助為激勵和控制、要脅的手段，認真、嚴謹地促成戰後台灣的資本主義化改造：一九五〇年以後，各種投資獎勵法規的頒布、率自由化[2]改革、促進貿易的自由化和市場的開放、控制通貨膨脹、創造有利於島內外私人企業在台灣自由發展的各項有利條件，等等[二〇]。台灣成功的農地改革，也得力於美國大量的援助資金，以及周詳的計畫與執行和追蹤。根據Jacoby的估算，在「國際開發總署」的指導、計畫和監督之下，台灣農業剩餘得以擴大。他並且估算美援使台灣當時的ＧＮＰ增長率增加了兩倍以上，而每人ＧＮＰ則增加了三至四倍，也使一九六四年台灣當時的生活水平達成時間提早了三十年！美援的另一個貢獻，是使台灣克服了貧困國家往往無計可施的外匯不足問題，使台灣得以有餘裕在發展的初階段有能力向國外購入資本財，從事經濟開發[二一]。

戰後台灣資本主義的發展，是如此地與美國在亞太地區的冷戰戰略發生密切的關聯，因此對戰後台灣國家機器和階級的形成，有獨特而顯明的影響。

國家與階級

一九五〇年，美國採取了正面支持在一九四九年從中國大陸流亡來台的、由喪失土地的地主、大資產階級、經理人才和專家、黨政官吏所組成的政府。美國撥發巨額的美援，支持了這個由單純的武力在台灣建立的政權，由美國和國府共同支用這筆美援，逐步分潤、培養了流亡來台和台灣當地的資產階級集團的企業，為國府由上而下地養成了自己的階級和社會基礎，形成難得一見的「階級和國家的顛倒生成」[三]。

大額美援和由美國亞太反共安全體制吸納的大戰略體制，使國府在台灣確立了全面的支配權力。美國對台灣的深刻介入，至少在五〇年代初，並沒有經濟野心，而毋寧是出於鞏固台灣作為「太平洋防線」的一環，為了根本剷除台灣從內部赤化的可能性，而以大量的援助進行土地、行政和經濟的改革，從而鞏固了國府的統治基礎。戰後中華民國的形成，便是這樣地與「冷戰—國土分裂—反共—安全」的亞太結構，有著極為深刻的關係。

美援資金、農復會周詳的計畫、戰後台灣地主階級的衰弱、土地改革對象土地不屬於政府官僚所有……使台灣的土地改革得以成功地完成。幾百年來作為台灣社會重要成員的地主階級基本上消失，形成由大量小自耕農構成的台灣農村社會。

國家機器這時在美援的支持下，一方面從地主手中將土地重新分配給零細佃農，輔導土地資本向工業資本轉化，一面把土地改革後大量的農業剩餘轉給工業，並且透過肥料換穀和田賦體制，平抑糧價，使台灣的工業在低米價政策下得以長期用低工資擴大資本主義的剩餘利潤，完成資本蓄積。戰後台灣資本主義和資本家階級，也是由上而下地，由國家和美援在「國家分裂－冷戰」結構中餵養長大，而有這些特性。

第一，戰後台灣國家巨大獨占資本的復活；台灣土地資本向工業資本的轉化；土地改革和農業剩餘對工業的支援；台灣民間中小企業的懷孕和誕生、成長；台灣資本主義產業發展所切需的公共設施的建設；美國援助、借款、軍事支出之以商品資本的形式在台灣的流通對台灣戰後資本積累的重大效用……在在都和一九五〇年後，美國把台灣列入「日本－台灣－越南」反共安全體系的冷戰戰略有不可切割的關聯。

第二，為了維持國家分裂狀態、鞏固和安定反共基地台灣而發展起來的台灣資本主義工業，由於整個世界冷戰態勢，自始就與中國市場的可能性，完全斷絕了關聯。在一八九五年中斷的台灣、大陸經濟關係，在一九四五年，理論上應該可以使台灣重新編入中國國民經濟圈的台灣戰後資本主義的發展，卻在國際戰略的干擾下，自始被否決了與中國經濟的連結。另一方面，在六〇年代急速發展的出口導向工業，因為六〇—七〇年代的世界資本主義體系尚有容受的餘裕，台灣的工業產品獲允在世界分工體系中占取一席之地[二三]，從而編入日本—美國資本主義經濟圈中，成為它們的加工出口碼頭和資本財補給來源，而完成了台灣「國家分裂—冷戰—依賴」性經濟的飛躍發展。

第三，在美國援助計畫的輔助下，一方面是加工出口產業的發展，另一方面是低米價政策下農村耕地的不斷的零細化和大量農村人口向城市集中，而逐漸形成人口龐大的城市工人無產階級。「國家分裂—冷戰—依賴」型發展，無論資產階級的產生和工人無產階級的產生，都與世界兩極對立下的安全體制有密切的關聯。反共—安全體制，使台灣工人階級喪失團結、爭議、交涉之權，在低工資、長勞動時間、高度勞動緊張度下，為台灣戰後資本主義創造了豐裕的剩餘，完成資本積累。

第四，如涂照彥所指出，一九四五年以後，國府照單全收了日本在台殖民地大工業和企業，成為戰後國府政權重要基盤的國家獨占企業，對台灣重要產業，實施中央集權的支配[二四]。在這一切的背後，美國的援助，無疑是使國府接收和復活日人遺留的巨大產業的重要因素。國府國家機器從而得以強化[二五]，並從而享有國家對民間資本的高度「相對自由[3]」權[二六]。

這些特點，說明戰後台灣資本主義和資產階級沒有獨立性；對於美—日霸權的新殖民主義對中國和亞太事務的干涉與支配，沒有批判的感情與認識；對於國土分裂和民族分斷，基本上承認，並且不反對其固定化和永久化。戰後台灣資本主義和資產階級，至少有相當長一段時期，它的中國民族主義立場和熱情模糊化和冷卻了。而這一切現象的政治經濟學的根源無他，端在一九五〇年達到高峰的冷戰—國家分裂結構下台灣經濟、政治與思想的歪扭了。

四、國土、民族分裂下的台灣文化

一九六九年以後，在美蘇兩個霸權基本上繼續對立的基礎上，彼此嘗試尋求一個和平共處、協商談判的架構。六〇年代末，中蘇共之間關係的龜裂，美國在越戰中遭到敗北的挫傷，使美國重新評估和調整它對中共的關係。一九七一年，美國參院通過支持中共進入聯合國以為中國「唯一合法代表」，建議台灣問題留待海峽兩岸人民尋求以和平的方式加以解決。另一項決議案甚至建議美國政府支持台灣與大陸的最終統一的目標。七二年，中共與美國簽訂《上海公報》，初次在國際文件上承認只有一個中國，而台灣是中國的一部分。七三年，福特副總統甚至表示「美國與台灣的軍事上的牽連，就是美國對中國內政的干涉」。一九八七年三月，國務卿舒茲進一步重申「一個中國」政策，並表示美國應積極「培養」海峽雙方繼續接觸的「環境」[二七]。

這些詞語和語言上的重大變化，和一九五〇年代末美國當局在「台灣地位未定」論下，公開宣稱「台灣問題是國際問題，不是中國內政問題」的修辭與邏輯相較之下，不啻天壤。

但是，雖然美國在理論上已經撤除了在東亞、東南亞地區中對中國大陸的封鎖與對抗，並且進一步以完全推翻五〇年代冷戰反中共安全體系的邏輯，與中共建立了外交關係，並恢復兩者間頻繁的關係，實際上，「圍堵」防線並未曾完全拆除[二八]。在琉球、南韓和菲律賓，美國仍然保留著相當強大的軍事基地和軍事力量。美國在東亞和亞太地區的冷戰—反共安全戰略，基本上沒有改變。但四十年來，國際政治中的「台灣問題」，確實已經發生深幅的變化。一九五〇年「第一次冷戰」的歷史，畢竟要成為過眼的雲煙。

然而，在台灣內部，執政的國府固無論矣，即連在野的反體制政黨，也在美國和中共關係解凍，美方重新把台灣問題定性為中國內政問題的時代，仍然緊緊地抱著杜勒斯、艾森豪時代的反共—反華的詞語，拚命主張台灣問題的「國際性」，呼籲在西方資本主義體系的「保護」下，建立永遠和中國本部分離的、台灣資產階級的民主共和國。

有許多反體制的分離主義文化人、文藝家和政客（politician），不斷地宣說他們對中國事務、中國歷史、中國文化甚至中國民族的難於理解的輕蔑和仇視。這種從反共狂熱延伸出來的反華、蔑華情緒，只有在五〇年代初期西方帝國主義者杜勒斯和喬治・柯爾的口中筆下才能找到。

有更多的知識分子、文化人、學術工作者，四十年來，從來不以國土的分斷與民族的離散為他們感情、道德和知識上的憂傷、羞辱和不安。四十年來，很多人從西方打折轉販各種知識和思想，夸夸乎議論於講座廟堂之上，卻從來沒有人從國家分斷的架構上，去思考台灣的社會、經濟、政治、歷史、民族和文化。四十年來，多少文藝工作者在創作上浪得名利，卻沒有人想過，作為一個中國文藝創作者，站在中國千古文化藝術的傳承和去向中，自己的作品，在民族統一之日，或民族統一之後百千年，是否尚能無愧地面對我民族優秀豐厚的傳統。我們有很多評論家、傳播工作者，四十年來，他們想過很多問題，報導過無數的現實，卻從來沒有一個人曾經開動他的想像力，想一想四十年國土和民族的分裂，為我民族生活的各方面所造成的影響。

祖國的分裂、民族的離散已經被廣泛地接受，不以為怪，當然更不以為傷痛。每一個人似乎承認了國土和民族分裂的永久化與固定化的合理性。

在國家分裂和冷戰構造下成長的戰後台灣社會和經濟，回過頭來加深了、固著了台灣與中國的分裂，從而在另一方面愈益加深台灣對美日資本主義經濟圈的深層依賴。這依賴又復回頭加深了這「國家分裂—冷戰—安全」的荒謬的結構。這種惡質的循環，恐怕是戰後台灣「非民族化」、「反民族化」傾向在一定範圍中不斷地擴大再生產的原因亦未可知〔二九〕。

當然，在台灣特殊的戰後構造中，持續生產與再生產的非民族、反民族傾向，應該還有一個極為重要的因素，那就是在海峽兩岸，嚴重缺少最有效地促成民族內部團結的、真正的民主主義。一九四九年中共「建國」以來三十多年的步伐，使「中國革命的偉大成果」，因為毛澤東政治和中國社會主義權力的種種退行現象，受到嚴重腐損，在中國大陸社會中留下嚴重的病根〔三〇〕。中共社會主義權力的荒廢與退行，對社會和民眾造成廣泛的、沉重的傷害，對於民族團結有重大催化作用的、人民中真實的民主主義的深刻破壞，在目前，已經引起大陸知識分子和人民與社會主義、與黨和國家產生絕不可忽視的異化。這不只嚴重不利於大陸內部的民主主義和民族主義的團結，當然尤其不利於台灣人民和知識分子對大陸社會的認同與團結。海峽兩岸，都必須摸索一個真正符合中國民族和人民真切需要的、廣泛民眾參與的民主主義架構，才能反省、批判和克服四十年來因世界兩極對立—冷戰—安全構造，所加於海峽兩岸生活、思想、政治、社會和歷史諸側面的重大歪曲，進而得以明顯的中國主體性，重新建設中國的民主化統一運動的理論與實踐。

五、反民族・非民族構造的反論

冷戰史的學者，看出一九七九年後西方世界政治的右傾化，和美蘇關係在全球範圍中的緊張化，而有「第二次冷戰」之論。有學者指出美蘇雙方在一九七九年之後顯著強調新的世界戰爭的可能性，並且雙方都強調為了對應敵方的攻擊，必須加強自己的軍備；一九七九年以降，美蘇雙方，也顯著增加了意識形態的對立和宣傳。最後，美蘇雙方在各自的社會和陣營中對異議者的壓迫，近八年來有增加的趨勢[三一]。但是，對於這些「第二次冷戰」論，有人持這樣的反論：美蘇意識形態的對抗已經耗竭而破產。較諸第一次冷戰，今日兩大霸權之爭，僅為對第三世界支配權的爭奪。其次，美蘇對立固然有升高的趨勢，但是一九七九年前「低盪時期」所遺留下來的雙方緊急磋商、溝通和危機處理的架構仍然有效。最後，美蘇雙方對內部異議分子的鎮壓程度，已遠遠不及第一次冷戰時代[三二]。

但不論如何，四〇年代展開的世界冷戰構造，經過了四十多年的時光，已經發生了許多質量上的變化。這變化，尤其在台灣海峽尤為顯著。美國第七艦隊撤出海峽，《台灣決議案》的撤銷，《中美協防條約》的隨美—中共建交而自然失效，國府被迫退出聯合國，台灣問題的「中國內政問題化」……都要求我們及早超克被四十年冷戰政治和歷史所內化的冷戰心智，去面對中華民族長遠而根本的課題，結束四十年來在外來勢力所強加於我的冷戰價值體制中，同民族間的敵視、疏隔、猜忌和仇恨，結束全民族優秀的英智和創意因國土和民族分斷而受到扼殺與壓抑；結束台灣與大陸的經濟的分斷，使兩岸經濟超越外力的干涉，重組中國自己的國民經濟圈；結束同族之人成為異族，同國之人成為異國的，冷戰史所強加於分裂國家的荒謬。

前文曾以不少的篇幅論及在戰後「國家分裂—冷戰—安全」體制下台灣「非民族化」、「反民族化」的構造，目的自然不在說明這「非民族化」、「反民族化」上部構造和物質基礎間的合理性關係。恰好相反，當我們從事戰後世界冷戰的政治經濟學的分析時，實際上已經提出了它的反論(antithesis)。因為，如果「國家分裂—冷戰—安全」體制是一切問題的總根源，那麼，冷戰構造在質量上的變化，將根本地有助於把被顛倒過的，再次顛倒過來。

對於台灣的勞動階級，「國家分裂—冷戰」結構，是四十年來勞工的團結、交涉和爭議權始終不能實現的原因，也是台灣「專制下的成長」，即對勞動者的專政，壓低工資，增加台灣戰後資本的剩餘和積累的根本構造。克服「分裂—冷戰—安全」體制的運動中，台灣勞動人民無疑是主要的力量。

對於當前台灣民主化運動中巨大的底邊構成，即城市(相對性)貧民而言，「國家分裂—冷戰—安全」體制和四十年來台灣的戒嚴、權威政治，當然有密切關係。「國家分裂—冷戰—安全」

體制的克服，將使任何執政者失去以國家安全作為限制和壓制言論、思想、信仰，維持特權特惠階級，獨占權益的自由的口實，實現真正有民眾基礎的民主主義，從而達成真實的經濟與社會的民主，改善民眾的生活。

對於廣泛知識分子和學生而言，提出超克長期「國家分裂—冷戰—安全」體制，是當前台灣知識分子、文化人和學生面對歷史所不能躲避的責任。知識分子是一個民族思想、反省、批判、前瞻之所寄。從中國歷史和文化的全局、全景去看問題，去思索、創作和批評，超越一時一地、一黨一派之私，為民族在知識上、創造上尋求生動的出路，是知識人的嚴肅的民族的、社會的責任。現在，全面在「國家分裂」的問題意識下，對分裂下的政治、文學、社會、歷史、生活和感情，做出全面的思索、反省、批判，為民主主義的、民族主義的統一，摸索新而又活的道路，必將大大地開啟我們在研究、思考和創作上極為生動活潑的創意和卓識。

對於在過去四十年間，依存於「國家分裂—冷戰—安全」體制，在低工資、馴良的勞工、美國支持下與國府形成同盟關係的台灣資產階級，則有如下的問題：(一)世界冷戰結構的質量上的變化；(二)資本主義世界體系近年中的衰退，開始對包括台灣在內的「新興東亞工業國」在體系中的分工位置有所排斥，並以政治干涉而不是資本主義的律則，強迫削減和掠奪台灣的資本剩餘(對台灣外滙和關稅的干涉)；隨著島內外企業環境的激烈變化，國府對民間資本「相對的自由[4]」性，將因企業需要更靈活自由的經營空間而減少。另一方面，隨著近年台灣相對性的自由化和民主化，台灣工人階級將不會像過去四十年一樣馴服地在戒嚴體制下受到另外四十年沒有限制的剝削。這一切，都要求台灣的加工出口貿易的資本家階級，超越四十年來的冷戰—國安體制，重新思考台灣資本主義對大陸國民經濟的參與，探索在台灣—大陸這一新的中國國民經濟圈從事生產與再生產的可能性。

對於國民黨而言，在最近備受讚揚的解嚴、民主化、改革的運動中，不妨也進一步思考超越「堅守」世界冷戰構造中的「民主陣營」的可能性。在二〇年代一度代表受到西歐和日本帝國主義對中國侵凌下的、中國進步的諸勢力的國民黨，在國際冷戰結構中的內戰裡[5]，逐步喪失了它的進步性[三]。在四十年「國家分裂—冷戰」結構中，國民黨體驗過多少仰美日強權之鼻息的苦悶，被迫簽訂喪權辱國的中日《金山和約》，在保衛釣魚台運動中，不能不與愛國學生的利益對立起來。四十年的冷戰戒嚴體制，固然有助於鞏固政權的安定，並在這安定中，完成了經濟成長，卻不能不付出把孫中山先生所揭櫫的民主主義、民族主義和民生主義全盤虛構化的代價。更為嚴重的，是四十年來，內容和形式且嫌粗疏的反共、恐共意識形態的教育，卻造就了一整個時代對中國傳統、認同、歷史和民族誇耀的冷漠，甚至在這全面「反民族」、「非民族」的傾向之上，滋長著肆無忌憚的反華和蔑華的運動。這無論如何應是國民黨始料不及的嘲諷了。

六、結論

議論至此，所謂「台灣結」，其實是從四〇年後半由美國霸權展開的亞太地區兩極對立下「中國國家分裂—冷戰—反共安全」體制的意識形態。它與一九五〇年以後，美國反對、封鎖中國大陸的「韓國—台灣—菲律賓」這樣一個對中國大陸圍堵圈，有不可切割的關係。在這個圍堵戰略思想中，便包含著「台灣不屬於中國」、「中國專制、黑暗、貧困、獨裁」、「台灣繁榮、進步、自由」，「保衛台灣即保衛自由」這些台灣分離主義運動的基本概念。而在現實上，戰後帝國主義與戰後台灣分離運動的系譜上的關係，以及美國在五〇年代展開的「兩個中國」、「一中一台」論與台灣分離運動的關係，不言自明。「台灣結」便是這樣一個五〇年代以來世界冷戰意識形態在台灣的一個荒悚的回聲和神經質的影子。

作為「台灣結」的反論的「中國結」，自然要求對右翼「民族主義」中的漢沙文主義、國家主義、國粹主義和傳統主義做徹底的清算。作為上述「台灣結」之反論的「中國結」，首先要求從戰後世界史的視野，凝視中國作為新生的民族國家的發展來把握，從而對戰後二極對立構造中「冷戰—國家分斷」這個外鑠的架構和它的歷史加以分析、追查和批判，從而建立中國民眾自己的主體性，又從而在中國民眾的民主主義這個基礎上，摸索國土和民族統一的道路。因此，在「國家

／民族分裂」這個特定的歷史時代，中國民族主義的課題，應是民主主義的確立與民族的統一的兩個問題上，並且應該善於把民主主義與民族統一同時並舉起來思索[三四]。沒有民眾真正當家做主的民主主義作前提，任何統一的理論和方略，無非虛論妄議吧。而在當前「國家／民族分裂」的歷史時期中，離開了民族統一來議論民主、自由、人權、社會和文化的發展，從民族長程的歷史看來，也無非是空虛的論說了。

6

初刊一九八七年十月《中國論壇》第二八九期
收入一九八八年五月人間出版社《陳映真作品集13．美國統治下的台灣》

一　吳濁流〈光復廿年的感想〉：「一言以蔽之，需要反省。」張良澤編《吳濁流作品集5．黎明前的台灣》，台北，遠行出版社，一九七七。

二　一九八四年在黨外雜誌社上的「統獨論爭」與「台灣文學論爭」。

三　如近刊《民進報》，謝理法〈台灣智識分子的盲點〉。

四　近年選舉期間，黨外以「自決」取代當前尚為非法的「台灣獨立」論而提出。在黨外政治性集會中，對於中國普通話的拒絕，以及若干作家、文化人對台語（閩南語）文字化的熱中，都可以看成此一影響的一部分。而這次中國論壇社舉辦以「中國結」與「台灣結」為主題的學術討論會，也說明了台灣的獨立論，已經引起了台灣一般學界的注意。

五　Fred Halliday, *The Making of the Second Cold War*, Verso, 1983.

六　前揭書。

七　Fred Halliday把戰後的冷戰史做了這樣的分期：「第一次冷戰」(The First Cold War, 1946-1953)，美蘇雙霸在東歐、歐洲、土耳其、希臘、義大利、法國、韓國、台灣、中南半島、菲律賓、大洋洲這些地區，形成武裝、宣傳、政治的對立。第二期為「不安定的對抗期」(Oscillatory Antagonism, 1953-1969)。這個時期表現在兩大陣營內又和又戰的局面。第三個時期為「低盪期」(Détente, 1969-1979)，表現為二大陣營在根本對立的基礎上，努力建構了雙方溝通、協商與和平的架構。一九七九年到現在，是所謂「第二次冷戰」或「新冷戰」的時代(Cold War II, The New Cold War, 1979-)，表現在美蘇兩個霸權彼此的戰爭、軍備競賽威脅、雙方恢復意識形態的宣傳和反宣傳，等等。

八　高坂正堯《冷戰》，有斐閣，一九八三。

九　陳玉璽〈從國際形勢看台灣問題〉，一九八七，講稿。

一〇　Iriye, Akira, *The Cold War in Asia: A Historical Introduction*, Prentice Hall Inc., N. J., 1974.

一一　前揭書。

一二　陳玉璽指出，一九五八年美國在「八二三」金門炮戰之後，迫使國府放棄金馬，也放棄國府對大陸使用武力。當時，國府力拒放棄金馬之要求，卻承認了放棄反攻的條件。同一時期，美國公開宣稱：「一個讓一千兩百萬的台灣人和華僑效忠的獨立的中國」之必要性。迫使國府放棄其作為中國傳統之代表；放棄反攻大陸，就是「表示台灣是一個與大陸中國脫離關係的、獨立的『政治實體』。」陳玉璽〈從國際形勢看台灣問題〉。

一三　「二二八」事變後，對中國政治極度失望的台灣知識分子間，流動著「台灣獨立」和「台灣託管」的思想。一九四九年，著名已故作家楊逵針對這種情況發表了《和平宣言》，主張本省人與外省人之間的民族團結，並批判「獨立」論和「託管」論，楊逵卻因而被判徒刑十二年。

一四　著名的例子有楊逵、林日高、郭琇琮、蘇新。

一五　從歷史上看，台灣與大陸的分斷，一九四九年是第二次。一八九五年到一九四五年日本帝國主義據有台灣，是台灣與中國本部分離的第一次。

一六　五〇年初美國的麥加錫主義，也對美國進步知識分子、科學家、文藝工作者、學人、教授進行過著名的社會性肅清。

一七　Hegan Koo, The Interplay of State, Social Class and World System in Eastern Asian Development: The Class of South Korea and Taiwan, in Fredric C. Deyo (ed.): *The Political Economy of the New Asian Industrialism*, Cornell U. Press, 1987.

一八　涂照彥《日本帝國主義下的台灣》，東京大學出版會，一九七五。

一九　前揭書。

二〇　Neil H. Jacoby, *U.S. Aid to Taiwan — A Study of Foreign Aid, Self-Help and Development*, Fraeger, New York, 1966.

二一　前揭書。

二二　Nelson G Tsai, The Latest Development in Taiwan，講稿，San Francisco，一九八七。

二三　Clive Hamilton, Capitalist Industrialization in East Asia's Four Little Tigers, *Journal of Contemporary Asia*, No. 13, Vol. 1，湯川順夫日譯，收《周邊資本主義とレてのアジア》，山崎カヲル編，拓植書房刊，一九八六，東京。

二四　涂照彥，前揭書，見註一八。

二五　前揭書。

二六　Hegan Koo，見註一七。

二七　陳玉璽，見註九。

二八　陳玉璽，見註九。

二九　即de-nationalization與anti-nationalization，語借朴玄埰〈韓國資本主義與民族運動〉，瀧澤秀樹日譯，瀧澤秀樹、安秉直合編《韓國現代社會叢書》，御茶之水書房刊，一九八五年，東京。

三〇　中嶋嶺雄《中國革命》，有斐閣，一九八三年，東京。

三一　Fred Halliday，見註五。

三二　同註三一。

三三　Clive Hamiton，見註二三。

三四　姜萬吉《韓國民族運動史論》，水野直樹日譯，御茶之水書房，一九八五年，東京。

1 本篇為《中國論壇》創刊十二週年「『中國結』‧『台灣結』」專輯文章。人間版標題作「國家分裂結構下的民族主義——『台灣結』的戰後史之分析」。

2 「自由化」，人間版為「合理化」。

3 「相對自由」，人間版為「相對自主」。

4 「相對的自由」，人間版為「相對的自主」。

5 「在國際冷戰結構中的內戰裡」，人間版為「在國共內戰和國際冷戰結構中」。

6 根據人間版篇末說明，本論文發表於一九八七年八月二十二—二十四日「『中國結』與『台灣結』研討會」。之後並有李敏勇的駁論〈在那堂皇語言的背後〉，刊於一九八七年十一月七日《民進報》週刊；柯介明的駁論〈解剖《中國論壇》的「中國結」與「台灣結」〉，刊於一九八七年十二月《台灣新文化》十五期。

戒嚴體制和戒嚴體質

一九五〇年韓戰爆發，一九四五年日本敗戰前後登場的全球性冷戰到達它的高峰。美國當局從挾軍經援助迫使國府進行民主改革以建立「統一、自主」的中國這樣一個政策，一變而為放棄國府，對中共觀望，終於大轉變為積極支援退守台灣的國府以對抗蘇聯及中共的政策。

美國全球性抗共戰略在亞洲太平洋地區的表現，是美國扶持日本，促使日本再武裝，建設日本戰後資本主義；是韓國之一分為二，是台灣海峽之武裝封鎖，是亞洲太平洋地區與東南亞的美國勢力範圍的建立以反制中共……。

一九四九年，國府頒布全國性戒嚴。這戒嚴令一直在台灣島上執行了三十八年，直到今年七月十五日始正式宣布解除。這長達三十八年的戒嚴令，和一九四五年以後在全球範圍內不斷升高的冷戰對立，和一九五〇年後台灣與中國大陸國土分裂，當然有歷史的、政治的密切關聯。長達三十八年的戒嚴體制是戰後世界冷戰、中國國土分裂這樣一個全結構中的一個重要部分。

一九五一年，美國片面支持日本和各資本主義系同盟國訂立和約，結束日本在戰後無主權—戰敗國地位，以利美軍駐日的條約化，便利促成日本再武裝，促成日本編入美國在遠東的抗蘇戰略……。在美國的唆使下，戰敗國與國府訂定的《金山和約》中，悍然主張兩個中國論，主張「台灣地位未定」論，為造成台灣與中國大陸的分離陰謀「法理基礎」。一九五〇年中期之後，美國把大量軍經援助從歐洲投入台灣和中南半島，在英、法帝國主義殘存勢力不得不撤離亞洲太平洋地區的中南半島時，美國升高在這一地區的干預行動，結成東南亞公約組織，從阿留申群島、日本、南韓、台灣、菲律賓和泰國、越南，結成太平洋防衛線，包圍中國大陸和亞洲大陸的社會主義體系。

在這樣的世界冷戰背景下，中國在內戰和外力干預下，被迫造成國土和民族的分裂。反共、防共的「安全」體系，在國際上有各種協防和安全保障條約，在島內，則是以戒嚴令為主軸的國家安全體制。

在戒嚴令下，入出境有嚴格管制，海岸有軍方管制，山地有各種禁制，非軍人得受軍法審判，人身自由受到大量限制，集會結社自由、言論、思想的自由受到嚴格限制，工人的團結權、爭議權被取消……。

然而，戰後台灣資本主義，卻恰好在這「世界反共軍事基地」的政—經條件中，因大量美國軍經援助，奠定了六〇年代加工出口經濟的「冷戰–國家分裂–戒嚴體制–對世界體系依附」下的快速發展。

這「戒嚴下的發展」，至少付出了這些代價：

——資本的附庸化，使獨立的民族資本無從發展。台灣資本的非官僚化或買辦化無以壯大。

——民族資本之脆弱，使民族主義，特別在「冷戰–國家分裂」下的資本主義條件下，難以發展，而發．生主張國家永久分裂的非民族主義或反民族主義的思維。

——「冷戰–國家分裂」下發展的台灣資產階級，因為在五〇–六〇年代受到美國開發總署、國府財經官僚的哺育而長大，沒有革新、獨立的個性。

——自然環境的破壞日益嚴重。文化(由國際行銷管理、商品性大眾文化促成)的破壞。人的破壞……

——國家．民族的長久分離，使同民族間視同異族，互相猜忌、敵視和蔑視，使全民族的智慧、創意、和平與團結長期遭到破壞。

——為了服從「自由陣營」，即當今世界資本主義的邏輯，台灣的社會發展、政治制度、意識形態、民族發展、學術和文化，受到制度性的歪曲。

這些戒嚴體制下所滋生的戒嚴體質，一言以蔽之，就是沒有主體性的、盲目的反共，並且從這非主體性的反共熱情，延長為反中國，甚至對中國民族和文化的嚴重歧視；是對美日帝國主義在亞洲太平洋地區的勢力圈構造非但沒有批判，反而亟欲成為這構造的一員；是對國際霸權干涉中國內政，欲使台灣與中國永久分裂的陰謀非但不加撻伐，反而公開呼籲國際霸權侵犯中國，使台灣與中國長期分離；是公開反對中國民族主義，在民族、政治、經濟和文化上，提倡具有國際背景的「台灣化」和「台灣主義」……

研究戰後冷戰歷史的學者，把一九四五年到韓戰結束的一九五三年定為「第一次冷戰」。一九五三年到六〇年代後半，規定為時而冷戰、時而談判的過渡性的、兩極間「不確定的對立」時代。六〇年代後半到七〇年代中期，是兩大陣營和解、談判的「低盪」期。七〇年代末，以美國雷根總統當選為象徵的、世界資本主義體系在意識形態的右翼回潮後，被定性為「第二次冷戰」。

但是，在這一切世界強權、地緣政治的重組過程中，尤其一九七一年日本與中共建交後廢除日本與國府間的和平條約，一九七八年美國與中共建交，自然廢除《中美協防條約》後，至少在理論上，台灣已經被世界體系的全球反共冷戰大戰略所拋棄。但是，國府卻依然以五〇年第一次冷戰的「反共—國土．民族分裂—冷戰」安全體系，繼續以戒嚴令支配台灣。國府這「時代錯置」的冷戰的心智與政治的延長，是把冷戰體制所衍生的冷戰體質固定化。而解嚴之後，繼續以《國安法》維持台灣的一切冷戰結構與冷戰體質，從而維持反共．國土分裂的基本架構。

在長達三十八年的台灣戒嚴體制下，觀察執政的國民黨與新近成立的在野黨間之體質，可以發現兩者間有驚人的雷同。這客觀呈現的「戒嚴體質」的雷同，說明了兩者間之階級代表性及在同一個「冷戰─國家─民族分裂」結構下，社會階級基礎的同一性。

這樣的分析，或者可以初步解釋某些人和宗派近年來的「自決論」和「獨立論」的真正的政治經濟學的意義。認真、細緻、誠懇、嚴肅地研究「冷戰─國家分裂」結構下戰後的台灣歷史、文化史、文學史、資本主義發展史以及民族史，應該是今後清談無根地談論著歐美進口的進步的社會科學的知識分子們要逐漸面對的一個重要挑戰吧！

初刊一九八七年八月《海峽》第三期，社論
收入一九八八年五月人間出版社《陳映真作品集12．西川滿與台灣文學》

台灣經濟發展的虛相與實相

訪劉進慶教授

八月初，日本東京經濟大學的劉進慶教授返台。劉教授是台灣雲林人，一九七二年獲東京大學經濟學博士，專攻低開發國經濟與中國經濟，著有《戰後台灣經濟分析》（東京，東京大學出版會，一九七五）一書及〈戰後台灣經濟的發展過程〉、〈從中樞衛星關係的觀點看台灣政治經濟的演變與展望〉（一九八三）等研究台灣經濟的論文多篇，論析精闢，卓具洞見。劉教授久居日本，本刊趁其返台之便，特請陳映真先生就台灣經濟發展的諸問題進行專訪，關心台灣經濟者，不可不讀。——編者

今天的台灣經濟已成為美日資本主義的外圍加工貿易基地，從中心—邊陲理論來看，台灣是以美日為中心的邊陲經濟[1]

問：台灣在日據時代通過日本殖民主義而編入日本帝國主義為中心的世界體系，戰後則通過美國而進入以美國為首的世界體系。目前台灣是在美、日經濟圈中從事生產與再生產。台灣從殖民地經濟轉換到目前「半邊陲」國家的經濟，使台灣戰後經濟呈現哪些問題？

答：台灣經濟在日據時代，不用說，完全是一個殖民地經濟。戰後，在美國為首的環球性反共戰略體制下重建它的經濟體制。雖然現在的台灣經濟，政府方面說它是民生主義經濟，但是這只不過是一種形式上的說法，實際上它已經是一種資本主義經濟。比如說，民生主義經濟有兩大綱領，一個是「平均地權」，另一個是「節制私人資本，發展國家資本」。前面一項只做了一半：農地改革做到了，但城市地權改革沒有做。後面一項更是離譜，二十餘年來的經濟發展可以說是「發展私人資本，節制國家資本」模式的發展，與民生主義經濟背道而馳，這是一個不可否認的事實。因為台灣經濟受到以美歐日為首的世界資本主義的影響，戰後台灣的政治經濟條件有很大的局限性。即使是民生主義綱領也抗拒不了世界形勢。既然採取開放政策、引進外資、促進出口，形成出口導向型經濟，就難免受到美歐日跨國企業全球性國際分工體制的安排。今天的台灣經濟已成為美日資本主義的外圍加工貿易基地。如果從中心—邊陲理論來看，台灣是以美日為中心的邊陲性經濟。所以說，戰後台灣經濟發展是一種資本主義的發展，而它的資本主義化具有邊陲性的性格。

問：一九五〇年開始的冷戰．分裂構造對台灣戰後資本主義發展帶來什麼影響和特質？

答：台灣資本主義的發展，跟一九五〇年的國土分裂、反共政策和東西冷戰體制是息息相關的。戰後，大陸國共內戰接踵而起，一九四九年國民黨政府遷台，中國存在兩個政府，以台海為界，國土分裂。一九五〇年韓戰爆發，美國馬上派遣第七艦隊進入台海以防止中共攻台，從此台灣與大陸分隔的局勢固定下來。台灣形成一個獨立的政治經濟單位，發展資本主義經濟。

在此以前，台灣光復之初，日人在台財產全歸國有，當時全部產業的八成是公營，貪官汙吏橫行。日帝戰時的統制經濟，國民政府全盤繼承下來，在經濟體制上，可說是開倒車，實質上它既不是民生主義經濟，更不是資本主義或自由主義經濟，而是形成一個龐大的官僚資本壟斷的半封建性經濟。到一九四九年這一段期間，台灣經濟與大陸連在一起，因此不斷地受到大陸政經混亂以及軍事財政負擔的影響，導致惡性通貨膨脹，苛求誅斂。原來是一個農業資源非常豐富的寶島台灣，變得民不聊生，這一段期間毫無經濟復興或經濟發展可言。

一九五〇年代，台灣在東西冷戰體制下，一方面依靠作為美國在遠東圍堵中共陣線的一環，徹底採取反共政策，接受美國援助；同時快速回復與日本的經貿關係，重整台灣經濟。在這個過程中，一面受到美國自由主義經濟的壓力，另一面為要保護大陸流轉來台資本的活動以及台灣內部地主階級的要求，開始採取扶植私人企業的政策，給台灣資本主義的發展，帶來契機。

一九八〇年代以後，龐大的官僚資本壟斷體制和政治體制的落後，成為台灣工業升級、經濟轉型的絆腳石[2]

問：台灣戰後的資本主義經濟是在美國援助、指導下發展起來的。在美國強制指導下，國民政府製造了有利於私營企業發展的環境，哺育了台灣的資產階級，結成了以美國為首的外資、政府與資產階級的三角聯盟，因而台灣缺乏獨立自主的資產階級，這如何影響了台灣的民主運動？而經濟發展是否必然導致政治的進步？

答：經濟發展在發展中國家一般是透過工業化來達成，而工業化與民主化或者政治進步的關係，有它的兩面性。在一般的情況下，工業化和經濟發展會促進政治的進步，使社會更加民主化。但是從歷史、經濟的教訓來說，在某些情況，工業化不一定會促進政治進步。比如說，帶動工業化的資本家勢力和政治極權互相勾結起來的時候，工業化的進展和專制政治的存在則是同時並行。在這種情況，經濟發展卻與政治獨裁相輔相成，工業化並不會促進政治進步；但到了某個階段，政治獨裁體制本身又會成為工業化的絆腳石。

台灣私人企業從一九五〇年代以後，在政府優厚的保護下茁壯成長。一九六〇年代，政府開放外資，獎勵投資，讓私人企業與外國資本結合促進工業化，帶動經濟快速成長。在這個過程中，私人企業在廉價勞力的基礎上，加速其資本積累，促成財團企業的出現。同時，農業逐漸衰退，農民走向沒落之途，台灣從農業社會轉向工業化社會，資本家和勞工成為新的兩大社會階級，台灣資本主義初具模型。

然而，由於私人資本在政府以及國民黨官僚資本的卵翼下長大，台灣資本家勢力與國民黨獨裁政權不能不相互結合。因此，過去二十餘年來的工業化與經濟發展，沒有給台灣的政治帶來進步，沒有做出正面的積極作用。不過一九八〇年代以後，龐大的官僚資本壟斷體制和政治體制的落後，慢慢地成為台灣工業升級、經濟轉型的絆腳石。

問：台灣目前面臨產業升級的問題，但企業界投資意願普遍低落，不願做長期的投資，原因何在？

答：現在台灣企業界，不敢做大量投資及工業升級，這與產業結構、政治因素都有關係。除了這兩個因素之外，企業組織不夠現代化也有關係。先說企業組織，台灣的企業大都停留在家族企業。現代企業應該是社會化及大眾化，經營權與所有權要分開，不應該由一個家庭或一個人來掌握經營，應該是由專業人才來支配經營。目前台灣的企業尚未到達這個水平。所以企業家對尖端的投資很怕，風險太大，不敢將自己辛辛苦苦所賺來的錢拿去冒大風險，去追求尖端的技術，這是一個因素。

其次，產業結構影響投資升級是什麼意思呢？金融機構以及基本工業，不給私人企業掌握，他們的經營基礎就不能多樣化和全面化。這表示如果他們要投資尖端科技的時候，風險和代價會很大。因為他們沒有辦法找到其他部門的利益來彌補，也無法找到一個可靠的金融機構長期輔助尖端科技的投資，這是他們在客觀上無法下決心升級的原因。

第三是政治因素，台灣政治前途不明朗，「信心危機」是造成他們不敢做長期投資的一大原因。而短期投資，一定是技術水平低的。不做長期投資的指標，可以從研究發展費用的負擔比率看出。台灣的研究發展費用占國民所得的比率，不到一％，大概是〇．八五％，而發達國家大概都到達三％，我們只有人家的四分之一，是不夠的。同時它又偏重於政府機構，民間的開發費用很少。所以，經濟發展的實相與虛相的分別是很重要的。我認為台灣的消費水平，已經很接近發達國家的國際水平，我們日本、美國海外回來的人，常覺得在消費生活的享受上，比不上台灣，自己是土包子。消費水準跟得很緊的現象不僅止於台灣，是世界性的，其他發展中國家的城市都有這種現象。問題是這種表面上的消費生活是屬於經濟的虛相的一面，實相在於它背後的生產力水平。

我們從技術水平、產業結構、商品及質量來看，台灣與美國、日本的差距相當大。二十餘年來，這個差距雖沒有擴大，但也沒有縮減多少，這可以表現在國民所得的水平上。例如，去年年底台灣每人平均國民所得是三千七百美元，日本是一萬六千美元。我們差日本四倍，這個差距二十餘年一直沒有多大變化。這是一個客觀的事實。這才是經濟實相，而剛才我說的消費層面是一種虛相。

台灣資產階級的主體性太脆弱

問：台灣資產階級一般說來缺乏自主、扎根的主體性，這如何影響了台灣的經濟發展？

答：剛才已經談過，以下的話可能有些重複。代表台灣資產階級的資本家、企業家，他們的階級性，剛才談過，由於私人資本是由國家資本把他們養大，所以他們對專制的政權雖然不喜歡，但也不敢太反對。正如陳先生剛才所說，他們要求的是局限於經濟層面的「相對的自主」，而非「普遍的自主」。這種性格和台灣資產階級的主體性是有關係的。如果我們拿他們跟日本、韓國的企業家相比較的話，就可以發現台灣企業的主體性實在太脆弱了。所謂主體性，從經濟觀點來看，要不要在台灣經濟扎根就是主體性的一種表現。但是看起來，台灣的企業家、資本家沒有如此的心態與打算。這與政治權力的性格又有一定的表裡關係。

台灣的政治權力本身就是具有流亡性格，這種政治上的逃難後遺症影響到社會上、經濟上的各種層面。比如說，台灣的企業家在賺了錢之後通常有兩個打算：一個當然是擴大自己的事業，另外一個是準備避風逃難。這個避風的現象從近年小留學生問題上也可看出，將自己的家屬預置於國外，他所賺的一部分錢自然轉到那裡作為避風的準備，另外一部分留在台灣能賺多少就算多少。這種心態在政治上、經濟上、社會上都有，所以他們的主體性太弱了。這與東南亞的華僑、香港的資本家有何不同？是分不出來的。

我們舉韓國資本家的例子來說明，他們儘管資金不夠，甚至舉外債來投資，也想要扎根下去。所以日本的企業家對韓國的經濟很提防，對我們台灣是不怕的，認為台灣企業家華僑性格很重，認為我們的經濟沒有根，也不想扎根，但只要賺錢就好，所以根本不怕台灣競爭。雖然台灣很競爭，對日本不構成威脅。

再說日本企業家，他們的主體性更強。不只是企業家，而且一般老百姓也是一樣。例如有一段時候，美國的利息很高，日本的利息很低，世界各國的個人資金都流到美國生利息，但日本的個人資金跑到美國的不多，仍將錢存在日本銀行。當然日本的銀行及信託保險機構於是利用這筆錢到美國去生利息，再將錢帶回來分給日本大眾，可見日本雖是自由經濟但資金不易外流。

不只是經濟方面，在人才方面亦然。日本的學人到海外，不論是在美國或英國，學有成就的人，最後還是跑回日本來。他們回到日本的地位不一定很高，可能還要重頭再來，例如一位東京大學的經濟系教授，年輕時在美國芝加哥大學任教授，成名後自願回到日本來，這時寧願被聘為副教授也甘願。日本人的這種心態，在經濟、社會上都是一脈相承。這一點也是我自己的反省，我沒有資格再說下去了。

在戒嚴體制下，農民及勞工階級吃虧最大

問：在國土分裂．冷戰．反共體制下，台灣勞工的處境如何？

答：勞工階級在冷戰．反共體制下所受的影響。冷戰．反共的體制，具體說，在台灣就是戒嚴體制。在這個體制下，吃虧最大的就是勞工階級。當然農民也一樣吃虧。先說農民，從表面上看，農地改革農民得到好處，農業發展也給農民很多好處。不過從經濟的循環結構來看，實際上他們得到的好處並不多，好處的大部分反而是給國家及資本家分走了。

其次，台灣的勞工，隨著六〇年代出口加工的發展，勞工在社會上的數量增加，成為新的社會階級，但是他們在社會上的地位很低，因為在戒嚴體制之下，勞工沒有勞動基本權，即沒有團結權、交涉權及爭議權三權。團結權就是組織工會與工運的權利。台灣雖有工會，但都是御用工會，勞工沒有自己的工會，也沒有工運的自由。第二個交涉權是與資方交涉自己的工資與勞動條件，沒有自己的工會也不許工運就很難有這個機會。在過去三十多年來，從來沒有聽過勞工與資方議價的事例。第三個爭議權更不可能，勞工禁止罷工。在一般勞動基本權中，罷工是合法的。而台灣的勞工過去完全不能享有這個權利，這當然是由於受戒嚴體制限制的結果。

為何國民政府壓制工運與勞動基本權？因為國民黨政府在大陸的失敗，不只是敗於共產黨的內戰，而且在處理工運上也有失誤，吃了大虧。所以他們常以為工人後面就是共產黨，認為搞工運的就是左的，見到工運馬上就給戴上紅帽子。這樣的成見，當然使得台灣的勞工吃了不少苦。然而現在台灣勞工的凝聚力正在茁壯成長。目前台灣的勞工大概有五百多萬人，而製造業有二百七十萬左右，服務業也有二百多萬，農民只有一百多萬。如此說來，勞工階級的成分加上他們的家屬，約占台灣人口的一半以上。這個社會階級過去一直沒有人真正替他們的利益說話，工會是國民黨的御用組織，只會站在官方立場說話，工人也不相信工會，這是很大的缺點，而台灣的資產階級很少會替勞工的利益說話，難怪勞工內心有很大的不滿。

台灣的勞工階級已經形成，最起碼他們的經濟地位應該提高，勞動基本權應予保障

從外國來看，台灣勞工的社會地位很低，這是很不應該的，很不合理也不合人性的。國民黨政府反共，反對共產主義沒有人性，然而偏偏我們的社會裡卻存在著不合人性的現象。台灣的勞工階級已經形成，最起碼他們的經濟地位應該提高，勞動基本權應予保障。以後的工運，以日本的經驗看，應該向經濟主義的工運發展，這樣大概還可以受到現在政府的容忍。當然，工運的實現有待政治的進步和官方觀念上的革新。然而讓他們的主流以經濟主義為指導方針，對政府來說當然也是一件好事。但同時工運是不能避開政治，政治和經濟是分不開的，也就是說將來應往經濟主義的工運發展，但也不排除政治性的利益，因為就政治經濟而論，權力分配不均必然會影響財富分配的不均，這是自明之理。

問：近日台灣將有人組織工黨，對此您有何看法？

答：這是必然的現象。如果今後民進黨的主張包含不了勞工階級利益的話，工黨的出現是避不開的。有關這點的具體情況我一無所知，也就不多談了！

問：最近，美國運用政治力量干涉台灣的滙率，壓迫台幣升值，從政治經濟的角度來看，

有何意義？

答：有關最近台灣外匯存底、匯率及外貿等問題，美國用政治的力量來干涉台灣的匯率，從政治、經濟的意義來看，當然可說是美國為了經濟問題用政治手段來干涉台灣的主權。一個國家的貨幣價值是應該由一個國家站在自己的利益來決定的，當他下決定時，當然會考慮國際性互相依賴的利益。另一方面，由這次美國對台灣經濟的干涉可看出台灣經濟的邊陲性。

對美日中心國家的依賴仍然根深蒂固

不過話說回來，今日的世界經濟形勢，各個國家都在相互依賴、相互滲透，因此內政、外交有互相交叉的現象。像日本那樣的經濟大國，一樣也會受到美國的壓力。日本對此壓力是用經濟的方式來解決，美國有壓力就讓市場功能來解決，日本政府不會事先就決定匯率升幾分、降幾分。在外貿方面，頂多用輔導手段勸企業集團自我規律出口，縮小貿易順差。現在台灣所面臨的情況或許與日本相似，但處理的方法不一樣，由此可見台灣的經濟還沒完全自由化，是不完全的自由經濟，從中帶有對美日中心國家的邊陲性、附庸性，因而在政治主權上被打折扣！至於匯率會降到多少，那就得看政治經濟的交涉力量如何，這就超過我的專業，不敢多談。說句不擔保的話，三十美元可能守不住。

問：日本的經濟發展頗得利於以下幾點：（一）在美國軍事保護下，軍費大幅減免；（二）韓戰、越戰時，日本發展軍需工業，大發戰爭財；（三）美國為了圍堵中共，要求日本不與中共建交，放棄大陸市場，而以東南亞各國的市場作為補償。日本資本主義發展的經驗，有可能在台灣重複嗎？

答：今日台灣的發展是否走日本模式？不可否認，前二十年的發展是類似日本模式，但到八〇年代以後，台灣工業升級不上、經濟轉型不來、外匯存底多、海外投資的壓力又大、資金過多等等，如何處理這些問題，實在困難重重。觀察最近工業升級與海外投資的動態，我覺得台灣的發展慢慢在離開能走日本模式的路。

另外一條路就是香港模式。香港只有輕工業和服務業，尤其靠國際性金融貿易來維持其高所得。從以上兩個模式來看，最近韓國的經濟動態靠近日本模式，而台灣的經濟走向香港模式，這是我的看法。然而，從歷史經驗來看，韓國要成為第二個日本是不太可能的，例如日本的經濟發展以英國為師，但今日日本的經濟與英美不完全一致，尤其是勞資關係有很大不同。可見韓國和台灣是不可能完全成為第二個日本，如剛才談到的生產力水平的不同，雖然表面上消費生活是相似的，但產業技術結構差距還是相當大的。

剛才陳先生說日本戰後回復到資本主義的條件和背景相當好，就是依賴美國在遠東的世界性反共戰略，而使得美國扶持日本資本主義重新站起來成為亞洲一大反共勢力。但是今日的日本與戰前已不一樣，日本的財閥雖然回復起來，但今日的壟斷情形與過去不一樣，日本今日的反共勢力也不是那麼狹隘的。台灣如果要學習日本的發達資本主義，如陳先生所言，當然今日不能再學日本占領殖民地的政策，我們要學習的是日本戰後的政治、經濟、勞動等一連串的民主改革，不然要像日本那樣發達是很難的。

問：在冷戰．國土分裂．反共．依賴體制下的台灣經濟，在發展上有何限制？如何克服這些限制並探索出具有主體性的自主發展？

答：台灣現在的政治、經濟正面臨著轉型，到底是否已經轉型了呢？從表面看，是上了一層！從內容看，是還沒有。現在的經濟特性是什麼呢？清末是半殖民地經濟，日據時代是殖民地經濟，這是經濟史上的一般論法。戰後是半殖民地經濟嗎？我認為也不算是，因為政治有主權，而「半」的意思不清楚。我認為現在的台灣經濟是邊陲性經濟。

世界資本主義支配下的經濟，財富的轉移及附庸性是邊陲性經濟的特徵[3]

對邊陲性的概念應該說明一下。在我的論文中曾提過，第一個標誌是世界資本主義支配下的經濟：今天的台灣經濟已經不是獨立的經濟地區，而是屬於世界跨國企業分工體制下的經濟形態。

第二個標誌是價值（財富）的轉移：台灣經濟發展，財富增加是個事實，但仔細地看，台灣資本賺小錢，外資賺大錢，一般老百姓生活還過得去，但並不是非常富裕。此外，即使台灣的資本賺小錢，台灣的財富應該有更多積累，但事實是社會資本還很不夠，理由是軍事財政負擔很多，勞力工資低廉，過去資金大量外流，總觀社會經濟的節餘，有轉移他國的循環結構。現在資金多而不投資，過剩資金有隨時轉移到海外的可能，這是邊陲性的一個現象。

第三個是附庸性：當然現在世界各國經濟都有互相依賴的關係，我們所追求的是水平式的依賴關係，如果是垂直性的依賴，那就等於被別人牽著鼻子走了。這必須從具體方面來說，如日本經濟的對外依賴性也很深，他所要的原料需從海外進口，再加工出口，但他們有自己的市場，如果海外市場不行，還可以靠國內市場來維持。但我們台灣的經濟要靠國內的市場是不成的，比如我們兩項策略性產業，電子業，不靠外資、外國技術、外國市場是不行的；紡織業可說是台灣本身自己開發的民族產業，從進口石油到中間原料，最終消費品是我們自己製造的產品，但市場就大部分要依賴外國。其他塑膠加工業和雜項加工業也是具有類似的循環結構。

反觀，日本的汽車、鋼鐵、電子業，雖然也依靠外國市場，但國內市場需求更大。此外，他們有自我開發尖端技術的能力，超越對方的競爭能力，這種能力我們是沒有的。至少拉到水平互相依賴的能力都還沒有。雖然目前在發展中國家之間，台灣的經濟發展還算不錯，但本質上對美日中心國家的依賴性仍是根深蒂固。

如何克服這個問題，是一個長遠的課題，可能還要到二十一世紀才能趕上。剛才陳先生談到國土分裂的問題，這個因素可以加進來考慮。在國土分裂的情況下，如果我們在經濟上和大陸有相輔相成的利害關係在，對於克服邊陲性的課題會有不一樣的途徑和看法。撇開政治問題不談，以台灣的農業基礎、輕工業技術、經營人才和大陸的市場與資源結合，確有相輔相成的層面，而具有克服邊陲性的展望，這樣一來，對美國和日本的立場就會不同。問題是牽涉到台灣和大陸的政治問題，這個問題目前大家有很多意見，我只好把政治問題擺開，單從經濟方面來探討。

台灣經濟自體性的問題，就與此有關。如果台灣與大陸可以做經濟交流，我們突破邊陲性的選擇途徑就比較多。當然對大陸的市場，現在全世界都在注意。台灣要如何克服從邊陲國家到中心國家，以目前的情況來看，在最近的將來是不可能的。但，我對台灣的前景並不悲觀，雖是邊陲性，但在邊陲性的結構下，在第三世界中，台灣還是占上風，相當不錯的。由於國際社會以及台灣內部的條件都會變，從海外來看，抓住機會，繼續努力，台灣的經濟前途是相當樂觀的。

政府政策搖擺不定

問：七〇年代，政府曾有意將鋼鐵、造船廠開放給民資，何以沒有成功？國營企業有可能轉為民營嗎？

答：關於國營企業移轉民營的問題，目前政府的政策仍是搖擺不定。例如中鋼、中船原先創業時，是要開放股份的一半給民間的，但由於民間看鋼鐵、造船風險大，沒有前途，所以不敢投資，最後不得不歸為國營。那時民間有興趣的是石化工業，政府卻說依據民生主義國策，不許民間經營。允許民間經營鋼鐵，不許投資石化，表示政府沒有原則。只因為石化工業容易經營，有把握可賺錢。結果，七〇年代的重工業化政策，反而把國營企業分量擴大，這是與台灣資本主義的發展開倒車的做法，所以台灣資本主義化比韓國落後，在這一段時候就顯現出來了。

問：近來據說台灣有些廠商轉往香港、甚至深圳投資設廠，事實如何呢？

答：最近，匯率升值，導致台灣企業往大陸深圳跑，這已是一個不可否認的事實。目前台灣、香港、韓國、大陸在某些產業已經形成一個地區分工體制。例如紡織業，台灣的紡織業的中間原料有不少經由第三國轉銷到大陸去。成衣加工方面，依據日本的一些研究報告，目前台灣與香港、韓國的商人到世界各地去接訂單，成本太高的商品，都轉交到深圳或其他大陸經濟特區去承包加工。據說其他行業也開始有如此交流的現象。

問：您認為官方對此應採取什麼態度？

答：可能無法禁止，就台幣升值來說，對台灣的企業可說是鬆了一口氣。升值的壓力，可由大陸的廉價勞工來突破，對個別的企業有利，對台灣的經濟也沒有壞處。這在於你要把大陸看待是同一國家，或另一個國家，這是個很微妙的問題。若看成是一個國家就輕鬆了，但對台灣政府當局是不利的，對過去三十餘年來在政治上占據的既得利益階層是不利的，因為允許這樣做，會影響台灣未來的政治前途。

追求和平經濟，政治問題必須突破

問：台灣面臨技術升級的問題，您認為前景如何？

答：從台灣的人力資源來看，應該是有可能的。不論是留在國內，或在海外的人才，在主觀、客觀上都有此條件。在二千萬的人口中，再加上我們相當高的教育水平，人力資源應該是夠的。

要上升到中心國家，科技基礎應該上升，否則如香港、新加坡，國民所得已六、七千美元，但仍被視為第三世界國家，因為技術水平沒有達到發達國家的國際水平。台灣目前也面臨著這個問題。

台灣目前的問題在由於政治問題，讓許多人才、人力資源無法在台灣發揮，這是很大的遺憾。政治問題，也影響到軍事財政的改造，目前我們的軍費國防負擔仍然很重。今日我們應追求的是和平經濟，若仍要堅持反共復國的基地經濟，那麼國防經費的包袱就放不下來，社會資本充實不了，技術開發升級不上，這是牽涉到基本的政治選擇的問題。若是朝向和平經濟、民主政治的方向走，人力資源的發揮就能更大，資本對台灣的打算就能更長遠，說不定海外的人才也將紛紛歸來，這是一個突破的途徑。

一九八七年八月

初刊一九八七年九月《海峽》第四期
另載二〇〇六年一月《夏潮通訊》第四期
收入一九八八年四月人間出版社《陳映真作品集7・石破天驚》

1 人間版小標題為「資本主義的邊陲經濟」。
2 人間版小標題為「消費層面是一種虛相」。
3 人間版小標題為「前景並不悲觀」。

一個親切的社會

幾乎每一個人都認識或遇到過這樣的小孩、年輕人甚至老年人：滿頭銀白而纖細的頭髮，一身特別白晳、容易被太陽曬得通紅的皮膚，因為視力不良，特別畏光，成天瞇著眼睛看人、看東西……

人們或者並不懷惡意地稱這種人為「白毛仔」。在黃膚黑髮的社會裡，他們乍見像西歐白人的樣子，顯得太惹人注目。從小到大，他們在自己的鄰居和同胞中，成了外觀上的異種和異族的人。

在醫學上，這些人都是「白化症」(albinism)的患者。這是一種遺傳性的疾病，先天性的皮膚色素細胞代謝障礙，使病人皮膚、毛髮、視網膜和眼睛的色素層中的色素褪失，病人失去了具有保護皮膚和視網膜的黑色色素。

這種隱性遺傳的先天疾患，在鳥類、魚類和其他哺乳類中也能發現。在統計上，每兩萬個人當中，就有一個白化症患者。因此，在我們台灣，就有九百位白化症病人！

除了外觀的「異類」性，從小要招人注目、議論和嘲弄，最大的問題，在於他們因視力障礙和外觀「奇異」，常常被剝奪他們的工作權，受到我們這個社會的粗暴的歧視。

朱勝賀就是這野蠻的歧視下的犧牲者之一。從小到大，憑著他優秀的資質和老師、家人的不斷鼓勵，朱勝賀掙扎著、艱難地戰勝自己因白化症的「異常」外觀所造成的自卑感，終於讀完淡江大學經濟合作系。在一個偶然的機緣上，他參加一項農會甄選職員的考試，以很高的成績被錄取了。去年十一月，朱勝賀在高雄縣阿蓮鄉農會的信用部上班。

今年六月，朱勝賀收到一份通知解僱的文件，說是因「先天性視力障礙，業務處理工作過程無法適應……應予解聘」。

因為視弱，工作時需要一手拿筆、一手拿放大鏡，做起事來，在開始上班的一個月，確實比正常人吃力。但工作熟悉上手之後，已與常人無異。今年四月，朱勝賀通過試用，由一位農會理事通知正式錄用。在沒有任何工作失誤或違悖紀律情況下，六月，朱勝賀突然喪失了工作。

朱勝賀因白化症遭到歧視的不幸的故事傳開以後，地方父老都很為他難過。省農會知道了這件事，要求阿蓮農會設法補救，但卻無法改變解僱的決定。

朱勝賀曾以年輕的生命，盡全力讓自己受到好的教育，用自己的努力通過了就職考試，也通過了嚴格的職場上的考驗，並且公開被認定工作表現合格，正式聘用，卻又殘暴地讓人剝奪了他自己好不容易爭取來的工作。我們有《殘障福利法》，規定保障有工作能力的殘障人的工作權，但不論法律本身和社會一般的觀念，對殘障人卻充滿了偏見與歧視。

三十多年來，台灣在物質上取得了快速而輝煌的進步，但是在福利、人間關懷、對弱小者的保護和環境生態的維護等各個方面，卻是一個粗暴而野蠻的社會。在近年來台灣大幅度民主化改革的進程中，殘障者的人權侵奪，一直被我們嚴重忽視。對九百位白化症患者殘暴的人權蹂躪，以及對廣泛的少數民族、殘障人和精神障礙者的福利不足和人權上的破壞，已經對我們富裕而飽食的社會，形成強烈的批判和辛辣的嘲諷。

在美國，一九八二年成立了「白化症．色素缺乏症全國組織」（ＮＯＡＨ），從事推展和鼓勵白化症的研究，為白化症者和他們的親族提供最新有關醫療上的資料，使白化症患者之間有一個機構互相團結、互相認識，互相交換彼此成長和奮鬥的體驗，並且透過媒體和各種活動，讓全社會對白化症和白化症患者的生命經驗有所理解。

台灣的社會，已經有能力也這樣做。因此，《人間》雜誌除了報告朱勝賀的遭遇，並將在九月七日下午兩點，邀請柯良時教授（眼科）、吳英俊醫生（皮膚科）、黃越欽教授、張訓誥教授、郭吉仁律師、朱勝賀和其他白化症者的家屬在台北市耕莘文教院六樓舉行座談，初步探索白化症者的醫學和人權、福利以及相互團結的可能性，特別希望白化症者和他們的家屬來參加。

台灣已經建立了一個富足的社會。從今而後，讓我們在富裕的基礎上，把台灣改造成為一個溫暖、慈愛和親切的社會。

初刊一九八七年九月六日《中國時報・人間副刊》第八版

習以為常的荒謬

從長遠的歷史看來，朝代政權的更迭，只是中國長久歷史中的一個部分。推動和創造歷史的，畢竟是民眾和民眾所構成的社會。而身為民眾社會的特殊的思維器官的兩岸中國文化人和知識分子，無論如何，應該從中國長遠的歷史傳承中去思考和創作。

一九七一年，當時的美國國務卿季辛吉訪問中國大陸。一九七八年，美國與中華民國斷絕外交關係，與中共建交；同年，美國與中華民國間的《軍事安全協防條約》自動失效；稍後，美國國會廢除了《台灣海峽決議案》。

世界冷戰構造巨變

這一系列的變化，象徵著一個時代的終結。一九五〇年，韓戰爆發，中共軍隊渡過鴨綠江參加了韓戰。接著，第七艦隊封鎖台海，並且從阿留申群島、日本列島、韓國、中華民國到菲律賓拉開了一條東亞到南亞的圍堵中共和蘇聯的反共防衛戰線。台灣成為這條戰線上的堡壘。同時，也正是在這個美國在東亞—亞洲太平洋反共、防共軍事安全條約網所形成的戰後冷戰構造中，台灣和中國大陸成為一個分裂國家的兩個部分。

一九五三年，「第一次冷戰」結束。世界冷戰構造經歷複雜的變化。一九七〇年，美國在越戰中失利，撤出了越南，東西關係進入了著名的「低盪」時代。正是在這個戰後冷戰構造重大的再編組時代，中華民國面臨了從退出聯合國以後重大的外交挫折。一九七九年以後，東西雙方再度展開武器、戰爭和宣傳上的對立和恫嚇，冷戰史家稱之為「第二次冷戰」時代。但儘管這樣，在台灣海峽，因為美國和中共外交關係的展開，至少在理論上，台灣海峽降臨了戰後初次的和平構造。

從去年開始的台灣大幅度的民主化改革，不論如何，與從七〇年初發展下來的海峽的和平構造不可分。即將由政府公布的探親上的開放，大陸書刊和文化出版品有條件的解禁，以及可以預見的台灣對大陸商貨投資上的發展，離開海峽的和平，也是無從思議的。

海峽兩岸對比懸殊

但是長達三十七年的冷戰構造，使冷戰政治和文化長期固著化。從六〇年代展開的台灣「依賴性」巨大經濟發展，基本上是在「美國─日本」經濟圈中從事產業的生產與再生產。今後台灣經濟與大陸經濟圈的關係，使充滿活力的台灣經濟面臨向大陸市場發展的各種再調整的問題。如果資本主義強大的利潤動機使海峽和平時代的台灣經濟有足夠的自我調整和再發展的動力，在文化和政治上，相形之下，就顯得僵硬和落後了。

三十七年來，一切的傳播和教育，塑造了「大陸即敵國或異國」的印象。大陸上的人，曾幾何時，成了異國之人。有些年輕人甚至作家，公開宣稱他們對大陸中國沒有感情。在政府的文件、談話之中，經常可以看到「我國一千八百萬人民」的提法，沒有人引以為怪。

缺乏中國整體意念

在文化上，三十七年來，文化工作者早已喪失了全中國的焦點。文學家和藝術家，很少或者沒有人從長遠的中國未來的歷史，即統一之後的中國文學和藝術的全景，去思考自己作品的意義。沒有人這樣想過：在中國歷史上統一，當一切當前的政治是非成為過去的一日，自己的作品，是否無愧於整個中國的文學和藝術的傳統。幾年前，作家東年和評論家詹宏志提過這個問題，卻招來嚴重的誤解和攻訐。

在學術上，尤其是社會科學，沒有或者很少人從國家分裂的台灣和中國現代史和冷戰構造的戰後史的視野，去反省和發展台灣的社會發展知識，對於國家分斷下台灣社會和政治的現實，與社會思想、知識和學術研究間的斷裂，長期沒有加以彌補，對於民眾理解社會和歷史的真實，沒有做出應有的貢獻。

統一論調淪於虛構

在政治上，政府的國土統一論，由於缺乏具體的方針政策，不免淪於虛構。而反體制民主蓬勃的一方，近來則不去隱諱大陸和台灣分斷狀態的固定化邏輯中，一貫缺少國土和民族統一的思維。

除了長期以來僵硬的反共宣傳和國際上的冷戰意識形態的影響之外，毫無疑問，在四人幫之後揭發出來的中共社會主義政治與權力的驚人的退行，是兩岸民族團結的重大障礙。然而，一般而言，台灣知識界和文化界，比較起來，就缺少大陸當代知識分子、文學家和思想家，在深受政治和權力的退行所帶來沉痛的摧折之後，為全中國、全民族追索解答和出路的反省、抱負和胸襟。這恐怕也是不爭的事實。

分斷只是歷史現象

從長遠的歷史看來，朝代政權的更迭，只是中國長久歷史中的一個部分。推動和創造歷史的，畢竟是民眾和民眾所構成的社會吧。而身為民眾社會的特殊的思維器官的兩岸中國文化人和知識分子，無論如何應該從中國長遠的歷史傳承中去思考和創作的。這樣去看的時候，我總不免對於台灣文化和知識界對於把方只是四十年不到的國家和民族的分斷視為永久，視為當然的情況，不能不感到文學意義上的荒謬（absurdity）。

不斷變化和前進的歷史，對於台灣的知識人、文學家、藝術家、各個領域的學研工作者和政治家，對這我們習以為常的荒謬提出我們無從迴避的質問。[1]

初刊一九八七年九月九日《自立晚報》第三版
收入一九八八年五月人間出版社《陳映真作品集12・西川滿與台灣文學》

1 人間版篇末有編者按：「關於陳映真先生〈習以為常的荒謬〉一文，有林央敏先生的駁論〈習以為常的夢魘〉（一九八七年九月二十六日《民進報》週刊）、李敏勇先生的駁論〈落實本土是一件嚴肅的課題〉（一九八七年十一、十二月《台灣文藝》一〇八期）及陳芳明先生的駁論〈重建海洋文化的信心〉（一九八七年十一、十二月合刊《台灣文藝》一〇八期）等。」

台灣勞工必須組織自己的政黨！

台灣戰後資本主義的發展，有這幾個特點：

（一）美帝國主義為了防衛作為亞太反共軍事基地的台灣，穩定台灣的農村、社會和政局，一方面以軍事協助、軍事援助鞏固台灣的防衛武力，一方面以巨額援助，完成土地改革和各種經濟、財政、公共設施的改革，為台灣的資本主義「自由企業」準備條件，並扶助台灣資本主義的發展。

（二）在五〇年美援和國府財經官僚的指導和協助下，也在六〇年代世界資本主義巨大景氣條件下，台灣被編入美、日經濟圈，達成附庸發展。

（三）土地改革，使台灣三百多年來傳統的農業地主階級，作為一個社會階級，完全消萎。

（四）部分地主階級，在美國－國府的指導和輔助下，轉化為現代產業資本家階級。

（五）肥料換穀、田賦體制和低米價政策，不但使國府成為由無數獨立零細小農的台灣農村社會直接的收奪者，藉以維持龐大的軍、公糧食供應和支付巨大的黨軍政開支，並且實際上從低米價長期維持低工資，使台灣戰後資本主義迅速達成農業的資本積累，擴大其生產與再生產。

（六）農村土地零細化和台灣農業的快速資本主義化之間的矛盾，加上工業和國家機器對農業的收奪，使無數的農業人口流向城市，和台灣資本主義工業化相應地形成龐大的產業工資勞動者階級。

（七）台灣戰後資本主義的發展，和戰後國家分裂、世界冷戰結構、反共國家安全體制分不開。正是在這「冷戰—安全」體制下，美國和國府合作強力壓抑工人階級的團結權、爭議權、及交涉權，使工會虛構化和弱體化，從而使台灣內部國營企業、民間企業和外資企業得以對台灣工人階級遂行肆無忌憚的榨取和壓迫，擴大其超額剩餘利潤。

（八）因此，戰後台灣資本主義發展的所謂「經濟奇蹟」，是「（國府）國家機器—外來資本—民間企業」三方面的同盟，在世界資本主義體系的吞吐系統下，經由對台灣的自然、生態、勞動者進行最無忌憚、最不知限制的剝削完成的。

三十多年來，台灣的產業結構，以一九六九年前後為轉折點，從農業部門為主導轉成工業部門為主導，台灣就業人口中有百分之六十三為低層勞動者。台灣工人階級，為台灣的經濟繁榮，付出了這些重大代價：

(一)長期僅僅足以維持工人自身和其家族最低生活所需的低工資和低生活水平。

(二)普遍的「無成就」、「無前途」、「貧困」、「自卑」、「社會地位卑微」意識，和急速經濟成長社會中「成功」、「立業」、「幸福」、「富裕」、「舒適」標準，形成強烈的對比。

(三)長期生活在人格不被尊重、人權沒有保障、勞動者缺少社會和生活保障、整個資本主義工業體系中缺乏工人福利觀念和支出的結構下。

(四)工人階級沒有自己的文化生活，在知識和文化上無法進步，並任消費社會最低俗文化如色情、賭博、酗酒……長期摧殘。

近來，王義雄立法委員積極籌組工黨，正是要為在台灣「國家分裂—安全—依賴」體制下的資本主義發展中，人數最多、犧牲最大的台灣工人階級爭取參與台灣政治、經濟、社會和文化生活的權利。

在當前台灣的具體條件下，這個將生的工黨，應該不是一個革命的政黨，而是以社會民主主義為中心理念，認真地遵循並發展台灣的議會民主政治。我們希望工黨能發揮如下的作用：(一)爭取台灣工人階級最基本的團結、爭議和交涉權；(二)要求長期被剝奪和壓抑的權益之最低限度、最合理的部分之復權；(三)要求切實實現當前對工人階級而言還不完備的《勞基法》所規定的一切工人合法的權益；(四)要求實現包括工人階級在內的一切廣泛社會底層人民的民主權利；（五）要求停止長期以來在「安全」藉口下對工人勞動時間、工資、安全和福利的無理壓抑。工黨甚至應該歡迎國民黨和民進黨認真實踐它們對工人階級所做的各項承諾，並願意為實踐它們的承諾而和它們真誠合作。

台灣的工人階級，在過去的四十年中，沉默地、超額地為一個「依賴—專制—富裕」的社會做出最大的犧牲。

今天，台灣的工人階級不能再繼續做這種不合理、不被賞識和感謝的犧牲。台灣的工人階級應該團結起來，堅強有力地要求他在台灣社會中遠比應得的還要少一些的權利和利益。

我們期待台灣一切先進分子參與或支持工黨。長期以來，主張維護台灣少數民族的權益、為反對環境破壞、為婦女真正的解放、為核能安全和為世界的非核安全與和平的一切優秀的、先進的人民、知識分子、學生、文化和學術工作者，都應該對新生、將生的台灣勞動者政黨的發展與壯大，做出熱情的回應。我們這樣熱切而誠摯的期待。

初刊一九八七年九月《海峽》第四期，社論
收入一九八八年五月人間出版社《陳映真作品集12．西川滿與台灣文學》

超越與飛躍的人性

1

第三世界文學之所以值得我們關切與認識，有許多理由。

第三世界各民族和各國，在三、四百年來一直是西方帝國主義下的殖民地。民族壓迫—民族解放的長期鬥爭構成的激盪的歷史，使第三世界文學燃燒著對人的自由、解放、人性的尊嚴和正義之熾烈的火光和深沉的思考，相形於當代西方「先進國」文學的廢頹、意義喪失、人間疏隔、平庸膚淺，尤顯得磅礴、恢宏而豐富，不可不讀。

在台灣，尤其在戰後四十年間，我們的文學教授、作家、文學青年，在強大美國系文化、文學霸權下，習於以第一世界的眼睛和心智來界定文學、搞文學創作、從事文學批評，而喪失了我們自己文學的主體性。

第三世界文學，以它土著的、原創的、未完全受到第一世界文學影響的敘述方式、形式、結構、風土、對人和自然的觀念，對自由、尊嚴和人的解放諸問題的逼問方式，使我們重新思考文學之哲學的最原點：文學是什麼？文學為什麼？文學為誰——以及文學應如何構成和表達（敘述）。

通過閱讀第三世界最優秀和比較優秀的文學，我們不但得以理解遼闊的亞洲、非洲和拉丁美洲的心靈，也可以清除第一世界文學在我們的價值系統中的霸權支配，重建自己的主體性。

初刊一九八七年九月光復書局《當代世界小說家讀本・金石範》（王淑卿譯）

1 本篇為光復書局「當代世界小說家讀本」系列，第三一－四〇冊之共同序言。此套書將二十世紀世界文學略分為英美、歐陸、第三世界、日本、中文地區、台灣等六大部門，陳映真主編的十冊即屬「第三世界」部分。

台灣變革的底流

戴國煇、松永正義、陳映真對談

編者按：戴國煇，日本立教大學教授，主講近代日中關係史。松永正義，日本一橋大學助教授，主講中國文學。本文原刊日本岩波書店《世界》月刊，未在台灣公開，譯出[1]後並由陳映真做了若干修訂（特別是〔〕號內所載）。

戴：聽說陳先生這次在來日之前，曾經在漢城有一番停留？

陳：大概是今年二月吧，漢城外語大學邀我去談談有關中國的抗日文學，於是我向政府申請出國，一直未能獲准，就不再寄以期望。沒想到四月分突然准了下來。

其後不久，也承香港以及新加坡方面的邀請，要我參加有關文學的活動和會議等。我在結束香港、新加坡的訪問之後順道前往馬來西亞到馬尼拉。六月十一日到漢城，然後是每天在催淚瓦斯中的日子。我受了很大的衝擊。

戴：這表示你親身經歷了激烈變動的現場。你到菲律賓的時候也一樣，而韓國則是在最轟轟烈烈的燃燒中的訪問，我認為那是最好的時機，也是一種幸運吧。

自前年秋天以來，台灣也顯現出驚人的變化。但是對於這個變化，想必有很多是日本讀者所不了解的。主要是在日本，從台灣來的第一手資訊非常的少。

因此很希望能從既是作家，又是身為《人間》攝影報導雜誌的主持人，整天關注著台灣的變化的陳先生，為我們介紹政治層面的、經濟層面的，或文化層面的變化。

質的問題

陳：如果單從「現象」來談，在政治方面，台灣的確有了戲劇般的變化。有一種不是漸進的變化而是突起的變化的感覺。國民黨默認了在野黨民主進步黨的成立，戒嚴令也解除了，報禁也將要解除。

從表面上看去，或許有人會以為國民黨是受了民眾的壓力而處於不得不自由化、民主化的狀態中。但是我恐怕不這樣看。台灣的情況，和菲律賓因迫於「人民的力量」（People's Power）而不得不讓出權力狀態不一樣。在台灣為什麼會在幾乎像是一夜之間採取完全不同的政策？這不是能簡單化地加以理解的問題。在經濟方面，政府現在正倡著所謂「三化」，即國際化、自由化，還有制度化。國際化是指解除對國內資本的保護，如關稅的保護政策。自由化主要是指將官營企業開放給民間。制度化，用日本方式說就是經營的合理化。

台灣也許是已到了要想在國際經濟的競爭中制勝並生存，必須改造台灣的資本主義結構的地步了吧。長年來台灣的資本與政府的關係太過密著，單靠行政命令不可能改造，於是藉委諸市場法則，意圖使資本主義結構更具資本密集性。我想是屬於這樣的動向。

戴：那麼對文化以及思想方面你的看法如何？台灣的電影、文學等方面，看來很是活潑。

陳：這裡頭有些問題。在我繫獄的一九六八年當時，還有一些空間和氣氛，可以把西方的思想，例如實存主義等（雖然程度不高），介紹到台灣加以討論或思考，所以當時我常想，一旦出獄，為了補課，非得猛用功不可。但是當我於一九七五年出獄了，過去的那種空間和那份氣氛，卻幾乎已全沒有了。

考其原因，一九六八年當時，現代性的大眾消費社會尚未形成，尤其是電視還不普遍。當時有些知識分子，生活雖然清苦，但總以「思考」為自己的本分。這種情況，隨著台灣戰後資本主義急速的膨脹，知識分子大量的被吸收到跨國企業和其他資本主義產業中，並被組織了起來。所以文化的樣相變了，因此討論以及思考那些事物的空間和知識分子也都變少了吧。

戴：我卻有些和陳先生不同的感觸。近十年來，先且不談它的內容，台灣著實出版了好多純文學的詩集和小說。在日本想出版這類書，可不容易。對這件事你怎麼解釋呢？

陳：在台灣，純文學的出版物其實沒有什麼銷路。看上去出版的東西很多，其實，不少是作者負擔部分或全部費用，印那麼一千本或一千五百本，然後把一部分擺在一般書店裡流通，其餘則分贈給朋友。這種情形最多。

戴：這情形本身就是一種變化啊。又不是靠這個吃飯，卻想出書，又能出書。我想這也是一種文化現象吧。

陳：是的。不過，戴先生說：「且先不談內容」，我卻以為不能撇開內容不談。自一九五〇年以來，由於台灣對文化、思想，以及社會科學等的有形無形的禁壓，所以台灣在知識上和學術上都沒了蘊蓄。學者、學生很多不做基礎性工作的累積。從美國留學回來的人，不少人只是將美國的學說拿到台灣現買現賣而已。至於這個學說和台灣有著怎樣的關係，或符合於台灣的哪些條件，都不加以考慮。就是翻譯，也都不做研究上的印證，只是量產。而雖然如此，讀者卻也只得飢不擇食。台灣文化的問題，其一是在知的積蓄的問題，其二，則在內容，換句話說是知性和文化的質的問題。我想，這兩個問題俱是四十年來台灣文化所存在的重大問題。

自力救濟的動態

松永：我了解你著眼於「質」的問題，認為它還早、還不行的說法。不過不管怎麼說，台灣社會的變化確實是很搶眼的，而且台灣文學也變得格外的有趣。又在八〇年代裡，社會運動，反公害運動，還有消費者運動等，都有了很大的成長。這也是台灣從來未嘗有過的。這種長期性的變化和陳先生剛才說的突然的變化，有著什麼樣的關聯呢？

陳：當然，就理論而言，因為台灣的社會有了大幅度的改變，所以政治上也被迫要有所變革，是可以這麼想的。但是我身處台灣，我的感覺是這回的變化，來得還是太突然。統治者通常是被迫到底線才讓步的為多。但是，台灣這一次的動態，卻在還看不見有這麼大的壓力情況下迅速地發生。總覺得情況不很明朗。比較清楚的只是蔣經國想要變革突破的人的意志。看來，蔣氏似乎是真有誠意要搞改革開放的。不過，就整個統治結構看來，整個官僚體系，缺少熱情改革的熱勁，都只往上推，都是「一切看上面」的狀態。

從另一個角度說，我當然對於民主進步黨有所期望。因為它是中國歷史上第一次出現的、擁有一定程度民意基礎的在野黨。在這回的政治變化中，在野黨，亦即黨外勢力所盡的角色力量的確不小。只是台灣最近變化的原因，就不只這一端了。如果誤解了這一點，那是危險的。

又在野黨勢力也仍有許多不周全的地方。譬如他們沒有能充分汲取見諸於社會運動中的民眾的活力。

戴：提起社會運動，最近學生運動好像有了新的動向？在代聯會主席的選舉中，有非國民黨籍的學生候選人出來與國民黨推薦的候選人競選而當選，學生主動的從事地下出版活動等。這是自七〇年代初的保釣運動「以來的第一次。

陳：台灣最近的學生運動，也許可分作三個階段吧。最初的階段，是六〇年代。這也是我自己那個年代。當時，凡是覺醒的學生，只是單純的參加黨外競選活動，為黨外候選人助選。過去，黨外政治家，在選舉中常有被壓迫或逮捕的情形，所以學生同情他們。再說，要政治化的學生，總是個別地政治化。換句話說，是站在單純的不滿與反抗的延長線上的。

第二階段，是從七〇年代後半開始的。也許還稍早一些。初時，也是從對黨外候選人的助選運動開始，但是雖然感情上同情黨外，但是在知性的水準上卻無法得到滿足，於是雖只屬少數，但是開始在校內成立了具有自主性的團體對抗校方。雖然行動先行於思想，但是校園內的氣氛起了變化。〔當然，也不能忘記一九七〇年的著名的保釣運動。雖然規模因受壓制而不大，但卻是戰後第一個學生反帝民族運動……。〕

第三階段是最近也就是從去年開始，前進的政治學、社會科學等原文盜版書在坊間多了起來，學生們開始閱讀它。像馬庫色的書，華侖斯坦的《資本主義世界體系論》等就是。從此，學生們對事象的觀點開始有了質的變化，於是在知性上，學生們便益發的無法只滿足於黨外運動。換句話說，是知性上的和思想上的覺醒。此後在學生的出版物中也開始出現「階級」、「資本主義」、「帝國主義」等語詞。另外也可以看出學生們急欲將得來的理論應用在現實的動向。我想，這應該是一個很大的變化。

不過，雖說是要讀前進性的書籍，卻因為戰後的台灣知性的或社會運動的蘊蓄都太貧乏了，突然的想讀這些書，可談何容易。但這個傾向，還是很好的。

在韓國，我看就不同，他們擁有悠久的學生運動的歷史。即運動裡的勝利的記憶以及傳統的累積，都會發生很大的作用。比起台灣來可真驚人。

戴：關於反公害運動……前次美國杜邦公司要在鹿港建新廠的時候，黨外人士和學生以及民眾結合起來發動了一個反對運動，結果杜邦收回了計畫。我想這也是一個新的趨勢。

陳：台灣的反公害運動的情況是這樣的。在開始的時候，居民大多很歡迎各種企業到自己的地方來設廠。因為業者會以增加收入和就業機會作為宣傳的手段。可是過那麼兩三年，居民就會開始抗議。因為設廠後水受汙染不能飲用，或患皮膚病等等開始層出不窮。不過，居民一般還是很老實的。公害問題嚴重化後他們向警察告發，他們向政府陳情等，這些合法抗議總要持續十年以上。可是政府都不採取行動去改善，或有效制止工廠汙染。不，其實台灣重大汙染源毋寧以國營大企業居多。忍受了十多年的結果，是公害情況越來越嚴重。我也曾經去採訪過。實在嚴重啊……忍無可忍，民眾採取行動搞「自力救濟」，是他們經過一番切膚的感覺，對公權力徹底失望的結果吧。

換句話說，反公害居民運動，其實是被迫而自發的行動。目前，黨外還沒有充分了解公害問題的重要性。很多時候，只因為居民運動有群眾，趕到抗議現場可以提高個人的知名度，所以才去露個臉。其實，我聽過他們在反公害現場上的講話，很多黨外明星對公害並不理解……

學生就不一樣了。他們認為學生在校園裡讀書，但是也必須要到民眾中間去。就是因為有這一份體認，所以到公害運動的現場去。他們住在那裡，他們和市民交談，從而得到很好的教育。雖然這樣的學生為數還不多，不過，像台灣大學的一組學生，他們認為不到民眾中去便無法解決理論與實踐的問題吧，所以就到鹿港。後來他們提出了一份很充實的鹿港居民反杜邦調查報告。所以，反公害運動並不是黨外以及學生先行之後民眾才行動，完全相反，完全是民眾先行型。

戴：最近發生的變化中，有一項是民眾自力救濟的趨勢相當的明顯。

邇來台灣所稱的經濟奇蹟、經濟成長，其實只是經濟膨脹。膨脹中必定存在相對立的矛盾。當這個矛盾，例如公害一旦表面化，而人們被逼到忍耐的極限時，就會起而為街頭運動、反公害運動了。

陳：不錯，是這樣。

松永：我總覺得這種超出政治範疇的、重大的社會變換，很少反映在最近的台灣文學上面。回顧七〇年代，因為陳先生以及幾位文學家的努力，「寫台灣的現實」，成為一種認識，所以有以民族主義為基礎的寫實主義文學這麼一個共同的理路可尋。

可是到了最近，是不是因為台灣的現實本身不容易把握，所以理路也罷，認識也罷，好像都已失去了。

陳：是的，確實如此。

松永：理由之一，可能是在七〇年代以前，因為言論，尤其是政治性言論很受壓抑，所以要託藉文學來說話，所以文學便非常的有活力。現在政治的問題可以在政治的領域中議論，因此文學固有的問題反而不容易顯出來了。

於是，現在因為政治突顯了，所以出現很多為了趕上這個情況讓主題先行了的小說，可是文學本身似乎是在迷失方向的情況中。對於這個問題，你的看法怎麼樣？

危險的無力化

陳：你說得很對。不過要回答你的問題，我想必須先回顧戰後台灣的文學狀況。

戰後，到了一九五〇年前後，台灣的文化潮流有了完全的改變。在那以前是有著批判性的寫實主義文學的傳統的。可是五〇年前後的政治性肅清之後，從血腥的土地上長出來的是來自美國的現代主義那些東西。它的影響長達二十年。為什麼它能影響那麼久呢？那是因為批判性的傳統被根絕了的緣故。現代主義以及西方的事物在第三世界早已受批評，所以第三世界的主要文學作品，於六〇年代前半已經全部出齊。

在台灣，卻一直到七〇年，文學始終都在模仿西方的文學的影響中。

六〇年代末，世界性的資本主義社會知識分子的反叛，再就是七〇年代初，中（共）美外交的正常化，卻給了台灣影響和衝擊。於是這才出現批判性的文學。其中最突顯的是現代詩論爭和鄉土文學論爭[二]。當時的文學確具有反帝國主義以及把整個中國放入視野的民族主義的理論。一直到當時，台灣文壇還全然沒有「分離主義性格的台灣文學」的意識。

這種情況是什麼時候開始起的變化呢？依我的看法，高雄事件的影響，至少比我所想像的要來得大。美麗島事件使很多台灣的精英分子受到國民黨的壓迫，被捕入獄。

這時候開始有人倡言有別於七〇年代的方向的、不同於中國的、屬於台灣人的台灣文學。此後，覺得台灣人不能這樣一直被欺負的感情，便見增漲。

可惜的是由於一九五〇年代以來的知性貧困所致，對事物的把握，一般上只止於表面性和情緒性。

台灣最根本的問題——如果藉用醫學用語來說，該說是台灣的基礎疾病吧——是在於知性的貧困。所以，最近雖然常有所謂的政治小說，但是多偏重在「台灣人被欺負成這樣」的情緒層面，而比較少有深度。依我看，當前台灣文學闡釋人、社會、環境等的內容似乎還不見成熟。〔台灣文學在知性上的貧乏，自然影響了焦點，有「焦點喪失」的問題產生。不能說政治上開放些，議題表面化和政治化，文學就相應的無力化。文學對議題（issue）的敏感，往往比政治超前。如果不超前於政治，至少也與政治同時意識到生活中存在的問題。文學界思想的薄弱化，我以為可能還是很大的一個因素吧……〕

松永：這和陳先生的文學主題之一——「消費社會的問題」，也有關係吧？我看近來台灣的社會構造和日本的社會有相當的類似。在日本，文學的語言在大眾消費社會狀況裡已失去作為語言的功能，而流為只是複寫品或商品。我看這種情形在台灣好像也漸漸的在發生了。

陳：是的。在台灣也有這種危機。在日本那樣一個曾經有過六〇年、七〇年「安保鬥爭」三的歷史的社會，今天她的文學還難免「無力化」，這是值得憂懼的。在六〇年至七〇年世界文藝界全面激進化的時代，在台灣，卻連這種批判的、前進的藝術家、文學家的傳統都沒有。在這上頭加上大眾消費社會的到臨，於是便具備了促使更無力化以及更加的知性貧困化的條件。

戴：我想回到政治的問題上來談談。在這以前，只要參加反國民黨的運動而坐牢，這事本身就變成了他的勳章。一個人往往只憑他坐過政治牢，民眾就會給予支持。這種情形，依我看，是不會再有了吧。以後，如果只因為一個人坐了牢，民眾是不會發給他信用狀的。如果不能提示真實的思想或主張，或一些新的事物，民眾便不再跟你走了，不再支持了。是不是這樣呢？

陳：我想是的。高雄事件以後，國民黨對政治事件的處理方式有了巨幅改變。以前，一到選舉年，必定會有政治逮捕事件。現在，大概是國民黨自覺到高雄事件對權力體制所造成的惡影響吧，自那以後，幾乎就沒有過逮捕事件了。

戴：也許體制一方終於了解到「逮捕」這一事就會造就英雄。這麼一來，我們得回到最初的問題上了。陳先生說最近的變化很是唐突，又說每個人都是集中注意於蔣經國一個人的言行，不過我們是不是應該說：在國民黨內部有新生的一個階層，他們開始有了用原來的方式是行不通的覺醒。

我的看法台灣的經濟雖然內含著很多的問題，但是規模已大了起來，比起往昔，生活是豐裕多了。再說，公民出國也方便得很，於是外面的世界和台灣內部開始連繫起來。這一連繫，國民黨本身也許覺醒到政治的壓制反而更有引發爆炸性反應的可能。因此嘗試以緩和的手段企圖減弱反抗的力量。

現今台灣的變化，與其說是來自民眾或在野黨的壓力，我看，好像是權力體制的這一方，主動的把情況引到有利於自己的方向。其結果正是你方才所指陳的現象。

陳：不錯。有很多新生代的現代化官僚，以及留學哈佛、耶魯回來的畢業生等進到國民黨官僚機構。他們和老官僚不一樣，他們都能夠用管理的和經營的眼光來看待和評估事物。

就以出國許可來說，以前只要一看某一個人來申請，可能就以條件反射性的「這傢伙可不能讓他出國」的判斷就了事。現在，則可能比較會以管理的理念來處理，會根據個別的情況判斷，仔細的考量要不要准許，而後做出決定。

不過這只是一個側面而已。這次的變化最大的原因之一，依我看，也許仍在美國。美國、國民黨和黨外，他們站在希望有更安定的台灣，以及維持目前台灣與大陸的分斷狀態這麼一個共同利害的微妙關係上，他們三方面是否正逐漸形成某一種協同關係呢？為此，美國頻頻招待在野的領導人士，嘗試著觀念的溝通。事實上已有在野黨的領導人多人訪問過美國，甚至有一部分人拿自己曾和美國的大人物會過面這事作為政治資產炫耀著。

戴：如果他們之間是原本的思想層次上的關係，倒還好，如果不是，而是作為政客的一種政治「秀」這種關係的形態，在從事學生運動的人們看來，一定會很不滿吧。剛剛提到美國，現在我卻想問一下你對台灣和日本的關係的看法……

使用平假名的台灣學生們

陳：如眾所周知，在戰後冷戰構造當中，在日本戰爭責任未受到徹底清算的情況下，日本與台灣的緊密關係早已經形成。而台灣依賴美國與日本以維持自己在國際社會的地位的這樣一種情況，持續了很長久的一段時間。這事扭曲了日本和中國近代歷史的整合。

所以戰後四十年來的台灣歷史教育，是很不徹底的。兩、三年前，曾經問過一個高中生：「七七」（蘆溝橋事變）是什麼？他竟回我：是不是一種巧克力糖的商標？情況竟到了這樣的地步咧。

而今，政府也早已不再紀念抗日戰爭了。黨外的態度則認為抗日戰爭是「中國人」的事，與我們「台灣人」無關，表現得極為冷淡。黨外對日本也好，對美國也好，完全沒有批判性的觀點。至於反帝國主義，或與第三世界的團結等想法，就更不用說了。這正說明了，戰後的冷戰構造是以多麼扭曲的情形，影響了台灣。

處在這種狀態中，台灣新生代對日本也就全無批判意識。不懂日語的年輕人看《儂儂》、《安安》等日本雜誌，看的是圖片或相片。為的是要比別人先知道日本的年輕人穿些什麼？髮型如何？更令人驚異的是他們用日語的平假名「の」來代替中文的「的」——例如把「我的鉛筆」寫成「我の鉛筆」！

他們認為抗日是「你們老一輩人的歷史恩怨」；他們誇口說我們要用新的眼光來看歷史。其實他們對日本完全無知，只是毫無批判的盲從於日本商品化文化罷了。

戴：這次來到日本，有沒有什麼新的感受？

陳：我會見了紀念連我們中國人都極少知道的「花岡事件」[四]的日本朋友們，很受感動。要不是認識這樣的日本人，我真不敢想像我心中的「日本人形象」會是什麼樣子。到台灣來的日本人，大多是如您所了解的那般人。又這次到馬尼拉，看日本企業在那裡的作為，簡直是新版的強擄奴工，是在當地的強擄奴工。日本人把一切全部交給當地的承包人，企業本身對勞動災害全然不關心，完全不負責任。

還有很多日本人認為，台灣是蔣介石的台灣，是國民黨的台灣，自己是進步派人士，所以根本不必也不願去理會台灣的問題。

我想現在是不是應該改正這樣的想法，而開始在民眾的這個層面上來建造彼此的聯繫網路。當我與真正認真研究亞洲，為和平、正義、自由的亞洲和日本而努力的日本人士接觸之際，這樣的想法便更為迫切，而且也更具信心。

戴：話又說回頭，聽了有關台灣年輕人的對日意識，我覺得隨著經濟膨脹而來的台灣現代化，帶給台灣的荒蕪，公害問題固然是其中之一，其他顯現在文化層面的是無國籍化和民族性的喪失。是不是有這樣的顧慮呢？

陳：是的。我擔心這樣下去，無論是經濟面或意識上，都會演進成像香港一樣的無國籍化。另一個憂慮是，黨外也已受到執政黨在戰後世界冷戰構造中的反共體質。黨外和執政黨的意識形態，在對大陸對共產黨的這一點上，完全一樣是保守、右翼的。而在對國際資本主義的全無批判的態度上，也可看到他們間的一致性。果如此，那麼兩者之爭，就不過是政治席位與席次之爭罷了。

松永：我很能了解那冷戰構造對黨外的深厚的影響。不過我想，現在最大的問題應該是民主化的問題。就這一點來說，目前的民進黨的運動是把已經被固定化成為政治制度的台灣內部的冷戰構造，打從內部加以動搖。應該是有這樣的作用吧。

陳：是的，從理論上來說是不錯，不過從我這次在韓國逗留的體驗來說，我想，民主化也有質的問題。

戴：你的看法是說在同樣民主化為口號的行動中，其領導者在質的層次上有相當的差異嗎？你的看法是，在韓國，領導者相當成熟，就在質的方面，在邏輯的層次上都比較高。

陳：目前的台灣，是獲得了某種程度的自由。要組黨也可能了，文學也可以有較自由的表現。但是我深切的感覺到目前所最欠缺的是：要說的是什麼？要做的是什麼？怎樣看過去的歷史？怎樣分析現況？然後根據這些分析如何去把握未來……這些屬於質的問題。

松永：不過你不認為台灣的變化，正在以民主化的形式突破共通於大陸的即中國的那種極堅硬的政治文化嗎？我想這在中國的整個近代史上有著很大的意義。當然，在對大陸的看法等問題上，民進黨也存在著很大的問題，但是目前我們似乎可以就民主化的這一點上，給予應有的評價。

陳：你這是很好的問題。不過我仍然很想披露我這次的韓國體驗。問起韓國的基督教徒、學生等，他們各個人的談話中都表現出：在外國霸權支配下的韓國國家的分斷與民族的分裂，是他們心靈深處最大的痛楚，這樣的思想。當然，他們也不知道該怎樣統一？怎樣把兩種體制、兩種生活方式合到一起去。關於這一點他們議論很多，但是結果沒有一個比較一致的結論。但是在「必須趕快停止分裂狀態」的這一點上卻是一致而鮮明的。統一是他們全民族最淒烈的願望。這在主張中國之統一的我看來，感銘至深。

重看戰後史

松永：也許我以下想說的是一個外國人不負責任的看法……不過，我覺得，台灣的情況和朝鮮的情況是有差異的。

對朝鮮來說，殖民地化，分裂，都是屬於全民族性的經驗。但是對台灣而言，殖民地化，分裂，都不是全民族性的經驗，都是在分隔的形態下的經驗。朝鮮，有著全體民族共同的經驗。相對地看來，台灣卻有著緣由於日本統治時代的、不容易擁有共同經驗的困難和扭曲。

再說，如前面所說，這裡還存在的有共通於台灣和大陸的政治文化的僵固問題。又因為大陸處於比較的強勢上，所以，對台灣倡導民主化、自由化的人們來說，在大陸到底民主化、自由化有多少保障？便成為很重大的問題了。

的確，民進黨只看到大陸的政權而不曾去看大陸的民眾，以及包括台灣在內的整個中國的歷史。不過這些癥結，看大陸政府現在的情形，也許可以理解到黨外有不得不然的地方。

因為這種種，所以談到統一及分裂，台灣就比韓國有著更多的困難。

陳：我想說的是，我們應該克服由冷戰構造培養出來的對事物的看法，然後重新來看台灣的問題、中國的問題，從而比較建設性地運用目前所獲得的自由和民主。

譬如好容易有了可以公開討論可謂台灣戰後史的原點的「二二八事件」[五]，這樣的氣氛。我們人間雜誌社，也做了二二八的專集。（我們以民眾史的方式重新拼合這樣一個真人真事的故事。）台灣在光復當時，全面的傾向中國。是一份終於回到祖國了的心情。這份心情在「二二八事件」受到傷害。「真正的祖國是這樣子的嗎？」人們陷入了這樣的迷惘中。就在這迷惘中，接觸到了當時的地下黨，遭遇另一個中國，於是再度燃起民族感情，然後被殺。

我在這次為雜誌編「二二八事件」專集的過程中，第一次認識了這種歷史的複雜性。然而，今年首度舉行紀念「二二八事件」的集會，卻不致力於對歷史的再認識，而流於只是喊喊口號、罵罵國民黨的情緒化的活動。好不容易得來的自由，就這樣浪費掉了，實在可惜。

有趣的是，在和韓國的文學家對談中，我發現他們也正在要重看他們的戰後史。我想留居日本的金石範先生以濟州島叛亂為題材寫成的小說也是其中之一。對統一問題，他們想要從戰後史的根源處加以重新探究。

戴：我想把我們的談話做一番整理。

現在，台灣有民眾的力量。於是陳先生希望蘊蓄的是十分成熟的變革思想。他希望揭示在民眾跟前的是不同於國民黨、不同於大陸的變革思想。但是認為在這一點上台灣似乎是落後的。也因為去了韓國所以這種煩惱更深了。但是在松永先生看來，認為不盡然，台灣做得相當好。民進黨等人的活動，已經慢慢的在動搖中國的歷史包袱。讓我們來珍惜這一點。

陳：請不要誤會。我絕不輕視民進黨。毋寧說我對他們「望深責切」吧。不過，現在所說民進黨黨員的招收上並不很踴躍。尤其知識人黨員這一層的招收更難。以現狀來說，大家對黨外知性方面無法滿足，所以採旁觀的態度。投票的時候當然無可選擇，所以投給民進黨，遇有他們的集合也會前去聽演講，但是還是覺得猶有不足。〔我就是這樣的黨外知識群眾之一……〕

總之，台灣必須做一番新的摸索。當我年輕的時候曾經輕易粗淺地以為社會主義是中國一切問題的解答，而認為當時中國(大陸)所從事的正是問題的解答。這種「急於年少的氣盛」每個人都有過類似的經驗。而在文化大革命後發生了許許多多的事，然後，有些人轉向了，也有很多脫了隊了。可是人總不能一直這樣下去，所以我想，重新從歷史的觀點搞認真的、根本的再思索和反省……

好好站在歷史的整合上，在台灣創造出自主性的革新勢力，我想這是當前台灣最緊急的課題吧。

初刊一九八七年十月《世界》月刊(日本)

中譯收入一九八八年四月人間出版社《陳映真作品集6．思想的貧困》

本文按人間版校訂

一　保釣運動：一九七〇年九月美國決定將沖繩島歸還日本。依美方所公布的範圍，它包括釣魚台群島在內。這遂引起保護領土所有權的運動。這個反美、反日的運動乃轉化為面對問題提不出對策的國民黨的批判。繼而促成了民族主義的覺醒，以及對政治、社會的批判運動，而成為七〇年代反體制運動的引火線與出發點。

二　現代詩論爭・鄉土文學論爭：前者是對偏離現實社會、一味模仿西歐的現代詩的批判，以及對現代主義的批判為主題的一九七二、三年的論爭。這個論爭終於形成為七〇年代台灣寫實主義文學的契機。這樣形成的文學潮流，因為是以描寫台灣社會為主，所以被稱為「鄉土文學」。對於這個情勢，國民黨周邊的文學家，乃批判其為共產主義文學，而引發七七、七八年的鄉土文學論爭。透過這個論爭，現實主義文學潮流乃廣為社會認同，同時也顯出了擁護鄉土文學者之間的文學觀的分歧。

三　安保鬥爭：針對一九六〇年《美日安全保障條約》的改訂，以阻止改訂為目的之組織及運動，從昭和三〇年（一九五五年）起就在日本開始了。一進入一九六〇年，以工會和學生為中心，這個反對運動擴及日本全國。尤其是一九六〇年五月十九日由自民黨主流派所做的條約的強行採決，引發了「保護議會主義」的口號，國會連日的被示威團體包圍，終於發展為戰後最大的國民運動。其間又因為種種波折，到了六月中旬以後，市民的參加明顯的多了起來。包圍國會的示威人數竟達三十萬人以上。後來日本七大報社發出了「排除暴力守護議會主義」的共同宣言，大眾媒體對這個空前的運動發生了剎車作用。及至條約的自然成立之後，岸信介首相下台，這個波濤才平靜下來。

四　花岡事件：一九四五年六月，被強制擄往日本秋田縣花岡礦山區勞動的約八百名的中國勞動者，在日本蜂起反抗的事件。他們與軍警抗爭數日，終被鎮壓，有百名以上的中國奴工遭到殺害。

五　二二八事件：蜂起於一九四七年二月二十八日的反國民黨事件。這一個反國民黨的不正和腐敗的暴動立即擴散到台灣全島。這些控制了全島的反對者，強烈要求廣泛的自治權。對此，國民黨以強硬的武力加以鎮壓。依據當時的軍方資料，這事件中的死傷者（含軍人、官吏）約八千人。這事對正值戰後再出發時期的台灣社會的指導階層，造成很大的打擊。而且也廣泛的引發了反對外省人．反中國的意識。影響台灣戰後史至鉅。

1

譯者：鄭莊。

〔訪談〕思想的貧困

訪陳映真[1]

蔡源煌：有些評論者認為你早期——指的是一九六八年你投獄之前——的作品，在藝術表現上，比你近期的好。對於近期的作品，有人以為你過於偏重先行的概念，而影響了藝術上的成功。你怎麼看待這樣的批評？

陳映真：作家對於有關他的作品的評論，至少對我來說，最好的態度，一方面是冷靜虛心地傾聽，一方面又應該保持他的主體性，從而，又一方面，對這些批評持善意和沉默。對別人對自己的好評頻頻點頭、做補充，對別人對自己的批評，漲紅著臉辯護或攻擊，我看都很不成體統。作家應該能很客觀地對待自己寫過的東西，有自己的意見，也以聽別人的意見為重要、為樂趣。

也許這個訪問，主要都針對我的作品和想法而來。那麼，針對作品的部分，我盡量離開作為作家的立場來看問題。關於我的想法吧，當然就得站在我自己的立場，盡量把話說清楚。

也有一些評論家，一些讀者，認為黃春明「早期」的作品好，生動感人，近期作品，例如〈我愛瑪莉〉、〈莎喲娜啦．再見〉，則沒有他早期的好。我個人，挺不同意這樣的看法。

這樣的看法，依我看，有幾方面的問題：首先，一個作家年輕時代的作品，一般說來，總是比較熱情，比較充滿了感情，有時候比較神經質，比較憂悒、夢幻……有些評論家或者讀者，因為心靈和思想上正處在年輕時代，或者甚至不肯隨著歲月在心靈和思想上成長，所以往往會希望作者永遠寫一些他們要的東西，從而抱怨某一個作家的風格變了，不如「早期」的好。

當然，越寫越回去，越寫越糟糕的作家，比比皆是。我並不排除這個可能性，並且以此自惕。但是，我以為，好的評論家和讀者，應該也有這樣的認識：許多時候，評論家或讀者，極可能跟不上一個作家，常常落在一個作家的思想和藝術之後而不自知。好的評論家和讀者，應該同情、認真、關心地看待一個他們心目中的優秀作家和他的作品，不能自己不長大、不長進——對不起，這沒有罵人的意思，應該說「不進步」好些——就抱怨作家走遠了，風格變了，藝術性差了，要別人跟他們在原地踏步，拒絕進步。

改變，對於一個真誠而且思考縝密的作家，是一場艱難的蛻變和自我批評的過程。這過程，遠遠不若在一旁抽著菸指指點點的批評家和讀者輕鬆。轉變，對作家說，是整個思想、價值、甚至生命的轉化和革命，有一定的過程。在這過程中的作品，當然有時就不那麼完整，有些尷尬，就像成長期的少年，你知道……。好的批評家和讀者，應該跟得上這些變化，加以理解、耐心的等待。可是有時候，往往還不是作家尚未蛻化成功，壓根兒是批評家跟不上去。從編年史上看，黃春明的〈小寡婦〉、〈莎喲娜啦．再見〉、〈我愛瑪莉〉，是六〇年代末期在台灣最早批評了整個國家分裂下「國家機器—企業—外資」的「三邊聯合」體制下依賴性經濟發展的精神面貌的優秀作品。現在回過頭去看，全世界先進知識分子在法國、東京和北美大張反判體制之旗鼓的時代中愚騃地缺席了的台灣知識界，一直到今天被少數一些「批評家」譏評為只是「很會講故事」的黃春明，卻在那個時代透過藝術的表現，發表了他的看法。

有人說，那是「意念先行」，有傷黃春明作品的「藝術性」。

「意念先行」，最壞的作品，確實令人無法接受。問題在任何壞的作品，都無法令人忍受。任何不主張「意念先行」的文學，其實它的本身就是一種假裝沒有宗派的宗派，假裝沒有意念的意念。

我完全同意一旦以藝術的形式表現一種意念，首先得要求在藝術上有好的配合。否則，那意念可以用宣言、論文、論說、甚至小冊子的形式而不是文藝——例如小說、詩歌等等——的形式表現。我的意思是，那「意念」，那作家對人、對生活、對社會、對勞動、對世界的看法，其實影響了他對藝術表現形式和美學的看法。認為黃春明的近期作品不若前期好的批評家和讀者之中，與黃春明之間存在著對於人、自然、社會、生活和世界的觀點上巨大的鴻溝，也從而存在著雙方對藝術文學根本問題上巨大的差距。所謂藝術文學的根本問題，涉及什麼是文學、文學為什麼、為誰，以及文學如何（表現）等問題。這樣一來，說黃春明的作品近期不如早期，就不是一個單純的問題吧。

再進一步說，「意念先行」似乎成了一個作家可能犯下的最不可饒恕的罪惡。任何藝術，在廣泛的意義上，都莫不「意念先行」，這是淺顯的道理，姑不置論。我想說的是，在一個大眾消費時代，資本主義商品化和金錢關係，在人類文明史中空前未有而深入地滲透到人類的精神和文化領域，作家和藝術家更需要自覺地保衛藝術和思考的主體性。而保衛這主體性的手段，總是對這普世的資本主義的拜物主義有意識的叛變；而作家和藝術家的「烏托邦」，在這烏托邦的全面崩壞時代，就尤為重要。對於第三世界國家消費的、拜物的文化，而為國際霸權向著各民族文化進行全面的顛覆與改造的時代，民族和個人解放的「意念—烏托邦」的堅持和發展，不但不應該是羞恥，反而是民族和個人的驕傲和主體性之所寄吧！

「意念先行」，在藝術的範圍內，不但不應該忽略「藝術性」，反而更應該講求和發展它自己民族的、民眾的藝術性。第三世界，幾百年來受到西方資本主義、殖民主義文藝思想霸權深刻的影響。發展第三世界自己的、民族的、民眾的「藝術性」，恐怕是一項十分艱難卻不可放棄的責任。有人批評我「近期」作品，「藝術上失敗」了。對自己要求嚴格的話，我承認這個批評。這是我才氣不夠吧，絕不是「意念先行」的錯。

二十多年來，台灣一直缺少獨立而深刻的文學理論的批評。一直到近一年來，才出現了比較能使用新的歷史科學和進步的文學理論的批評。但是這些批評家，依我看，還缺少從歷史的、發展的觀點看台灣文學作家和作品，也還比較缺少階級的觀點吧？更缺少從「冷戰—國家分裂」的戰後史的觀點去看、去評價台灣文學。我們還看不見從「文學是什麼？為誰？為什麼？」這些基本的問題去重新建構新的批評系統，來建設文學的「藝術性」標準……但是，無論如何，從發展上看，對於這新起的批評，我是給予肯定的評價。[2]

蔡：在許多地方，你認為「思想的貧困」是台灣戰後文化的大病。台灣文學也受到這疾病的影響。能不能說得詳細些？

陳：一九五〇年，韓戰爆發，美國第七艦隊封鎖了台灣海峽，就在同時，台灣在政治上展開了徹底的肅清。日據時代民族主義與比較左翼的政治和文學思潮徹底被毀滅。一九五〇年後，美國的、反共的、自由主義的、發展論的哲學、政治、社會和文藝學說理論成為顯學，支配台灣的思潮長達二十年之久。美國保守主義與自由主義的東西，打過折後，長期支配了台灣的思想和文藝。一九六〇年中期就發展起來的各種批判學說，進不來，也沒人搞。冷戰的文化、學術、文藝，在台灣毫無挑戰的情況下長期存在。一九六〇年以後，台灣在「國家分裂－冷戰－依賴」的構造下，加工出口經濟蓬勃發展，吸引了大量的知識分子到工商業去，幾乎二十年間，沒有像樣的文學性雜誌，二十年沒有新的文化、思想或社會科學方面的話題。一九七〇年，世界資本主義的知識分子的反叛，台灣的知識界卻缺了席。

相形之下，中南美洲的文學，在六〇年代中期，就有驚人的成績。在社會科學、神學上，也迭有收穫。就說韓國吧。七〇年代，他們就建立了（國家）「分斷文學」的理論和實踐。韓國著名的文學理論和批評家白樂晴，早已在七〇年代提出韓國「民族文學與第三世界文學」的理論。這是我這回到韓國才知道的。韓國知識分子比我們厚實，人數多，品質好。十多年來，僅只「韓國民族主義」、「分斷時代的韓國資本主義」、「戰後韓國資本主義發展史和民族主義」這些方面的著作，真是「汗牛充棟」，而且在大學生、文化人、知識分子中廣受閱讀。

批評台灣戰後時代思想貧困，是在這樣的對比下說的，因此，這批評也包括我自己在內。我讀書也很少。絕沒有我一個人進步，別人都落後、不讀書、不進步的意思。事實上，我知道個別的人在各自的崗位上默默努力。我說的是整個台灣文化界和文學界，一般地思想貧困，個別優秀的知識分子，沒有影響力。我看這是不爭的事實。

不錯，我們有個別的學者、作家、導演，近年來有一點成就，受到讀書界的注意。這當然是可喜的。對這些個別的例子，我個人是興奮的，甚至是感謝的。可是我說的，是台灣整個文化，基本上知識不足，沒有批判的性格。在廣泛的學術思想上，台灣的許多歷史、社會、經濟和文藝各方面的基本問題，幾十年來沒有紮實的研究、討論、總結和累積。事實上，不要說研究和發展創新，即連最基本的資料都沒有搞。如果這樣看，應該不能說我態度太苛太求全，新生代文化、文學界的秀異分子，大約從小被父母師長誇慣了，捧慣了，有一點成績，非要人馬上褒獎不可，否則就不高興。這小孩脾氣改掉比較好。如果他們有更全局的歷史的看法，更有工作的觀點，不知道該多好。我一直為此感到著急，為自己著急。思想、知識不搞上去，文學、藝術和整個文化就沒有一支獨秀而能單獨搞上去的道理。可還要再說一遍，我素來沒有說只有我行，天下人全不行的意思。這是天大誤會。我怎麼會行？我讀書少，也不是讀書那塊料，我差得遠哩，真的。

另一方面，我當然也看到希望。從去年開始，我們有了新的東西，有了新的語言。目前還有些囫圇吞棗。但長遠看，假以時日，一旦能落實到台灣各方面的具體條件去發展和研究創新，應該會有一次較為全面的啟蒙、反省和批判的運動吧。[3]

蔡：你的「華盛頓大樓」系列尚未寫完，八三年開始的吧？你又發展了「山路」系列。你對五○年代歷史的關懷，一定有一番道理的……

陳：一九四七年，我十歲。一九五〇年，我十三歲。四七年的動亂，家家戶戶關門閂戶。四八、四九年前後，我家後院住進了一家外省人陸家。有一天，陸家姐姐被帶走了。我在一九七六年左右寫過散文〈鞭子與提燈〉，提到這個記憶，寫得很隱晦，甚至有人寫文章誤以為陸家姐姐是被黑道帶走當妓女去了。五一年上台北成功中學讀初中，一直到高中畢業，每天打青島東路看守所經過，常看見從鄉下來探望政治犯的家屬在門口守候。五〇年代初，從鶯歌鎮到台北通車，經常，不，每天看槍決政治犯的告示。一九六九年，我被移送到台東泰源，第一次和五〇年代肅清倖存下來的無期徒刑政治犯們見了面。

這是孿宿命的與歷史的會合吧。我生動地感覺到歷史是活的，無法扼殺，也無法湮滅。我從許多訪談中理解到，五〇年是個重要的世界現代史的年分。明顯地，第七艦隊封守海峽的五〇年，肅清在台灣加快了速度，加深了深度。同一時期，日本、韓國、土耳其、希臘……進行著沉默而猛烈的肅清。一直到今天，特別在遼闊的第三世界，這慘烈的鬥爭在世界範圍內的「南—北」、「東—西」複雜的矛盾中絕望地進行著。

一九五〇年是中國國土和民族長期分斷的歷史原點；是四十年來「國家機器—企業—外資」的「三邊聯合」結構下達成依賴發展的原點；是戰後台灣冷戰的、依賴的、反民族—非民族化的整個文化形成的原點。這世界兩極構造的原點，對於四十年來台灣政治、社會、思想、學術、文化、藝術有極為深刻的影響，卻在四十年來台灣的思考和知識中完全受到忽略。在特別被台灣右化的「冷戰構造」下，四十年來台灣的政治、社會、文化各方面均遭到嚴重的歪扭。

從整個世界戰後史來看，這是可以理解的。但是，四十年過去了，儘管美蘇間從一九七九年重新展開了「第二次冷戰」，但是從地緣政治和強權政治看，當前的台灣海峽情勢，至少在理論上，冷戰的架構已經結束。在政治、經濟、社會、文化和思想上，台灣的冷戰時代應該隨客觀的構造變化而結束。冷戰的亞洲反共－安全體制，使台灣以半邊陲地帶的依賴發展，取得了經濟上驚人的成長，使台灣免於經歷中國大陸社會主義的政治和權力的退行所造成的傷害。但在另一方面，也付出了重大的代價：民族主義的消萎，民主政治的滯抑，整個工人階級的犧牲，歷史的模糊化，安全體制下、大眾消費文化下，文化和思想進一步貧困化，台灣自然環境的重大破壞，豪遊治蕩的氾濫對人和社會的殘害，和教育的全盤破產……

因此，〈鈴璫花〉、〈山路〉、〈趙南棟〉系列，是探索冷戰形成的五〇年代台灣的民眾史在文學範圍上的探索。這探索的可能性，在於一九七九年「美麗島事件」後，政府在政治寬容上的發展。這政治的寬容，在近一年來尤為顯著。批判的知識分子，應該以更具實質的議題的討論，來回報於這珍貴的民族化[4]和自由化趨向。

蔡：近年來，主張「分離論」的人對你的攻擊有增加的趨勢，卻一直很少看到你的駁論。能不能談談你的「非分離論」……

陳：事實上，我很樂意看到台灣分離論在近一兩年來逐漸取得表達言論思想上的自由——或者半自由狀態。沒有分離論的言論自由，反分離論的言論，在台灣就沒有政治和道德的正當性。台灣分離主義，其實是四十年來台灣在「冷戰–安全」體系下發展的反民族或者非民族之風的一部分。這非民族之風，大約有國內和國外的雙重因素。

從歷史上看，一九四五年台灣光復，在陳儀惡政下，作為國共內戰的延長，日據時代台灣抗日民族解放運動的知識分子、文化人、社會精英，不但沒有受到支持和復權，反而遭到各種打擊，而若干漢奸分子，卻享有榮華。這忠奸的顛倒，打擊了台灣抗日的中國民族主義。

一九四七年「二二八事件」，也嚴重打擊了「祖國–中國」的情感。

一九五〇年冷戰結構下的廣泛政治肅清，打擊了台灣繼「二二八」之後所掀起的愛國主義和民族解放主義。

從社會經濟方面來說，一九四五年的光復，長期受日帝壓抑不得發展的台灣資產階級，眼看政府全盤接收日本遺留下來的公私巨大產業，而沒有發下來給台灣資產階級私營，感到失望。台灣資產階級失去了在光復後成為快速成長的民族工業資產階級的機會，對台灣民族資產階級性的愛國主義與民族主義的形成，也是沉重的打擊。

自中共四人幫問題爆發以來，加上中共開門政策後暴露出來的中共農民社會主義的權力的廢頹和理論的粗疏化，使很多愛國民族主義者怕談統一。我卻不這麼想。海峽兩岸的人民應該以鮮明的主體性推動各自的具有廣泛民眾基盤的民主化，批判兩岸政治和思想的退行與荒廢，克服四十年外來的勢力，使民族內部的和平與團結創造最有利的條件。

在這個意義上，我是個死不悔改的「統一派」。我相信會有越來越多的、好學深思的青年知識分子理解這樣一個並不深奧的想法。[5]

蔡：最近，有人批評你在小說中所呈現的某一種「歷史架構」，那架構似乎一再暗示：繼那三十多年前的狂飆時代之後，台灣的歷史就逐漸走到錯誤的方向。你是不是認為，統一是糾正這一切「錯誤」的歷史的關鍵？

陳：我剛剛讀過呂正惠的文章。基本上，我感謝他的批評。

說我的一些作品在藝術上「大失敗」、「不能算成功之作」，應該可以理解成批評的人期望我在「藝術上」寫得比較好，比較不那麼失敗，比較成功。如果我承認批判的人的這份鼓勵的意思，我更應該感謝。

我比較憂愁的是，我一向不很重視「藝術性」，至少在思想上是這樣的。我總是想，先搞好「說什麼」的問題，然後才有「怎麼說」的問題。「說什麼」當然和「為誰說」、「為什麼說」有關聯。

以我自己的體驗，「藝術性」，即「怎麼說」，是一個努力不來的問題。它是那樣深深地源於個別藝術家（敘述的人）的觀念、語言、背景、觀察和重敘的方式、邏輯、想像……以至於當他決定敘述一個故事時，所有他背後和心靈中一切最為複雜的東西，都自動化地形成作家個別的敘述方式（技巧、藝術性）。說得神秘些，這是「才氣」吧！我一向不迷信，唯獨在創作上，我體驗並且相信整個創作過程中有一個相當自主的、細緻的領域，不是任何高明的「小說創作」課的老師，也不是任何再善於自剖的作家可以解析於萬一的。長久以來，我一直知道我才氣不若魯迅、高爾基、布萊希特、蕭洛霍夫……我挺認本分哩。

這樣說，當然不是說我完全不重視藝術性和技巧。我的問題在於，作品之「藝術」與否，能不能傳之久遠，無法引起我的關心。我只關心，萬一「藝術性」壞到別人沒有興趣談你的東西，使「為什麼說」、「為誰說」、「說什麼」……的根本問題發生了顛覆性的困難，如果有一天真的發現自己創作的一切努力，無非是一次又一次的「大失敗」，我會毫不猶豫地放棄創作吧。

因之，呂正惠的文章，我覺得最有興趣的，是關於他對我的「歷史架構」的理解和批評。

批評家認為，我把一九五〇年代被肅清的真實的、虛構的民族解放論者，當作「台灣歷史的主流」，從而質問「置傳統的士紳階級於何地」？

這一段話，批評家說得很隱晦，可以說全篇中唯一隱晦不詳的一段話，讀了好幾回，還摸不清楚他的意思。首先，我就不理解歷史有主流或者亞流。描寫五〇年代在肅清之下人的限度和可能性，寫人在組織性的恐怖中怎樣睥睨黑暗和死亡，非但不曾使人在絕望中還原成動物，甚且發出令人難以置信的生之光芒和尊嚴。對於我，一九五〇年充滿著意義。在具全球意義的異端撲殺運動中，顯露了人類殘酷的極致；當無數被撲殺的人們，因著一面旗幟超越了組織的暴力和恐怖；革命後政治和權力的退頹，因著五〇年代人對於殘酷和愚昧，化肉身為齏粉的抵抗，受到遠遠比犬儒的、右翼的、地方主義最惡毒的詬詈還要嚴苛的批判。當五〇年代台灣的肅清，和同年代韓國、土耳其、希臘的肅清連結起來，我們看見四十年來在「自由」、「民主」、「人權」的美名下刻意湮滅全球性的、史無前例的異端撲殺。一九五〇年後在戰後台灣資本主義發展史上，絕不能忽視肅清的「整地」意義。戰後四十年來，台灣學術、思想、文學、藝術、社會和經濟發展，對「陣營」被迫和自願的屈折與扭曲，喪失民族的主體性格，以及國土和民族分裂下民族主義的摧折和一九五〇年開始的肅清，都有深遠曲折的影響。

然而，不只是異端撲殺的歷史本身，更重要的是歷史的世界和中國現代史的意義，完全被制度性地湮滅了。殺人者固然要湮滅證據，被殺害的人們也在肅清後的冷戰意識形態中，在反共—反中國的悒結中，歪曲地理解那歷史的悲劇，在不知不覺中協助湮滅證據的罪行。呂正惠似乎在問，五〇年開始的肅清只是「歷史的一面」，否則置傳統士紳階級的反抗——「二二八事件」

於何地？並且批評我對待「二二八」的態度「冷淡而客觀」，言外之意似乎在責備我輕「二二八」而重肅清。

如果不理解四七年的「二二八」與五〇年肅清之間的一些辯證的關聯，把「二二八」看成「台灣人」抗華革命的原點，只要一點點民眾史的調查研究便可了然。有一位遠在美國的分離主義理論家，在美國遙遙控制和指揮我們當地的、至少是勇敢的分離主義的青年們，向他們心目中「併吞派」、「統一派」的罪魁陳映真進行攻擊，其中，對於發表在《人間》第十八期〈為了民族之團結與和平〉（一九八七、六月號）我的「二二八」論，尤其深惡而痛絕。由於呂正惠沒有正面就這個問題提出反論，在這兒就不必爭論。但是，老實說，前近代的、半封建的軍閥，對反抗和不滿的人民進行暴力鎮壓，固然在中國社會史上不曾絕書，而且對甫告光復後的台灣人民造成難忘的摧殘和殺戮；但是，如果看不見一九五〇年世界冷戰關係中，在遼闊的韓國、土耳其、希臘、中南美和台灣以「民主」、「自由」的美名掩護，進行世界性、組織性的屠殺，我真不知道是誰「只看到歷史的一面」了。其次，說我主張三十多年台灣資本主義社會發展的歷史，在道德上是個「錯誤」的歷史，這看法就不好理解。歷史沒有「假設」，歷史也無所謂哪一個階段的歷史是「正確」還是「錯誤」。汗牛充棟的政治經濟學、社會學的著作，都在批評中心國對周邊國的支配；批評資本主義社會下人的「單向度化」和「消費機器化」；批評資本主義，尤其是以跨國企業為特徵的「後期資本主義」時代中，大眾消費「文化工業」對人和文明的重大殘害；批評資本主義大眾消費社會下，人類「欲望的雪崩」、「官能的解放」、「被操縱的需求」、「制度化的消費」、「愛、同情、行動和忿怒之不在」、「甜美而徹底的宰制」與「虛假的自由」……依我看，其中沒有一位學者是因為認為資本主義社會歷史發展在道德上是個「錯誤」而「墮落」的階段，而對資本主義社會的秩序加以分析和糾彈的。資本主義有它自己的邏輯。這些批評家只是在分析上不以分析理解為滿足，進而提出改造–批判的觀點。[6]

蔡：呂正惠說：「在目前的台灣，對於〈趙南棟〉這篇小說的批評，恐怕只能是意識形態之爭，而非藝術水準的辯論。」你自己怎麼看這樣的說法呢？

陳映真：我基本上從我自己的角度，同意這說法。

首先是所謂的「意識形態」的提議。在台灣，意識形態變成一個罵人的文詞，它代表「偏見」、「左派教條」、「不客觀理性」等等。

我所粗淺理解的意識形態，是人類社會生活和歷史發展的產物。意識形態是一定歷史時期中社會的生產力和生產關係在精神上的反映。生產力和生產關係之間的關係，反映在人的生活，就是不同的階級關係。從而，不同的階級，有不同的世界觀、不同的意識形態。意識形態表現在各種不同的社會知識之中。有維持既有社會秩序的意識形態，也有改變社會自身的意識形態。

因此，任何文學作品，那怕是「非政治性」到只談官能和性的小說，都有鮮明的「意識形態」。作品有意識形態，文學批評更有意識形態。甚至今天到處充斥著的台灣大眾消費文化、電視節目、社會新聞……都烙著意識形態的印記。認為小說不應為「意識形態所僵化」，以免在「藝術性上」「大失敗」。這麼一種主張，歸根究柢，也是另一種意識形態。再如一個台灣分離論的文學批評家，就很難不用他的意識形態去界定「台灣文學」和「中國文學」，去看待一九七二年的現代詩論戰和評估、或界定一九七七年的「鄉土文學論戰」，評價一個作家有和沒有「台灣民族意識」，甚至反對這意識的作家和他的作品。

事實上，當許多台灣知識分子口口聲聲以「意識形態」的帽子來攻擊他的討論對手「教條化」、「左派」、「論證簡單化」的時候，他實際上是把知識和創作空靈化、神秘化和「玄學」化了。他們不斷地告訴我們，「藝術性」是一個多麼偉大神秘、高不可企及的東西，「藝術性」恆久不變，對任何歷史時代、任何階級……都是永恆而唯一的。他們告訴人們，學問、知識、批評，是如何不應有「教條」主義的框框，要照顧到每一個論證的多元因果關係，要讀很多很多的書，要超然客觀，不能有「道德判斷」和個人感情的移入……卻往往比較看不清生活、社會和歷史中支配與反支配的基本結構與人類思維、宗教、知識……的深刻關聯性。在這意義上，不要說是對〈趙南棟〉的批評，只能是「意識形態」的批評，對任何小說也無不然吧？

蔡：談談你的《人間》雜誌。作為(一)市場商品的《人間》雜誌和作為(二)文化反省和批評的《人間》雜誌，中間有沒有不能或者難於調合的矛盾？

陳：這是個好問題，作為文化性商品，《人間》有各種成本等待從市場中取回，需要一些「利潤」來從事再生產。《人間》也需要一些廠商的廣告來支持。

一開始，《人間》就想從客觀的雜誌市場規律和編輯部在文化和思想的主體性之間，取得矛盾統一。現在《人間》雜誌快要迎接它的二週歲了。我們具體地感覺到「市場性」這個無形而強大的挑戰。我們看到不少反體制的黨外刊物成為「反對的商品」。反對，一旦成為赤裸裸的商品，就成了體制的一部分，完全喪失了反對的主體性。

反對和批判什麼時候成為商品？我們的理解是，一旦編輯部不知不覺汲汲於哪個題材「可以賣錢」，把「賣錢」當作它唯一目標的時候，反對就失去了反對的本質。反對，成了無堅不摧的資本主義的利潤動機和俘虜。編輯部缺少深厚的人文批判理念，就很難拿捏，很容易喪失編輯部在文化和思想上的主體性。

事實上，最能幫助《人間》雜誌在低俗的文化市場的資本主義規律中，維持它反潮流的、批判性質的，是廣泛有教養、批判認識的知識人、青年、市民和民眾具體的支持——零買或長期訂閱《人間》。這種來自群眾的支持多一分，我們就多一分力量堅持我們的理想，多一分財力讓我們社裡許多充滿熱情和抱負的年輕人能走得更遠、在現場待更久、拍出和寫出更好的報告，多一分力量抗拒來自商業的影響。對於關心的知識分子，訂閱《人間》，是不是該成為他們「實踐」和「批判」的具體部分呢？

蔡：近一年來，對你的思想、文學作品的攻擊和批評多了起來。你怎麼看待這個趨勢呢？

陳：我的不幸，是被看成某種「權威」。有些人絕對錯誤地高估了我的作用力和影響力。在這樣一個全面地大眾消費社會化的時代，像我這樣的一個人，絕對沒有什麼社會影響的。我成了唐．吉訶德要奮力打擊的破風車。

但是，除了在「統獨問題」上的不同意見無法調合之外，竟然被誤會成為一種（可笑的）「權威」，這實在難以理解。我欣賞和注意一切對我的批評，理由有二：（一）大凡世之所謂「權威」，十之八九，莫不反動混蛋，他們敢於批評權威的精神，在我們的社會，太有必要。只是如果批判的人在知性和思想上更強、更用功的話就好了。（二）雖然被誤以為是權威，聽一聽批評，自私地說，聞者足戒嘛，對我是撿了便宜，應該慶幸，應該謝謝，是不是？

初刊一九八七年十一月《台北評論》第二期

收入一九八八年四月人間出版社《陳映真作品集6・思想的貧困》

1 訪問、撰述：蔡源煌。人間版於起始處有小標題「缺少獨立深刻的文學理論批評」。

2 人間版於下段開始前有小標題「台灣的知識界缺了席」。

3 人間版於下段開始前有小標題「歷史是活的」。

4 「民族化」，初刊版及人間版均作「民族化」。

5 人間版於下段開始前有小標題「歷史沒有『假設』」。

6 人間版於下段開始前有小標題「我的不幸，是被看成某種『權威』」。

陳映真速寫大陸作家

吳祖光、張賢亮、汪曾祺、古華

邁出五分之一個世紀，愛荷華大學國際寫作計畫（International Writing Program）在這一年的秋天誌慶成立二十週年。代表台灣受邀作家，陳映真在行程駐留中，面對了大陸近年來廣為世人注目的作家；在一系列簡短的晤談篇幅裡，在陳映真的速寫下，吳祖光、張賢亮、汪曾祺、古華……道出作為傑出的中國文字工作者的堅持和未來。

吳祖光：「不適合在黨裡，就出來吧……」

中國大陸著名的劇作家吳祖光，是這回來美國愛荷華的大陸作家中成名較早的文藝工作者。他生於一九一七年。二十歲那一年，恰恰是全民族抗日戰爭勃發的一年。他先後寫了《鳳求凰》、《文天祥》和《孩子軍》三齣戲。「這三個劇，全是為了鼓舞中華民族堅決抗日而寫的，愛國主義是最根本的寫作動機。」吳祖光說,「那時候,整個華北地區,全在日本帝國主義的掌握裡。每天,你都看見中華民族遭日本帝國主義的罪,叫人屈辱、悲傷、忿怒。那是一個民族壓迫十分急迫而明顯的歷史時代啊……」

三齣抗日話劇,完全適應了當時全中國人民的抗日需要,成為中國抗日戰爭初期全國各地演得最多,時間也最長的戲。「特別在上海,這些戲成了抗日初期演出最多的戲。」他笑著說。

後來,年輕的吳祖光開始想,為什麼偌大一個中國,人口眾多,歷史那麼悠久,文化燦爛,怎麼就叫一個東洋日本整得這麼慘?思索的結果,吳祖光認為,當時社會政治的頹壞,是其主因。「從此我再不寫義勇來抗日,宣傳民族主義的戲。我開始寫追究中國社會和政治頹壞,號召中國人民起而改革,救國抗日的戲。」他說。他的第四齣戲,就是著名的《風雪夜歸人》,卻以誨盜誨淫之名,遭了禁演。「文學藝術應該揭露祖國生活中存在的黑暗,引人反省,起而改革。這個想法兒,回想起來,至今還真沒有變過。」他說。

一九四二年,他寫了《牛郎織女》和《林沖夜奔》,表現出人對美好、幸福生活的強烈憧憬。一九四五年,日本戰敗投降,在四六年和四七年間,寫了《捉鬼傳》,諷刺腐朽的體制。四七年,寫《嫦娥奔月》,基本上也是批評社會上自私、腐朽的支配結構。在上海演出,效果非常強烈,引起當局的疾怒,他匆匆避難於香港,搞了幾年並不成功的電影工作。

一九四九年，吳祖光回到北京，「值得稍提的，只是拍了梅蘭芳、程硯秋的戲曲片子。」他說。

一九五七年，吳祖光在「大鳴大放」中提出中共對文藝事業管制太嚴，外行管內行等問題，一棒打成大右派，送到北大荒勞動改造。「其實，對文藝問題我一向比較主張自由創作，一定要審查，總要找個水平高的人，懂的人。這個意見，我似乎也一直沒改過。」他抓著頭笑了起來。

在下放期間，他寫過京劇《鳳求凰》和《三打陶三春》。前者演出並不成功，後者卻名聞海內外，還到歐洲演了好幾次，反響都很熱烈。

一九七八年，吳祖光摘掉了右派的帽子，寫了劇本《闖江湖》，以優秀的著名平劇演員新鳳霞在文革期間悽楚、勇敢而動人的經歷與題材寫成。據吳祖光說，在戲終場的時候，他史無前例地加了一段「場外音」(off sound)，「對在文革中死難的戲曲和文藝界朋友們表示深刻的哀悼，唸了一串名字。」他說。

一九八〇年他入了黨。「過去我愛提意見，覺得入了黨，更不應該緘默。眼看著黨像個醉漢走路，旁邊看著，著急嘛。著急，就講話。講話了，人家就不舒坦。」他說，「平心而論，我的思想一直是老樣兒，思想總進步不了，也真不知道怎麼做好一個共產黨員。」

一九八七年，在「反對資產階級自由化」運動中，黨裡一個職位很高的人到吳老家去「勸退」，吳老答應了，結束了七年的黨員身分。

「平心而論，這次對待黨內不同意見的手段是進步了。態度很客氣，保證我退黨以後工作和社會地位不變。我不適合在黨裡，就該出來吧，這也對，挺好的。」他說。

將來有什麼展望？

「今後還繼續寫劇本。目前正在搜集材料寫孟姜女。這個題材太難。全中國人民都知道這個家喻戶曉的故事，如果沒有新的角度，怎麼寫？」他說，「可現在我抓到了一點方向。如果把長城當作封閉的系統來理解，孟姜女成了被迫建造封閉系統的勞動人民的悲劇。應該從人民的眼光來重新看長城的意義。挺有意思。」

吳祖光為人豁達、親和，艱難的歲月在他的性格上真找不著什麼痕跡。他依舊講話「開放」，基本上他是一貫的愛國主義和自由主義者。「被迫退黨」，使香港、美國的傳播界對他特別感到興趣。「我這個人，早就是這個樣，這樣起鬨，也真沒什麼大道理。」他說著，笑開了一張圓圓的臉。

張賢亮　向生命的夢幻和曖昧開眼

八〇年後，中國大陸出現了不少傳奇性地躍升文壇的作家。張賢亮就是其中的一個。

一九七九年之前張賢亮經過五次政治上的挫折，不但是長期被打成右派，而且還是個「反革命分子」。今天，他成了大陸上知名的小說家，是少數文藝界出身的「政協委員」之一。生於一九三六年的張賢亮，在一九八〇年之前，從來沒有寫過小說。

八〇年以後的大陸文學，概括地說來，有什麼特點？

「一九四九年以後，大陸上的知識分子，特別是作家，和大陸的政治關係太密切了。」張賢亮說，「政治上開放些，上軌道些，作家和知識分子過得舒暢些。政治上脫了軌，收緊些，作家和知識分子首當其衝，受到最先而且往往也最重的打擊和挫折。」一九七九年以前，大陸的政治運動，幾乎無年無之，大陸上的作家和知識分子也屢遭挫傷，甚者為之亡身、破滅。「歷史使今天倖存於世的中國大陸的作家和知識分子，感到責任特別重大，感覺到自己的命運和中國的政治有太密切的聯繫，也因此特別關心政治，特別關心國家的命運。」張賢亮說。

張賢亮出身於極為貧困的寧夏。「長期以來，寧夏地方有四分之一的人民不得溫飽。」他說，「作家和知識分子不能因為別人造成的錯誤，把問題推給別人去解決。問題還得要我們自己來面對、思考和解決。」作家對自己和人民、國家的遭遇、失敗與挫折，有切膚之痛，所以寫作的時候，自然就要求自己去表現自己和社會的命運和狀況，探求問題的根源。「這樣一來，主題、內容上迫切的要求，與技巧、藝術上的要求，有時就不能那麼一致。」張賢亮說，「何況大家都中斷太久了，起步時，不免藝術技巧上比較直截。但表現技巧上，一般而論，都進步得很快，表現上也很有創意，很多樣化……」

一九五七年，張賢亮因為〈大風歌〉一詩，打成了右派。「一九七九年，今天著名的劉賓雁、王蒙都摘了帽子回北京去了！我還因為頭上有一頂『反革命』帽子，一直到八〇年，還在寧夏勞動。」他笑著說。二十多年來，下放、坐牢的張賢亮，從來沒搞過文藝創作。「那時候，一直認為通過社會科學才能理解我們的社會，讀了不少馬恩的原典。」他回憶說，「不論如何，我還相信馬克思、恩格斯的東西，是觀察、理解和分析世界和社會的比較準確的方法……五七年後二十年間，我遭受五次重大打擊，能繼續活下來，還真靠的是這些社會科學讓我在精神上有個支柱。」

在那個時代，他一邊下放勞改，一邊寫一些政治、經濟學和哲學的論文，寄到理論刊物上，全被退回來了。「有一個朋友說，現在中國有什麼政治經濟學？除了『農業學大寨』，就剩『工業學大慶』！他要我不如寫些文藝性的東西。」

一九八〇年吧，張賢亮急著想改變自己的處境，就寫了一個故事，投到寧夏省的文藝刊物。「七九年以後，刊物編輯可以只憑作品的質量而不是作者的階級和歷史來決定用稿，我的東西就以顯著地位登出來了。」張賢亮說，「我想了，如果這樣寫就叫小說，我看我還能寫很多。」

他的作品一篇篇刊出來了，引起寧夏黨組織的注意，從而得以平反，摘了帽子。一九八〇年，他正式被選到中國文學工作的崗位上。

為了寫小說，他拚命學習、看書，越覺得文學是個嚴肅而值得他終身以赴的事業。他覺得，七、八年來，他的創作思想經歷了一些變化。一九七九年，他寫東西，純粹是想引起別人注意他的存在，從而改善他的命運。「寫了一段時間，我開始覺得，寫作是為了不讓我過去二十年來的生活在中國大地上重複，我寫了一些黑暗的體驗與生活。」張賢亮說，「再寫下去，我覺得光是記錄和揭發還不夠，應該在作品中進一步分析和探索造成那些問題的原因來，作家於是就得比較深入地探索中國的政治和社會體系了，這時期的作品，社會性強，有人叫『改革文學』。可是今年春天開始，我的創作思想又開始起變化。」

他說，年初以來，他的創作進入了一個「新的領域」。「長期以來，許多自以為明白不過的東西，現在開始有些糊塗了。我開始主動地迎接而不是忽視、躲避生命中某些曖昧、不明、夢幻般的領域。」他說，「我被這種感覺迷住了。我試著想寫一種感覺而不是思考。」

他的話讓人難以理解。不是說作家對中國和人民的命運有深切的責任嗎？不是說他有不錯的馬恩的底子嗎？不是說歷史的唯物論和唯物辯證法是認識世界、社會和人的「尚為有效」的工具嗎？

張賢亮似乎一時還說不清楚。他說寫人的具體命運易，寫「命運感」難。他說他目前的「不明白」難。那是一個歷經浩劫與磨難後的生命的「不明白」，和青年們的不一樣。他說他一生戲劇性的起落本身，就叫他對「命運感」有著特別的感受。總之，他這回要在沒有任何預設的目的和意念下寫個長篇，「而且寫得很激動……」他說。

這些話，除了等著看他正在寫的作品，一時也無法讓人理解。不過，長時期為外加或自覺的使命寫作，對生命中的「曖昧」和「不明白」發生強烈的傾向，在藝術上，也未必不是好事吧。人們應該等待他的新作，才能明白那到底是不是張賢亮文學真正的「新領域」，還是一次也常見於創作生活中的失敗。

話題扯到劉賓雁。他說劉賓雁的報告文學，一貫能深入觸及中國的時弊。「他勇敢、正直地揭發我們社會和政治上存在的問題，有歷史和認識上的價值。我們需要他這種聲音，雖然容或有一點失望。但文學作品不也有同樣問題嗎？」問他劉賓雁會不會再起來。「他從來沒有倒下過。對劉賓雁，沒有能不能再起來的問題。因為他從來沒有被推倒過！」他堅定地說。我看著他眼鏡後面的眼睛，想起海外對他為「反對資產階級自由化」所做的表態引起的不滿，卻把問題慢慢地吞了下去。這樣的責問，還是留給大陸內部的知識分子吧。我想。

汪曾祺　殘菊秋光

這次來愛荷華的中國作家，像是張賢亮、古華，以及年輕一代的鍾阿城，好像全是一九八〇年前後突然蹦出來的。現年六十七歲的汪曾祺長年來搞編輯、寫戲，到一九七九年才開始寫小說，很受大陸讀者的注目。

生於一九二〇年的汪曾祺，是西南聯大國文系的高材生，曾經是聞一多、沈從文的學生，尤其是著名老作家沈從文先生得意的弟子。可是當時國文系學生的汪曾祺，卻愛讀英美前衛文學。「那時候，挺喜歡現代派的作家，就如亨利和威廉・詹姆斯兄弟、吳爾芙夫人、西班牙的阿左林、俄國的契柯夫。」他說。看來他似乎特別喜歡阿左林。「阿左林的東西那麼沉靜，像是雨後蓋著樹影的清靜的流水……」他笑著說，點上一根菸。

汪曾祺的小說多很短。「算一算，最長的一篇沒超過一萬七千字。」他說。可是他語言精緻、準確，充滿著中國美文傳統中獨特的韻味，這當然和他精深的國學底子，有很大關係。他在他的小說集《晚飯花集》的序上這樣說——

我寫短小說。一是中國本有用極簡的筆墨摹寫人事的傳統。《世說新語》是突出的代表。其後不絕如縷。我愛讀宋人的筆記甚於唐人傳奇。《夢溪筆談》、《容齋隨筆》記人事的部分，我都很喜歡。歸有光的《寒花葬志》、龔定盦的《記王隱君》，我覺得都可當小說看……

據汪老說，依他看，作家有「大作家」（寫史詩、寫大河式小說，可以在作品中概括一整個人的歷史時間）和「好作家」（指精緻、巧慧的作品，如契柯夫的作品吧）。他呢，「勉強可屬於後者。」他說著，笑出一臉的風霜。

「這跟人的個性有關吧。年輕的時候，是個自由主義者。文學上，喜歡過現代主義、象徵主義的詩。可是那玩意兒，搞久了，有時而窮。」汪老瞇著眼抽菸，這樣說，「搞來搞去，一個人的內心世界，到後來就沒什麼可寫了。」

汪曾祺說，抗日戰爭時期大後方那個苛酷的現實，民族都快淪亡了。「在那個環境，怎麼能玩現代主義？」他說。他在西南聯大校區的附近，看見許多被遺棄的病重的兵，躺在樹林子裡。有一回，他看見過一個將死未死的病號，躺在地上，眼睛空茫地望著天空，等著斷氣。他猛然想起了里爾克的詩句——

他的眼睛裡有些東西

……

他有一個好同學，叫朱德熙。「你們搞創作的，對這樣的生活和現實，能無動於衷嗎？」他近於責問地對青年汪曾祺說，「你們搞創作的，甚至於，對這樣的現實，負有責任！」

「生活和慘烈的現實教育了我。如果說我當時的思想因生活而接近了人民，就不是肉麻的話。」汪老沉思著說。

一九四八年。年輕的汪曾祺辭去故宮裡一個孤寂索漠的工作，鼓著滿滿的熱情投身革命，參了軍。「那時都說寫工農兵，我的出身和歷史，都沾不上這個創作主題。多半想在部隊裡體驗生活的。」他說。幾個月後，他在武漢從事文教工作，但是他覺得沒有具體的工農兵生活體驗，他沒法兒寫。一九五〇年到五八年，他從事《民間文學》雜誌的編輯工作。一九五八年，他被打成了右派，下放到張家口的沙嶺子一個農研單位當農業勞動者。

「從一九五八年到六二年，我是『一放到底』，鍛鍊下來，竟也肩上能扛個百來斤東西。整整四年間，我和農民一塊吃，一塊勞動，一塊吃。」他說，「這我才理解到中國的農民，理解了中國的農村，再也不是參軍那時候的旁觀者了。」

善良、老實的汪曾祺，和農民相處得很好。「農民很照顧我，對我真誠幫助。我這才明白，中國的問題有多大，多複雜，中國農村歷史上的農民，有多麼艱苦落後，真不是一般知識分子可以隨便七嘴八舌的亂說。中國農民自有傳統，自有尊嚴的……」他說。盤中之飧，粒粒辛苦，他是具體理解了。

「八〇年代起來的年輕人，最煩『憶苦思甜』，這有原因，我理解。他們說他們現在不看縱的，只看橫的。不看縱的歷史，只急著看橫的、中國和當代世界先進國家的落差。」汪曾祺說，「不錯，過去我們犯了錯，使整個民族遭到慘痛的、不容易醫好的創傷，但只往美、日看中國跟別人的落差，還肯定不對的。」他回想起他看過一棵把一截鐵蒺藜包在樹幹裡艱苦成長的樹。「這不是中國人民的形象嗎？」他想，「帶著創傷，還得往上長。」

早在一九五四年，從小喜歡傳統戲劇的汪曾祺寫過新京戲本子《范進中舉》，一九六四年，江青抓戲劇工作，徵調汪曾祺寫著名的樣板戲《沙家濱》，很得江青的欣賞，親手「解放」了他這個右派分子，一連十年，在北京搞了十年的樣板戲。現在，怎麼看樣板戲？汪曾祺沉默了一會，說，「第一，這跟我個人有關，一時還不便說什麼；第二，這些事跟現在距離還近，也怕說不客觀。」

一九七九年以後，四人幫垮了，思想有了空前的解放。他的小說〈受戒〉，是看見了這思想解放的信號後寫起來的。「好長一段時期，我因為創作思想空間小，幾乎放棄了寫小說，寫〈受戒〉，原也只為自娛，根本沒想發表的。」他回憶說，「後來《人民文學》的總編輯李清泉要來看過，立刻決定刊出。」

〈受戒〉成了八〇年代中國文學解凍和融雪的表徵。

「過去，我們的文學是，政治上需要什麼，作家寫什麼。現在，是作家熟悉什麼，就寫什麼。」他說，「這一來，中國文學在八〇年後的幾年裡，風格多了，真有百花齊放的況味。我嘛，只是又回到青年時代比較喜歡的，沒有框框條條的創作思想。」

展望未來，汪老一方面覺得年歲大了些，而思想還靈活，還想抓緊時間「再寫一點」。他曾寫這樣一首詩勉人勉己：

新沏清茶飯後菸，
自搔短髮負晴暄。
枝頭殘菊開還好，
留得秋光過小年。

古華　寫自己認識到的民眾的中國

古華是中國大陸在一九八〇年後竄起的知名小說家之一。他生於一九四二年湖南省嘉禾縣一個偏遠閉塞寒瘠的小村，今年四十五歲。

在革命後的大陸，古華因為「階級出身」不良，度過貧困而艱苦的童年。「十歲上，我父親死了。打十一歲到十四歲，我天天從煤窯挑煤到集子上去賣，賺一點工錢買米吃。」他說，「那麼小一個孩子，還曾受僱在一個傳說有猛虎出沒的深山裡放牛。」

上小學的時候，古華十三歲。「學業成績挺好，思想也活潑，還特別關心時事，喜歡和老師討論問題。」微胖的古華的臉上，老帶著笑容。他求知欲旺盛，十一歲就讀了不少章回小說和武俠小說。「《鋼鐵是怎樣煉成的》……這些新俄小說，都是在那時候看的。」他說。

一九五七年，大陸上掀起了「反右」運動。「我一看，也怪，幾乎學校裡所有的好老師，全打成右派。」他說。一九五八年，山村裡包括古華在內的三、四個成績好，卻「出身」背景不好的同學，全沒考上學校，並且要少年古華再回到荒寒的小村去落戶，過一輩子。

「那時我已經十六歲，喜歡學習，對中國農民的歌謠、傳說也有興趣。」他回憶著說。「接著就是公社化、三面紅旗那個時代！我越發感覺到那山村閉塞得叫人窒息。」

一九五九年，在他大兄的幫助下，他考上郴州的農校。「上山下鄉」的教育政策下，古華和全校師生集體下放到農村裡，正逢六〇年大陸飢荒。「飢餓的體驗，叫你一生不忘。」他說，「怎麼形容那個飢餓？你聽農民說得多生動。『喉嚨伸出手來，肚皮貼上脊背』他們說。」

即使在這麼困難的時期，少年古華沒間斷過寫詩、寫小說。「特別是寫詩，很鍛鍊了我的語言。」古華說。

一九六一年，農校突然宣布「就地遣散」學生。古華被轉到「地區農科所」（當時大陸上一種地域性農業科研單位）裡當一名農業工人，一住就是十四個年頭。「這十四年下來，我經歷了『文化大革命』，種過菜，管過果園，種過稻子，基本上，學會了中國南方農民全套農活兒。」古華說。

這十四年在山村的生活，古華一直是在僵化的階級鬥爭論中嚴重退化的政治下，一個近於「賤民」的存在。在那苛酷的青少年時代裡，古華謹慎、恭順、勤奮地學習。一九六二年，他二十歲，在湖南省的文藝刊物上發表了兩篇小說。「從此，我的生活開始有了一線曙光，生命有了一個具體追求的東西。」古華說。當時已經讀過《第三帝國興亡史》和《赫魯雪夫傳》的古華，在階級專政的生活中，仍然為「文化大革命」可能為民族帶來的災難深深地愛想著。「在文化大革命中，我受到一些委曲。有一陣子，竟而失去了生活的意願。」他說。才二十九歲，一向純真、勤勉的古華，受到全村人的遺棄、歧視和侮辱。

有一回，上食堂吃飯，被廚師冷酷地羞辱。「我捧著飯菜，痴痴地站著，心中一片最徹底的絕望。我到底對人民做了什麼，讓他們這麼不把我也當人……」古華溫和地說，「就在這時候，有一個小時候的朋友，走過我的身後。我聽見他輕輕地嘆了一口氣，獨語似地說，飯，還是要吃喲……」

古華說，當時他的熱淚就像泉水似地突然掛下他的臉，使他失聲。「這一哭，才把心裡那一塊東西化掉了一大截，那股子死命把我往自殺的念頭拉的東西，不見了。」

他的作家之夢破滅，甚至在瘋狂地反對「封（建主義）、資（本主義）、修（正主義）」的運動中，古華開始燒去他心愛的藏書。「一個中秋節晚上，我一頁頁燒了《楚辭》煮粽子，」他回憶說，「粽子熟了，《楚辭》卻成了灰燼。」

一九七一年底到一九七二年春，大陸和美國的外交有解凍的一連串發展，極富嘲諷意義的緩和了文化大革命的狂勠。古華在「出身不由己，道路可選擇」的新政策下，重新有了在社會上立足、進而發展的機會。一九八〇年，他被選入「中國作家協會文學講習所」。就在那三個月的講習中，他開始寫使他成名的長篇小說《芙蓉鎮》。

中共「十一屆三中全會」，對於每一個中共作家的創作生活和人的存在，都是個重大的分水嶺。問他具體的影響，古華說：「第一，一個人身分階級的影子完全砸破了。我從此才取得與其他中國人民同等的地位，以平等身分，從事工作和競爭；第二，黨和全國都承認過去的一些極左路線是錯誤的；第三，在文藝上，開始講藝術要忠實地反映生活。在從前，藝術裡反映的生活和作家自己所體驗和認識的生活，老對不上頭。」

受過這些挫折，作為一個作家，怎麼看中國的前途呢？

「政治上不去說他，中國這個國家，這個民族，可是我們自己的。我的一切的一切，莫不源於中國。我的每一個細胞，都漲滿了、浸透著中國的汁液。中國，是我的土壤，我的母親。」古華有點哽喉了。

問古華為什麼寫，為誰寫？

「在被專政的青年時代，寫作是想藉以改善自己的生活條件和社會地位，到後來，我發覺我有點『自作多情』吧！」古華笑著說，「現在，我想寫出自己體驗過、認識的，人民的中國；寫我們這個充滿史詩、悲劇的，當代的祖國；記錄下她所遭受過的苦難、困難、掙扎、挫折和希望，留給後人……」他說這是中華民族迎向再生和新生的「痛苦的過渡時代」。他相信「中華民族有不可思議的生命力」，對中國的未來充滿著信心。「希望別當我是吹牛，」古華有些著急地說，「我吃過苦。吃過苦的人，比較能看見希望……」

「你是黨員嗎？」我突然這樣問。

「不是。」他笑著搖頭，「為什麼問這？」
「沒什麼。」我說。
「我不是。」他安靜地笑著說。

初刊一九八七年十一月《人間》第二十五期
收入一九八八年四月人間出版社《陳映真作品集7·石破天驚》

你所愛的美國生病了……

美國的社會經濟的症候，是暫時的不適？還是從此慢性化、沉蟄化？目前還很難診斷。但是，無論如何，這些症狀都已明顯地告訴我們：美國生病了。病名是「先進國症候群」。

兩年來，美國從對台灣強銷菸酒開始，對我們展開了對美輸出產品限額，強迫台幣對美元巨幅升值，施用壓力使台灣對美國產品開放市場，和取消台灣的貿易最惠國資格。

美國忽然從一個富有而慷慨的老大哥，變成銖錙必計的酸表叔。事實上，這一連串的找碴、計較，說明了美國自身無法抑制的、龐大的預算赤字和通貨膨脹，不斷高築的國債，一直無法改善的失業，勞動意願的滯退，生產效率的低下，治安的惡化和社會道德體系的動搖……

罹患先進國症候群

美國的這些社會經濟的症候，是暫時的不適，還是從此慢性化、沉蟄化，目前還很難診斷。但是，無論如何，這些症狀都已顯明地告訴我們：美國生病了，病名是「先進國症候群」。通貨膨脹、經濟成長的遲鈍化、政治指導能力的疲乏、社會犯罪率的增加……等等這些症狀，也出現在西德（一九八〇年後）、義大利（一九七〇年後）、法國（一九六八）和荷蘭、瑞典諸國。

緊急措施無力挽回

正如同樣的疾病，因病人不同的體質，而有同中之異的症狀，「先進國症候群」，也因各不同的資本主義國家而有「美國病」、「英國病」、「法國病」、「義大利病」……的差異。一九六八年「五月革命」使法國工資以高過法國工業生產性的比率增漲，從而喪失了國際市場上的競爭力。七〇年代，法郎受到投機操作的壓力而在國際金融市場中失去了它堅挺的魅力。其他荷蘭因暴增的油錢而使荷幣之值高揚，對於荷蘭經濟基幹的輸出產業帶來了十分沉重的打擊。舉世聞名的瑞典社會福利支出，使瑞典的生產勞動紀律大為鬆弛，倫理結構的崩塌、人生目標的喪失、酗酒的普遍化、人的異化的深刻化，成為「瑞典病」的重要症候。

當然，也有人把政治上高度獨裁、國債高築、經濟停滯這些共同症狀，稱為「落後國病」。因沉重的軍事支出、猛烈的權力鬥爭和教條化的意識形態爭論箝制了經濟和社會發展的症狀，稱為「社會主義國病」。我們也不能忘記，使全世界至今深受其苦的霸權主義，軍備競賽，核能、核武器的獨占、擴張與威脅，新殖民主義……這些世界性的疾病。

但世界上最先罹患嚴重的「先進國症候群」的國家，便是大英帝國。

英國分別在一九六一年、一九六四年和一九六七年三次發生英鎊的重大危機。英國政府，在每次發生英鎊危機時，即採取緊縮銀根的政策，但是終於也無法解決英鎊危機背後的原因：國際收支的巨大赤字，英國經濟的通貨膨脹體質，以及整個英國工商產業的衰疲不振。

崇拜情結根深柢固

有些搞英國研究的人認為，英國的疾病，源於它對國民「從襁褓到墳墓」期間的社會福利保障制度的重大支出，高度社會福利體制下個人勞動意欲的低落，強大的工會為了在通貨膨脹中強力要求提高工資，不斷進行同盟罷工等等。事實上，第二次大戰之後，英國在全球遼闊的殖民地和屬國的紛紛獨立，國力在二次大戰中的重大挫傷，使她在戰後東西二體制對立的全球性對抗中，無力壓抑她的各殖民地人民反對英帝國主義和殖民主義的鬥爭，拱手把反共、壓制殖民地民族解放運動的警察任務交給戰後年輕的新貴美國；以及在戰後西方資本主義二十年巨大景氣中，因資金貧乏，在急速的生產技術變革和管理技術的變革中，嚴重落後，沒有趕上全面振興戰後資本主義的列車……更是使這一度太陽不落的帝國走上沒落的道路。

如果說今日美國已經走向全面的沒落，也許為時尚早。一九五〇年韓戰，我正好是小學六年級。回想當時以迄六〇年代末葉，美國在台灣的形象，不論政治、軍事、經濟、文化，都極為高大而閃亮。這高大閃亮的形象，其實在意識形態上一直深深地滲透到台灣知識和文化結構的深層部分，至今朝野雙方，都還浸澤在某種「美國—父親崇拜」的錯綜情結之中。四十年來，台灣對美國霸權之文化、思想、知識和政治的批判的驚人的闕如，就是個很好的說明。

揮去陰影自求發展

台灣朝野的「美國—父親崇拜」，和美國在「先進國症候群」中喘息，以及台灣近二十五年間取得的「依賴性－專制性成長」所帶來的富裕化，其間造成了某種尷尬。以不倫的比喻來說，這就彷彿一個到城市賺了錢的兒子，對於在鄉下蕩盡田產的嚴苛的父親之間的矛盾。

台灣需要發展出一個比較正確、比較有中國民眾主體性的美國論。不從文化和歷史的各個方面，清算在戰後冷戰結構中化石了的「美國－父親崇拜」情結，中國的民族團結、民族和平和民族的自主的發展，就無法大踏步地展開。

初刊一九八七年十一月二十六日《自立晚報》第八版
收入一九八八年四月人間出版社《陳映真作品集8・鳶山》

作為一個作家……[1]

大家可以一起高興、一起悲傷的社會，已經逐漸沒有了。人失去了愛的力量、失去了關心的力量、憤怒的力量，甚至於失去了反叛的力量。人的向度越來越小，越來越不自知地成為單純的「消費的機器」……

今天，我想跟大家一塊兒聊聊的題目是：「作為一個作家……」。

青年人心目中的作家形象

今天在座的青年，大概都是六〇年代中期、後期出生的朋友。你們這一代的整個生活內容和成長的過程，跟我這一代比較，有極大的不同。因此，恐怕你們對於「作為一個作家」的形象，也停留在與我們不同的理解和看法上。

在我們的電視劇裡，不管男作家、女作家，都是瀟灑、漂亮，頭髮長長的，性情浪漫，身裁瘦瘦，有點蒼白。男作家有很多女朋友，女作家有很多戀愛故事。他們經常戴著寬邊眼鏡，在書房裡一邊抽菸或菸斗，一邊看著窗外的月亮，低下頭寫兩句，再看看遠方的星星，低頭再寫兩句。電視劇裡的作家，大概是這種形象。總之，作家在你們這一代的理解中，是非常個人的、令人羨慕的、受到社交圈歡迎的、受到異性傾慕、生活多采多姿的人。一般人對作家總覺得有一點神秘，而且帶著一點羨慕。或許因為這樣，才會有那麼多人報名參加這個文藝營。

大概作家有時也個別地會有這種形象；可是我們民族所需要、所要求的作家，恐怕離這有一定的、極大的差距。現在，我們先來談談，當我們的社會相當富裕化以後，文學所面臨的問題，然後再進一步討論，我們所需要、所要求的，是什麼樣的作家。

消費文明堆砌的台灣社會

目前，台灣的社會，正經歷著中國社會有史以來沒有過的極大的變化。中國歷史上，從來沒有一個地方，以「省」的範圍，在短短的時間內，生活變得這麼富裕，經濟變得這麼發達。我們的社會與人，因此也經歷了我國社會史上從來沒有過的變化。簡單地舉幾個例子來說：我們現在有了前所未有的生產技術及生產能力，因此我們可以生產的產品超過台灣省人民自然的需要。我們的社會變成一個非常富足的資本主義商品社會。

《聖經》中所記載的財主，每天去開他的倉庫，數數倉庫裡的財貨，然後心滿意足地說：「感謝主，我有這麼多東西，實在很好。」然後關上倉庫，以豐富的屯積為快樂。今天的資本家們不會這樣了，當他生產了這麼多商品、產品時，他一定要想盡辦法賣出去，才能換成現金，然後利用這些金錢從事再生產和擴大再生產。於是，商品便逐漸遠遠多出我們人類自然的需要，資本家也勢必用很多方法來銷售這些東西——這就是所謂的「行銷」的工作。

行銷（marketing management）的工作，簡單地說，就是在創造超乎人類自然的、對於商品的欲望。肚子餓了想吃，身體冷了想穿，這是人類自然的需要和欲望；可是光是這自然的欲望，已經不夠來消化今天的生產方式所生產的這麼多過剩的商品。因此資本家設計出很多方式，來創造或複製人的欲望，使欲望盡量擴大，超出自然的需要。這是我們在文化裡整個看到的現象。各種形式的廣告或商業廣告影片，便是一個生動的例子。

對中國人來說，吃口香糖這回事，根本沒什麼傳統，也沒具體的利益。可是，我們的資本家，就知道怎麼把口香糖推銷出去。他們找到一群廣告人、行銷人一塊兒開會，一起工作，研究出怎麼樣製造吃口香糖的需要。也許他們先界定，吃口香糖的人口應該是十六歲到廿二歲的年輕人（就像你們這樣的年輕人，像我這種年歲，沒事是不會嚼口香糖的），以像你們這樣的年輕人為對象，按照你們的需要、情調、行為習慣……來製作廣告片。於是，我們就看到這樣的廣告片：一大群年輕人在狄斯可舞廳跳舞，以快速的旋轉的鏡頭來表現現代的、年輕的節奏感，配上大家熟悉的狄斯可音樂，然後以特寫鏡頭，以幾乎占滿畫面的方式來表現嚼著某一牌子口香糖的嘴唇。這片子播了一兩個月以後，你們便會覺得某品牌口香糖代表著年輕、快樂、自由、奔放，覺得跳狄斯可一定要一邊跳一邊嚼口香糖才夠正點，下一次到狄斯可跳舞的時候，一定會在門口買一包那種牌子的口香糖。就這樣，幾萬條、幾十萬條的口香糖就銷出去了。

同樣的道理，在雜誌、傳播媒體、連續劇，甚至電影裡，都不斷地堆砌著一種文明，那就是大眾消費的文明。在大眾消費的文明裡，人們以一個人擁有的商品的數量與品質來判斷一個人的社會價值：你的房子好不好，你有沒有車子，家中有沒有各式各樣的家電用品，或者你有沒有很多現鈔來擁有這些如山如海的商品。凡此種種，變成了一般人用來評定一個人有沒有價值、有沒有地位的非常重要的標誌。總之，在大眾消費社會裡面，有些前所未有的情況便發生了。

第一個變化便是：人類欲望的空前解放。在過去，欲望是一種令人羞恥的東西，一件尷尬的事。如果一個人整天只談吃的穿的，人家便覺得這人沒什麼長處。如果讀書人談什麼東西好吃，什麼地方的什麼東西好，知識分子便會覺得不齒。這種觀念今天已經不然。今天，欲望非但不是一種可恥的事，反倒是正面的、有成就的表現。現在很多人，一碰面便先摸摸他的衣料，看看他的鞋子是什麼牌子，而且這已成為自然而普遍的現象。這樣的社會，人逐漸以「消費」作為一生最大的目標。人生最大的職責、生命最終極的目標，就是消費。每個人拚命上大學，上大學之後拚命找好工作，找到好工作之後，在公司拚命尋升遷之道，然後逐級上升或跳槽，接著準備用十年二十年的時間，分期繳一幢大房子。買車、買各種家電產品，各種帶來舒適的產品。在不知不覺當中，人的一生中最有創意的時光就流逝了。房子有了，車子有了，兒女也長大了，然後他說：「好吧，我把希望寄託在下一代！」下一代又走著相同的路……。

我想，在長久的人類歷史當中，人類從來沒有像現在這樣，只把一生的目標定在短短的幾十年，從廿五歲到四十五歲之間，拚命地去追求物質、名望、地位，這樣過掉一生。人的向度(dimension)變得越來越小。記得我小時候，鄰家偶爾接到一封寄自三重埔的信——原來那個曾經浪蕩的孩子寫信回來，告訴他母親，他已經學乖了，在一家工廠做事，跑外務，也有了女朋友，準備過些時候帶她回家給阿母看。這樣的一封信，可以驚動左鄰右舍，大家爭著來看信，跟這家人一起歡喜，說：「你們家的阿財總算浪子回頭了。」不識字的老阿婆也一邊聽著人家讀這封信，一邊高興地流淚。像這種大家可以一起高興、一起悲傷的社會，已經逐漸沒有了。人失去了愛的力量，失去了關心的力量、憤怒的力量，甚至於失去了反叛的力量。人的向度越來越小，越來越不自知地成為單純的「消費的機器」——一種制度化消費的工具。人每天看雜誌、電視、各類節目、廣告，不自覺地追逐於各式各樣的財貨與物質當中，糊里糊塗就過掉一生。

我看到許多大學剛畢業的年輕朋友，他們才一畢業，就不知不覺地對這個社會的消費行為發揮驚人的作用，影響社會的知識、選擇、價值和風尚。他們才畢業不久，到各種期刊雜誌工作。比如說一些女性類的刊物吧，這些年輕的「編輯」們，便在雜誌上東抄西湊寫文章，告訴讀者：人應該怎麼過活，先生生日時做太太的該怎麼去挑選領帶作為禮物，夫妻的關係應該如何，父子的關係應該怎樣，應該怎麼布置客廳和臥室，目前流行的衣飾是什麼，應該聽什麼唱片，應該怎麼化妝，怎麼跟人家溝通交往……等等。其實，這些年輕的記者對這些問題大部分是一知半解的，甚至於我們成長的身體、生理與心理的問題，也由這些半生不熟的年輕人東抄西抄地湊成一篇又一篇的文章。他們也影響了多數人對衣服的趣味、居住環境的趣味、商品的選擇、對人生的價值判斷等等，也「創造」了一大堆像「單身貴族」這類的名堂。當我發現這些事情時，非常驚奇。實際上，他們的生活或人生的歷練都還不夠成熟，可是他們變成了影響整個社會該聽什麼歌、該看哪一種電影、該買什麼東西送給你丈夫或男女朋友的一群人。他們甚至告訴你，當你的婚姻關係有問題時該如何解決，父子關係應怎麼調整，人生應該如何才對等等。這些重要的事情，竟然由二十幾歲的女性或男性在操縱，實在是非常奇特的現象。

文學喪失了夢、意義和理念

這種情形，表現在我們的文學裡面，就成了人的意義的喪失：當一個消費社會形成，人變成了消費的機器或手段，人生的意義和理想就逐漸喪失了。因此，在我們的文學裡，也整個喪失了夢，喪失了意義和理念。我記得《人間》雜誌曾對於台北市西門町那些「新種族」的粗糙的問卷調查。結果連我這自以為對年輕一代有一點點理解的人，都大吃一驚。我們以一百多份的問卷，問這些年輕人人生最重要的理想是什麼。我們小時候，總是說我將來要做將軍、醫生、工程師、文學家、音樂家、舞蹈家……。現在，一百零幾份問卷裡，只有一個女生，說她想要當法官（這還不排除一種可能的理由：或許她叔叔當法官、家裡很有錢，所以她立志要當法官）。但所有其他人的人生最終極、最高的目標，就是：多財、快樂、幸福、享受。沒有一個人說他將來要當工程師，或文學家。在他們看來，人生最大的成就，就像電視節目中那種企業管理的階級，會議一開，一決定就是幾百萬鈔票，出門就有車子，住的是客廳有一般家庭五倍大、當中還有一道樓梯的那種房子。在電視的影響下長大的孩子，已經完全改變了，他們從很小便喪失了自己的夢想。我們這一代年輕時還比較不一樣，還想過要當律師、當畫家，慢慢到了四十多歲才逐步放棄因為現實而無法達成的夢；可是現在的一代卻從小便開始放棄夢想。這實在是一個相當大的危機。因為文學一旦失去了夢、一旦失去了vision（憧憬、希望），文學就從它的根部枯萎了。

我們可以看到不少西方世界的文學或電影，題材上無非表現人在現世裡的極端的無聊（boresome）。箇中人物在奮鬥一生之後，忽然不知自己要幹什麼。他們感到空茫、空虛，跟鄰人的關係、夫妻間的關係，一切都是空的，有一大堆時間，不曉得如何打發。在我看來，這實在是人生中蠻淒慘的處境。

我曾經讀過這樣一本小說：主角奮鬥了半生，到了五十幾歲，什麼都有了，卻忽然覺得他跟妻子、兒女、部屬、鄰人，完全沒有了關係。他的兒子當嬉皮，假裝進步地罵他是「一頭資產階級的豬」；太太原來十幾年來也另外有個男朋友。他發現表面上忠心耿耿的部屬，原來就是在背後搞他，終於取代他位子的人。到最後，他感到一切極端孤單，連自殺都提不起勁。很多現代西方的小說、文學、電影，都表現了同樣的題材：愛的不在、意義的不在，甚至連性的描寫都非常枯燥無味。社會的人越來越多[2]，上街都摩肩接踵，可是每一個人最深最深的內裡，卻非常的孤獨。這在一個高度資本主義發展的社會中，給人類帶來極大的衝擊。[3]人在旋轉不斷的消費社會中，變得完全失落、空虛、無意義。這也是所謂的進步社會中，文學與電影極普遍的題材。每年國際電影節中，法、德、美、日的電影，最常見的正是這樣的題材。那種痛徹心肺的孤單，那種像T・S・艾略特（Eliot）詩中那種「荒地」的感覺，變成了今天物質進步的社會共同的疾病。

「文化」徹底被商業利用

再者，人類也從未像今天，讓資本主義利潤動機滲入人類幾千年來不曾讓商業主義、物質崇拜觸及的領域。在過去，朋友之誼、父子之義、夫妻之情，或者宗教的信仰、藝術、文學、哲學等領域當中，錢是發揮不了作用的。可是今天，商業卻非常徹底地影響了精神領域。一方面，商業的滲透力越來越強；另一方面，文化和知識、技術，非常徹底地被商業所利用。

以前「老王賣瓜，自賣自誇」式的廣告，就算是不錯的廣告了；今天的廣告卻十分細緻，甚至連我都不得不欣賞。以洗髮精廣告為例，台灣的洗髮精廣告，變來變去無非是：一個頭髮漂亮的女孩子甩頭髮，然後用慢動作表現秀髮飄逸的樣子，然後再以近攝鏡頭，告訴觀眾，這種洗髮精含有「蛋黃質」，對髮質有特殊的保護作用等等。最近的洗髮精廣告，乾脆不告訴你某種品牌的洗髮精對頭髮到底有什麼好處。它不賣成分的好壞，它賣的是一種mood，一種氣氛，一種感情，一種認同，一種調調兒，一種感覺……。比方有一種洗髮精，以十八歲到廿二歲的少女為訴求對象，它的廣告影片便出現以下的畫面：一個大約十八歲的女孩在課堂發呆，老師走到她面前，她才猛然驚醒／她接到男朋友寄來的情書，高興得不得了／在電話裡和男朋友吵架，一氣之下，電話也不掛，任由話筒懸在半空擺盪／另有一個傻里傻氣的男生想追她，她心煩，便一個耳光甩過去／最後出現一瓶樣子很奇怪的洗髮精。

這個廣告告訴妳，這就是「我們」的洗髮精，是妳我這個談戀愛、上課不聽老師講話、寫情書、跟男朋友吵架的年紀的「我們」所專用的洗髮精。妳也不管它是不是洗得乾淨、有沒有蛋黃質，反正就直覺地認為這種洗髮精好棒，下次就告訴媽媽：「媽，我要買××牌洗髮精。」結果妳家就有了媽媽用的洗髮精，和妳專用的洗髮精。

現代資本主義也非常精細地涉入非常高級的文化和精神領域。有時候，一個企業會刊出一個廣告，或組織一個基金會，向社會表示他們對環境、對殘障兒童的關懷，或者資助一個國際性的學術會議，提高企業形象，間接有利於產品的銷售。資本主義為了擴大生產與市場，調動了最精緻的專門學科的技術與知識，另一方面，商業本身也以人類有史以來從沒有過的活力滲透到其向來不為物質、金錢左右的領域，甚至連宗教、藝術、學術也受到金錢關係的影響。

金錢關係使很多情況改變，比如父子關係中介入金錢的關係，這是大家司空見慣的。兒子不拿錢給爸爸，做爸爸的就與兒子斷絕父子關係；父子關係顛倒了。以前老爸爸一生耕田，現在兒子在城裡當經理；以前孩子沒有發言的機會，兒子只有聽老爸的，現在因為老爸爸要伸手向孩子要錢，不能不對兒子低聲下氣，關係變得十分尷尬。甚至於有些做父母的為了錢，竟把親生的女兒賣到娼家……，這一些因為金錢而發生的改變，可說前所鮮有。

藝術、文學或精神領域，也同樣受到資本主義金錢關係的影響。現在的繪畫或流行音樂（pop music）是個明顯的例子。以繪畫來講，在紐約、巴黎，繪畫已經變成畫商和「藝評家」所操縱的商品。他們眼看橫線條的繪畫已成昨日黃花，便想辦法推出大塊面的黃黑對比畫風，然後由「藝評家」在媒體上大力鼓吹，胡謅些「後現代主義」、「半後現代主義」之類的名詞，鼓動有錢人去收藏。

流行音樂、電影的「企畫」更是極盡「行銷企畫」的技巧。比如要推出一個青年偶像型歌星之前，企畫者會先調查年輕人的行為和感情。調查之後，也許發現青年具有叛逆傾向，青年一般地覺得不被成人世界所理解，感情豐富卻很孤單。於是唱片公司當局便掌握「孤單」這個感覺，定出年輕人的消費品味與感情的焦點，找來一位歌星，把頭髮留長，把領子翻起來，皺著眉頭點菸，一副孤獨、叛逆、可憐而惹人愛惜的樣子，使年輕人在歌星身上發現自己的投影。歌詞則充滿寂寞、對愛與關心的飢渴，然後請音樂家作曲，配著很重的貝斯(bass)，接著在各種青年人的電視、電台節目上打歌，在青年人的雜誌上報導。就這樣，把幾十萬張唱片賣出去了。

電影也一樣，越來越多的電影製作，純以市場為取向。最近的電影市場裡最需要什麼，他們便拍些什麼。甚至據說如今可以電腦化到把片子的情節全盤設計的程度，[4]比如：開映後五分鐘要安排笑料，接著兩分鐘的故事，接著又插入兩分鐘床戲，再來要一場打鬥，再接著一場詼諧的對話……就這樣把公式安排好了，再丟給創作小組去完成。電影劇本作家成為按照菜譜做菜的人，完全喪失了主體的創作功能，電影公司丟給你一個公式，告訴你：「我要的劇本裡，要有百分之二十的笑料、百分之三十的戀愛、百分之十的床戲、百分之五的悲傷、百分之十二的對老師跟家長的反叛……等等。」你寫吧，你要這份薪水，你就寫吧！

資本主義因素也侵入文學領域。美國有一種流行文學，每個出版社每月推出十幾本。封面上的畫十分漂亮、浪漫、動人，最常見的就是畫著一個英俊瀟灑的男士痴情凝望著一個美麗迷人的女子。這是專門供應無聊、不知如何打發生活、生活內容平庸單調的中產階級的婦女或男士來消費的書。內容通常是：一個涉世未深的少女，找了工作，突然發現上司能力很強，於是她在無法自制的情況下愛上了上司，然後展開一段戀情，或者是美國郊區中產階級社區中鄰人之間的偷情之類。

資本主義規律已經史無前例地整個滲透到文化、精神、知識、思想的領域。換句話說，在資本主義社會之前，在若干精神、文化、知識、哲學、宗教的領域裡，多少還保持了相對的獨立性，獨立於庸俗的金錢或物質的關係，為人類文明留下相當大的遺產；如今，這樣的社會已不可復得。有人稱這種現象是「後現代主義」的特色，也就是說，廣泛、細緻的商品化，已成為「後現代」時期暨資本主義爛熟時代裡一個十分鮮明的特色。

資本主義因素細緻地滲透到人類最細緻之精神產物的領域，使金錢關係史無前例地擴散到最細密之精神生活，為資本主義利潤動機做直接和間接的服務，這是今天我們面對的一個深刻的問題。文學藝術的創造性、相對獨立性，反叛和批判、斷裂的屬性的復權，就必須以顛覆資本主義的諸關係的思想和實踐，也許才有辦法吧。

如何復活傳統的文學氣質？

怎麼復活傳統的原來的文學的氣質？怎麼重新把文學從整個物質化、商業化的社會「機器」裡解放出來？這是今天文學所面臨的最嚴肅而且重大的課題。換言之，怎麼透過文學創作，重新點燃人類對於愛的可能性、對於憤怒的可能性、對於關心的可能性；怎麼透過文學的創作、思考、敘述，重新恢復人類愛的能力，關懷、憤怒、甚至反叛的能力，是今天文學工作者極重大的責任。特別是像中國這樣一個國家，在可見的將來一段時期，整個民族的命運，還有一段很艱苦的道路要走的國家，文學應該負起解放的任務——將人從思想的、物質的、制度的束縛裡，重新釋放出他們原該有的愛的能力、關懷與創造的能力，去變革已經被資本主義制度化（或被商業規律所束縛）的世界。

這樣看來，理想中的文學，乍聽之下，好像已經不存在了。其實不然。因為遼闊的第三世界的文學，正表現它們豐沛的生命力。第三世界文學或電影，十分要求人的解放[5]，即人從封建主義和帝國主義雙重枷鎖中解放，描寫著革命與反革命、侵略與反侵略的、激盪不已的歷史中，人的戰鬥與發展——這便是為何它們能引起在行動上或語言上懦弱無能的西方世界深刻關懷和注目的一個重大原因。

最近，我曾經在東南亞做過短暫的旅行。香港、新加坡、漢城等這些所謂「新興工業化」的國家，表面上看來都跟台灣差不多，物質都很豐富。可是一到馬尼拉，你可以從皮膚感覺到整個古老亞洲的貧困，感覺到以前只在書本上看到的，一個受到封建主義與帝國主義雙重壓迫的民族與社會的那種絕望的狀態。在泰國的清邁，你可以看到最豪華的飯店，以及離飯店沒多遠就存在的非常明顯的貧困，人的價值，從金錢的翻譯上是那麼便宜，便宜到令你吃驚。可是在這些貧困的亞洲大地上，卻到處充斥著外國的商品：可口可樂、百事可樂、各式各樣的日本機車，以及各種產牌的機械。整個旅行中，你可以非常具體地感覺到遼闊、古老的第三世界貧困的深重問題，也可以從中看到大約四十年前或更早的中國，處於各種傳統及外來力量交相煎迫的困境。

在這樣的社會中的作家，和我們處在完全不同的情況。他們對於什麼是文學，文學到底為誰，為什麼，怎麼寫等等問題，就與我們有非常大的差距。記得一九八三年，我有機會到美國愛荷華，見到幾位來自貧苦國家的作家。對這些作家而言，怎麼寫一首詩，態度和思想上跟我們的詩人是極不一樣的。他們的同胞中將近百分之八十是文盲，他們不會去考慮一個句子用什麼文字寫比較「過癮」，也不考慮「語言的張力」或「跳躍性」等等；他們完全用聲音去思考，以便能以朗誦的形式發表。有一位來自南非的女詩人，她既沒錢出版自己的詩集，又因為站在整個有色人種的立場來抵抗白色政權，更沒有一個出版商敢出版她的詩集。所以，她創作時思考的方式和對象，就跟我們的作家不同。她在「為什麼寫詩」的這個基本問題上，完全是因為受到生活裡每天深重的壓迫和不義所逼，而不能已於不寫詩。接著她想到她詩的對象是那些一輩子未接受過教育、生活在貧困和絕望中的那些黑人同胞，她必須用聲音去思考[6]，以便他們可以接受，可以體會，可以共鳴。

我自以為，我還算是一個社會派的作家吧。可是跟他們討論之後，我發現自己對於文學的哲學中最基本的課題，都得重新思考。第三世界貧困的國家，不像我們每個家庭都有電視機。電視機「教」我們很多東西，從小到大，從我們聽得懂話，聽得懂歌曲，看得懂畫面的時候，我們便開始受到電視的宰制。可是實際上，台灣的電視節目卻糟糕到極點，這對我們的一生及整個社會，無形中有非常巨大的影響。在這樣的社會，文學就變得十分沒有力量。然而在菲律賓、印尼、斯利蘭卡、印度，甚至像中國這樣的國家，文學卻能發揮相當大的作用。每當有一本詩集或小說集出版，他們的作家每個月都會接到信，[7]這些讀者寫來與作家討論寫作及其他問題的信，大概有一布袋那麼多。這種情形在台灣大概沒有，很少有人寫信來跟你討論，到底你寫的東西對不對，或怎麼啟發了我對人生的看法。在窘迫的第三世界國家中，文學跟詩歌對他們來講，卻是廣大的知識分子（不只是文學青年）跟群眾追索個人或整個民族亟待解答的各種問題答案的來源。他們會去討論一個作家及作家的作品，從中去探討他個人的前途以及國家民族的未來。文學的這樣的性格，只有在遼闊、貧困、還在為自己民族的解放與國家獨立掙扎中的民族，才可能見到。從這個觀點看來，作為一個作家或藝術家，絕非輕鬆也不簡單，而是一生一世的艱苦的事業，是他自己跟他的民族、國家，整個連接起來的一個非常沉重而艱難的功課。

四九年後台灣文學的一些問題

接下來，我想談談在國家分斷[8]的四十年來，台灣文學的一些基本上的問題。一九四九年以後，由於國家內戰以及兩陣營對立的全球局勢的影響，中國的大陸本部與台灣，在政治上、地理上、社會上、經濟上，都變成兩個完全不相往來的分斷的狀態。於是台灣文學產生了一些問題。

第一個問題就是「斷層」的問題，也就是中國「五四」新文學運動以來的文學在台灣發生了斷層。從來沒有一個國家或民族的文學，不需要從自己的文學傳統裡去學習、發展文學的香火的。但實際上，我這一代的文學卻在與中國新文學四十年來的文學完全切斷的情況下，從外國（美國）去尋找文學傳統，而發展起來的。不過，這個斷層在四十年後的最近，已很有希望再彌補過來。

第二個問題是，台灣四十年來在國家分裂及附從於西方經濟圈的發展，使整個文學陷入了逃避主義、依賴主義、模仿主義的狀態。尤其在一九五〇—七〇年的時期，在國家安全及對美依從的基本結構上，文學起了很大的改變，而與一九五〇年以前的台灣文學有了完全不同的面貌。這段時期的台灣文學，從西方支借了各種文學表現的內容及形式，脫離了台灣[9]的具體生活和感情，成為買辦的、模仿的、進口品的文學。

第三個問題是，中國焦點的喪失。對你們這一代而言，中國大陸已經彷彿是個外國，那邊是「匪區」，那裡的人臉是綠的，頭上還長了角，大概都生活在水深火熱之中……。雖然長輩常說，我們家在山東、河南，但這些地方對你們而言，一點感情也沒有。對大陸在物質和感情的斷裂，很多作家也曾公開表示，毫不隱諱。我想，這不能怪他們「數典忘祖」或「沒有民族國家觀念」；這是國家在外來勢力干涉下分裂四十年的具體現實下的產物[10]。台灣跟大陸文化、經濟、生活的完全斷絕，使台灣文學失去了對中國的焦點，失去了中國的形象。這種中國焦點及形象的喪失，即使在日本帝國主義占領台灣五十年的台灣歷史中，也很少見。最近，中國大陸當代文學，在有選擇、有監督的情況下可望開放。這或者將有助於這個情況的改善。然而，就在這樣的背景下，有人開始了一些奇怪的討論，諸如：台灣文學是什麼？台灣是什麼？台灣人又是什麼？這類討論特別在一九七九年美麗島事件以後，突然增加。這正是客觀的四十年來祖國分斷的具體現實所造成的。

最後一個問題是，由於長年以來的戒嚴，[11]我們的文化界、文學界和藝術界，基本上缺少批判的思想，以致於整個文學藝術缺少了文化和思想。這種情形在第三世界文學裡幾乎是看不到的，我們成了對世界的體系或對美國、日本完全缺少批判思考的唯一的第三世界地區。我常喜歡用「思想的貧困」來說明這種現象。當然，這並不是說所有的文學都要談思想才算文學，但台灣文學藝術特別過分地缺少思考性和批判性，卻會深入地影響台灣文學和藝術的品質。

以上所說的各式各樣的問題，隨著亞洲、太平洋冷戰結構的重新編組，以及政府自去年比較明顯的民主化改革與戒嚴令的解除，我想，應該可以慢慢得到解決。可是也因此，台灣文學界便面臨了比過去任何時代更為強大的挑戰。以前不准你講話，現在為你鼓掌，請你上台，給你麥克風，把問題拋在你身上，所有聚光燈照在你臉上了。如果真的忽然整個民主化了，思想的框框解除了，四十年來我們沒有做好的文學課題，就必須在一夜之間寫好。捉襟見肘，手忙腳亂、怨天尤人……的情況就會出現吧。

在這種情勢下，面對你們這群年輕、天真、可愛的文藝青年，我的心情是沉重的。所以我要不憚於強調，你們千萬別以為文學就是瀟灑的、玫瑰色的、受萬人矚目的、一進會場就受到萬人喝采、受到公卿王侯歡迎的、或者是廣結異性善緣的一種工作。正好相反，極可能，作為一個文學家，所要遭受的壓力或挑戰，遠比其他行業還大。比如第三世界國家，作家常常在半夜有人來查他的書房，帶走他的稿子，或者甚至被戴上手銬帶走。一九八三年我到愛荷華參加國際寫作計畫，會議開幕了一兩個禮拜，幾位受邀者的寢室的門還一直鎖著。他們都是東歐社會主義國家或第三世界國家的作家[12]，有的是被當地政府限制出境，有的則早已被監禁起來了，所以都不能來赴會。看到那麼多ＩＷＰ的公事、通知堆在寢室門口，我才具體感覺到，作為一個作家，對於巨大的權力是那麼毫無自我防衛的能力，那麼容易受到傷害。我想，全世界為了說出真話的作家、新聞工作者、教授或知識分子，常是這種境遇吧。但我不是在嚇唬你們，而是要讓你們知道，應該要用嚴肅的心情，重新去檢討和思考一個作家的職責、命運和功能……。

作為一個作家的基本條件

最後，我要講的是，作為一個作家，應該具備的一些比較基本的條件。

第一，文學是用語言文字來表現的藝術，一個中國作家，先就應該搞好漢語文的表現。我自己辦了《人間》雜誌以後才理解到，台灣整個世代的漢語表現，幾已受到嚴重的破壞。常常有人寫了一大篇東西，不知焦點何在，到底要告訴讀者什麼。其次則是潦草、不認真，錯別字不說，連標點符號也不會用。常常在一段文字中，只會把逗點點到底，最後才是一個句點。至於遣詞用字、文法、邏輯的錯，則比比皆是。對於中國人，漢語文的表達力，不單單是做一個作家的問題，也是當一個知識分子的問題。因為知識分子應該鍛鍊自己使用母語來表達[13]或表現自己的想法。這必須從當代優秀的中國文學作品，或是老祖宗遺留下來的數千年輝煌的漢語文學作品中去汲取泉源，並且要非常用功才行。

第二個條件是，一定要跟生活的現場有生動活潑的接觸。我辦了兩年的《人間》雜誌，這一點感觸特別深。我們雜誌社的年輕工作同仁，固然很勤勉，但真正教育他們的，是他們在採訪工作的現場中認識了生活、認識了人、認識了世界、認識了採訪的現場以及其中的人。記得《人間》雜誌曾探討山地雛妓的問題，基於工作的考慮，我們覺得派女記者去採訪比較合適。我們的記者去採訪了十幾天，回到雜誌社的那個下午，我正坐在我面對著牆壁的辦公桌前忙著處理公事。我請她坐在我背後的椅子，我說：「妳儘管說，雖然我手中在工作，但我會聽著妳說。」她就開始敘述採訪的過程，講了大約十五分鐘，忽然中止了。我就把手上的一封信寫完，回過頭去看她。她那時正轉身對著牆壁，掏出手絹擦淚。我知道她正在哭，就靜靜坐在座位上等她哭完，當時我想，哭，對她來講是很好的[14]！哭過以後，擦乾眼淚，她說：「我非常感謝那些女孩子。」這話乍聽之下，有點令人不解，因為一般人通常會說，他很為那群可憐的女孩感到「同情」或「難過」，她怎麼會說「感謝」那些雛妓呢？我問她原因，她說：「我跟那些女孩工作了十幾天，每一次與她們談話，我總以為她們應該把桌上的茶潑到我臉上，捶著桌子罵我……」我問：「為什麼？」她告訴我：「她們有足夠的理由對我破口大罵：我們年齡相差無幾，妳憑什麼比我幸福，而且居然坐在我面前問我這麼痛苦的故事。我越採訪越覺得那些可憐的女孩有權利對我發脾氣……」可是，那些女孩終究沒有生氣，她們一起哭，一起分享著人間最大的不幸，一起體會內心夢魘般的痛楚。經過了這次的採訪工作，她說：「如果沒接觸到這些人，我從來就不曉得生活是那麼不容易，也不會知道原來還有那麼多的女孩竟然過著與我全然不一樣的可怕的生活。這以前，從來沒有經驗可讓我深刻地感受到，在台灣目前的社會，女孩子是這麼容易受到傷害，而且一旦受騙，到了那種場所，就得遭受那樣令人難以想像的萬劫不復的痛苦。」

很多這樣的例子告訴我們，只有真正離開自己的階級、離開自己的工作與生活範圍，進入遼闊的生活現場，接觸更多的人生，才可能理解到生命的尊嚴、生活的尊嚴，或者是人類在黑暗當中所散發出來的潛能與不可置信的韌性。你們一定要到現場去，曬曬太陽、流流汗，和別人一起憤怒，一起流淚，用你們的皮膚、眼睛、耳朵具體地體會，用思想去理解真正的人民的生活，以及生活的本質。生活和人是文學創作最豐富、也可能甚至是唯一的泉源，所以你們一定要透過生活現場的接觸，去豐富生活，再轉化為創作與思想的養分。只有在那裡，你們才可以真正地成為一位有血有肉的作家。

作為一個作家的第三個基本條件，我認為就是應該具有批判的視野。我再以《人間》雜誌為例，來說明這個觀念。目前有很多市場上的市民消費的雜誌，都只是由一個角度出發——那就是由社會上幸福的、年輕的、漂亮的、健康的、口袋有錢消費的這些人的立場[15]去製作每一期的內容。在這些雜誌裡，我們看到的是：嘴裡銜著雪茄、一決策就是幾百萬或上千萬的董事長，再不就是月入五六萬以上的風度翩翩的上班族丈夫，生活優閒的漂亮的家庭主婦，臉上可摘得下蘋果的可愛的女兒，比一般家庭還大了四五倍的裝潢豪華的客聽……完全虛構的生活、流行、服飾、玫瑰花、愛等等。

可是《人間》雜誌卻試圖從社會弱小者的立場去看人、看世界、看大自然、看生活。我想，全世界，古今中外吧！從來就沒有歌功頌德的文學，作家通常都在為民請命，為不正義抱不平，發出良知的怒吼。如果他對黑暗關心，恰恰表現他對光明有一分比別人更強的信仰；如果他對弱者有一分非常堅強的同情，恰恰好是因為他對每一個人成為強者，有一分很深的寄望。因此，一個作家，必須要有批判的知識和眼光，善於替社會的底層，從最不被重視的大多數人的立場去看世界、看生命、看生活。

要具備批判的眼光和知識，並非易事。特別是在現代社會這麼複雜的世界裡，更需要用功。立志當一位作家，絕對不能是只因為理工科的功課不好，作文課還不錯，才做這種決定。作家跟其他分類的專家學者一樣，必須辛勤而用功地去求索各種知識，對廣泛的人文知識應該有非常直接或間接的理解、涉獵或研究的成果，以便了解現代世界與社會生活的本質與核心。

現在已經不是讀一部四書五經就可以寫書、寫小說的時代了；複雜的世界、複雜的生活，重重虛構的幃幕與現象，要求作家用犀利的知識去分析、去批判，才能找到生活真正具體的本質，然後才發為文學。

作家的道路

作家的路，是非常嚴肅、艱苦的，我並不希望因此而潑你們冷水，可我也非常不希望你們帶著不切實際的夢想去跨出文學生涯的第一步。今天，大體是由我個人的一些體驗，去談六〇年代到八〇年代的種種文學現象及問題。據說，我也是一個寫小說的人，所以我想，應該把一些實話或故事的另一面告訴你們。

最後，我要再次地強調：作為一個作家，絕對不是輕鬆的工作，反而是十分艱苦、嚴肅，而且恐怕偶爾也是拚命的工作。我衷心地希望，在座當中將來能出現真正屬於新時代的、非常優秀的、中國的作家。謝謝。

初刊一九八七年十二月《聯合文學》第四卷第二期、總三十八期
收入一九八八年四月人間出版社《陳映真作品集8・鳶山》

1 本篇為陳映真在第三屆全省巡迴文藝營、南區成功大學的專題演講。天洛記錄，作者本人親自修訂，小標題為《聯合文學》編輯部所加。

2 「社會的人越來越多」，人間版為「社會因工業化人口集中，人越來越多」。

3 「這在一個高度資本主義發展的社會中，給人類帶來極大的衝擊。」人間版無此句。

4 「把片子的情節全盤設計的程度，」，人間版為「把一切賣過好座的電影程式化的程度。」。

5 「十分要求人的解放」，人間版為「能嚴肅逼視人的解放」。

6 「用聲音去思考」，人間版為「用語言的聽覺去思考和創作」。

7 「接到信，」，人間版為「接到無數讀者的來信。」。

8 人間版此處有「民族分離」等字。

9 人間版此處有「和中國」等字。

10 「產物」，人間版為「結果」。

11 人間版此處有「長期的思想禁錮和思想檢查，使」等字。

12 「都是東歐社會主義國家或第三世界國家的作家」，人間版為「是幾個威權專制主義國家的作者」。

13 「來表達」，人間版為「優秀、準確地來表達」。

14 「對她來講是很好的」，人間版為「對她和我們這生活在無情化的環境中的人來講是很好的」。

15 人間版此處有「看生活和世界，」等字。

《石破天驚》自序

我自己搞採訪報導，最早在一九六八年，我採訪了當時正在從事台灣民間音樂採集工作的許常惠和如今已經物故的史惟亮。記得那時讀了將近一年的美國《新聞週刊》，對於他們的「封面報導」（cover story）的寫法，覺得挺生動、深入，對報導寫作，產生了興趣。寫〈悲觀中的樂觀〉之後，將近二十多年來，我對寫採訪報告的興趣有增無減——雖然我寫的不多。

一九七五年我出獄回來，在外商公司負責一份社內刊物和公關雜誌的編輯和出刊。編輯、採訪、組稿、印刷一把抓。就那時，寫了〈美好的腳蹤〉、〈懷念蘭大弼醫師〉和〈生之權利〉。這些文章，因為刊在企業公關雜誌和社內刊物，文藝界鮮少人知。最近的一篇比較長的採訪報告，則是對前自立晚報顏文門先生的報告：〈石破天驚〉。

寫採訪報告，記者的文化和知的水平很重要。我讀過一些東西洋綜合雜誌和新聞雜誌上一些傑出的記者寫的傑出的訪問報告（interview），讀來生動活潑，啟人心智。一個好的訪問員，應該像一個優秀的礦夫或採礦工程師，碰到寶山，得先理解這寶山的地質、構造和礦脈，才能挖出一車又一車的寶礦。否則不但無法深入寶山，而且也必然空手而回，了無所獲。要搞好訪談的工作，不但要事先對受訪者的思想、知識和藝術成就有準確概括的理解，採訪者自己的人文和知性的積累和素養，也不可缺。這樣的訪談，才能在一問一答中，產生生動活潑的知的互動，相互激發，使受訪者的思想與英智大放異彩，訪者、受訪者與讀者都很「過癮」。

屬於「非小說類」的報告或紀實，在台灣，還在萌芽的階段。到激盪的生活現場中，揭示我們生活中存在、卻不為體制化的傳播媒體所關切的事物，並加以分析、評論和抨擊，為反對和消除生活中存在的落後、無條理、不公平言論的力量，為社會的、文化的弱小者代辯和代言，以這廣泛的弱小者的立場去看生活、看世界……這樣的報導或紀實文字的形式，曾經在德國、西班牙、蘇聯和抗日時期的中國和一九七九年後的中國大陸，引起廣泛民眾的熱烈支持。面臨解嚴後社會和政治大幅度開放與改革的台灣，報告文學的領域也正等待著我們的作家去開拓。《石破天驚》，其實是我在這方面初步的嘗試。

作為文學家，深入生活與勞動的現場，用皮膚去接觸在現場中勇敢地生活的人和事物，是積累創作素材最肥沃的資源所在。具體的生活現場，是文學青年最好的教室；而那現場中的人，則是文學創作最生動優秀的老師。

一九八七年十二月

收在這一卷裡的，我所做的採訪與訪談中，最為難忘的受訪對象是日本報告攝影家樋口健二，我國著名的科學哲學家王浩、旅日政治經濟學者劉進慶和壯年報人顏文門。一九八六年，我第二次到愛荷華，遇見七九年以後大陸重要作家汪曾祺、張賢亮和古華，印象也溫暖而深刻。他們的理想主義、毅力、豐美的心靈和淵博的知識，熱愛人類、祖國和民眾，對和平與進步所懷抱的淳真的信念，都給了我很深的啟發。我常說，如果我再年輕一次，最想做的工作，是自由投稿的記者。我也深信，造就一個作家的最理想的工作，也是寫採訪報告。採訪現場和對象，是作家生活鍛鍊和寫作鍛鍊最好的教室。

是為序，並把這個小卷獻給開放報禁後的新聞讀者和年輕的新聞工作者。

一九八七年十二月五日

初刊一九八八年四月人間出版社《陳映真作品集7．石破天驚》

《思想的貧困》自序

我接受比較多的訪問，當然是在出獄的一九七五年以後。從時間上看，似乎又比較集中在八〇年之後。一九八五年《人間》雜誌創刊後，我被邀到大學校園和其他社團「演講」和受他們訪問的情況顯著增加。

在這些訪談中，談到我對於若干問題的看法。訪談的主要是我對於文學的意見，對於七〇年下半台灣鄉土文學論戰的回顧與評價，對於台灣歷史、社會和政治的一些看法，等等。一九七九年的高雄美麗島事件以後，政治創傷逼迫人們思考思想和政治的出路。不能超脫台灣戰後「冷戰‧民族分裂」總構造的一部分台灣體制批判的文化，逐漸掀起了各領域中的台灣分離論，從而對於一貫主張克服「冷戰‧民族分裂」的歷史、思想和文化構造，倡言民族團結、和平與統一的我的拙論，有越來越多的批評，散見於「黨外」的若干報紙和期刊。

由於沉重繁忙的生活不容許我一一駁辯，也由於對長期遭到鎮壓的分離論懷有一份雖無法苟同、卻懷著同情的理解，我對這些對我的反論，始終保持著沉默。這本訪談集的公刊，大約也可以對於我的膚淺的思想，做一個比較全面的顯影，讓讀者能夠理解若干爭論的根源，也能讓被比較粗暴地、斷章取義地引用的我的意見，復其原貌，全其原意，則或者對讀者不無參考的價值。

自一九五〇年以後，台灣社會的特點，可以用國家分裂時代與中國大陸社會「分斷的社會」來加以概括。在這樣一個國際強權干涉中國內政條件下的「分斷社會」，有著各種複雜卻被視為習常的現象：在「反共／安全」的冷戰體制下，四十年來知識分子的營為不以民族的分斷為恥、為愴痛；文藝、文化工作不以超克分斷的歷史，努力創造足以在民族再統一、再復興之日能無愧於民族文藝和文化偉大傳統的作品為職志；社會以分斷與偏安為平常，深深地耽溺在以分斷、依賴和沉重的社會代價換取的豪遊冶蕩的富裕。

這是十九世紀列強侵凌和干涉我們祖國，百數十年來中國人民、知識分子、青年、志士和仁人奮起抗敵救國的歷史中，前未曾有的民族靈魂與心智的奇變。歷史要怎樣看待這樣一個荒謬的時代呢？我常常這樣問著自己。

在海峽的這邊，體制化的冷戰使台灣在別人的文化圈和經濟圈中逐漸失落了民族的自我。在海峽的那邊，二體制殘酷的對立，使大陸在長期鎖國和敵愾心中，對自己的人民和同志展開了焦慮、忿怒的告發與打擊，又在急救式的開門政策下，國際資本腐蝕性的一面正快速蔓延。歷史向我們提出複雜的問號，生活向我們傳出深切的憂愁。而正是這些問號和憂愁逼迫民族的兒女冷靜而深刻的反思。

收集在這本集子裡的一些訪談，其實是我在這十餘年來，在一個「分斷社會」下一片知的不育與荒廢中，一個人孤單卻還算是堅決的反省、思考與批評。

一九六一年離開大學之後，一直就沒有比較有訓練、有規矩的讀書和研究的生活。因此，在知識上，自知有很大的缺陷。依我看，讀者只能把這本書，當作理解作為作家的我的、並未必有系統的思想之參考資料來讀。

重新校訂之際，我深深覺得有很多地方我說得不夠嚴謹，錯誤的地方也不少。我恐怕我說得太多了，說得也浮濫些。希望以後應該多讀些書，少說些話，以便藏拙。

是以為序。

一九八七年十二月二十八日

初刊一九八八年四月人間出版社《陳映真作品集6・思想的貧困》

建設具有主體性的高雄文化

目前的教育和傳播系統中，工人人格受到歧視，形象受到歪曲，傷害了工人的自尊心和職業的尊嚴，使工人自暴自棄，對文化與知識產生敬遠之心，造成嚴重的文化被害。

一直有人說「高雄沒文化」。如果高雄沒有文化，台中、台南、台北就有嗎？其實，文化是有的，問題是文化的品質。

文化喪失主體性

文化和知性的貧困，一直是戰後台灣文化的特點。一九五〇年，「冷戰—安全—國家分裂」的結構形成，特別使台灣的哲學、社會科學長期停滯。台灣在戰後編入「美—日經濟圈」，美日，尤其是美國式的價值、思想、知識，經過歪扭打折，與外來資本、技術、商品以及政治、軍事方面強大的支配力，使台灣文化舶來化、模仿化，而喪失了主體性。一九六〇年後，台灣經濟在「依賴─專制」中巨幅成長，普遍[1]對台灣前途產生慣性的焦慮與苦悶，使資金停滯在私人儲蓄中而無法暢旺地投資。肥厚的稅收，在全島各地聚生了中飽國稅的特權食利階級，於是色情和庸俗文化成了包攬工程和採購商貨的潤滑劑，也聚生了分潤色情工業超額利潤的地方勢力、公安力和黑勢力，官能文化成了社會肌理的一部分。

此外，作為消費訊息中心，外來商品文化的買辦中心，台灣和外國資本主義工業生產的神經中心，和有閒有錢、有力消費高等文化的精英階級聚集的中心地的台北市，獨占和集中了台灣的文化福祉和文化生活。台北以外的地方，文化生活遂相對地貧弱化。

這樣看來，則何止高雄一地「沒有文化」呢？

但高雄，作為我省第一大工業城市，聚集了市民中占多數的、來自外鄉的勞動者的城市，高雄「文化低落」，自有特殊的原因。

接訂單、加工出口、勞力密集工業的集中地高雄，工人的勞動時間長，勞動緊張度高。平時工人固然無從進修學習以提高文化，下班後，疲憊已極，更無體力和心力進修或參與文化活動。於是在生產行程中受盡體力和心智剝削的工人，為了鬆弛和更新恢復疲憊的肌肉和心靈，投入官能工業資本所設計的喝酒、色情與賭博，接受第二次剝削，而以鬆弛過的、更新的勞力，投入第二天的生產行程，層層相因，死而後已。

工人權益被忽視

由於工人權益長期不受重視，工廠內部缺乏文化設施，使工人的文化無法得以向上。工廠附近的文化公共設施，如學校、教會、圖書館……沒有為下工後的工人開放，供其使用，影響工人市民在文化上的成長。

在分工細密化的工廠管理中，工人被迫在工廠分工中，長期從事單調、無意義的勞動，使工人減低創造力、分析力、組織力、判斷力……，從而壓抑了工人在思考與文化上的發展。

目前的教育和傳播系統中，工人人格受到歧視，形象受到歪曲，傷害了工人的自尊心和職業的尊嚴，使工人自暴自棄，對文化與知識產生敬遠之心，造成嚴重的文化被害。

透過工會爭權利

因此，總體的看來，高雄的官能文化——色情和餐飲十分發達，此外，看得出在消費、商品文化上對台北的模仿。在比較「精緻」的文化上，例如知識、文學、藝術上，邊陲高雄對中心台北有高度依賴，從而也造成高雄文化力、創造力向台北的流出與流失。

如果一定要說高雄「沒有文化」，也絕不是高雄人民品質粗劣，而是因為高雄有她獨特的社會，也就是以經濟構造性為基礎的緣故。

為今之計，該怎麼建設高雄自己的主體的文化呢？

工人市民，應該透過工會，透過自己的團結、爭議諸權利，爭取合理縮短工時，減少勞動程度，以便下班後有體力和心力從事創作和學習；要求工廠內部建設必要的文化設施；要求工廠附近社會既有的文化設施開放給工人使用，提供必要的援助，以利提高工人的文化；要求勞動現場的適度必要的民主，使工人在集會[2]、民主的方式下，按才能、需要更換工作，而且能在生產中學習企畫、組織、負責等能力（當然，要有良好的勞動條件，「工廠民主」才有意義）。

工人應該參與和發展工會或住民運動，在運動中鍛鍊學習、企畫、決策、檢討、分析的能力，並帶著具體問題的挑戰，去學習文化。

賦與文化自由性

高雄當地的知識分子、文化工作者、作家、藝術家和學生，應該和占市民大多數的工人相團結，彼此關心、彼此學習，一塊兒研究、討論和創作，發展和重建富有高雄民眾性、高雄地區特性的文化，並以這具有主體性的高雄自己的文化，批判和消除受到台北和外國影響的消費文化、色情文化、官能文化……

今天台灣的工人階級，教育程度好，和台灣農村和地域文化，因出身背景，有密切關聯。因此，賦予創造台灣地域性、自主性文化，批判和抵制台灣文化向中心城市與精英集中化，在文化上覺醒和進步的台灣工人階級，有能力擔負起這個重大任務。因此，工人的進一步自覺，祛除文化上自卑自棄的心理，以及高雄地區進步的教師、學生、記者、文化人、作家、藝術家、作曲家和戲劇家的反省及自我批評，對於高雄工人和文化界相互理解與團結，對於建設高雄文化，有很大的必要性及重要性。

初刊一九八七年十二月三十一日《自立晚報》第二版

一九八七年十二月

收入一九八八年五月人間出版社《陳映真作品集13・美國統治下的台灣》

1 「普遍」，人間版為「另一方面卻普遍」。

2 「集會」，人間版為「集體」。

「小說卷」自序

人間出版社是集資合夥的事業。股東會議決定出版我的作品集，我的態度是不安與羞愧的。覺得自己的作品寫得還不夠好；對於人猶未死而出作品集，覺得不免誇揚，心中忸怩；每卷一定要擺照片，又在小說卷最末卷附「年表」，尤為反感。我決定把照片數目大量減少，只限於我和其他文藝界戰友們最值紀念者。至於年表，則盡量紀事化，參考資料化。一個在藝術上無赫赫成就的文人，搞照片，搞年表，最叫人噁心的自我揚揄，莫過於此了。

看編輯部送來的校稿，才知道自己寫了近三十年的小說。即使「扣除」在囹圄中的七年許，也有二十多年。從時間上看，我的小說創作數量，實在太過於單薄了。從質量來說，自己也覺得沒有寫出台灣戰後史課予我這一代目睹與生活了整個「冷戰–民族分裂」歷史時代的作家的創作任務。

然而，才開始覺得這一生中創作應該是我安身立命最終極的寄託時，驀然發現自己竟已是五十初老的年齡。「當作五十歲之紀念吧！」這是其實我終於接受這個出版計畫的口實。從今以後，怎樣創造條件，能夠比較專心專職寫作，是我目前最大的願望。

一九八八年以後，整個中國的歷史，在海峽的兩岸，會有很巨幅的變化吧。這個變化，也勢必連帶地對兩岸的思想、知識和文藝起著極大的作用。對於台灣文壇，隨著與中國大陸文學的交流之擴大，台灣戰後文學與中國的「分斷性」將自然地顯現出來。「民族分裂時代的台灣文學」，成為戰後台灣文學一切創作和理論的根本特點。當歷史愈益明白地導向「冷戰─民族分裂」構造的融化，為國土分裂、民族分斷時代的克服之日，留下獻上中國幾千年文學史的聖壇前，能自由而光榮地留給中華後世讀者的好作品，成了台灣「分斷文學」的中心關切與任務。

歷史給戰後的台灣文學以「分斷時代的文學」的定性和定名的同時，台灣戰後新文學也同時被賦予超克民族分斷的文學性的任務。

這是一個新時代的開始。這新的時代與意義，將激勵一整個新世代的作家，尋找和建立新的理論，寫出新的創作。這對於目前開始在新的哲學、歷史學與社會科學中探索與省思的一代，毋寧是十分自然的變化。但對於從五〇年代末開始發表小說的我來說，就非得用功些不可了。

這套小說作品集，是在某種自慚的心情中付梓的。但願為了解消這深層的自慚，能進一步激勵我再寫些比較好的作品。

一九八八年一月

我要在此特別感謝姚一葦先生和葉石濤先生分別為我的作品集和小說卷寫序。姚一葦先生是我青年時代以來創作生活中的良師。我的許多少作，在發表之前，都受過他溫暖而嚴肅的指點。當今葉石濤先生受到一些「革命青年」粗糲不文的攻擊。而雖然這攻擊的一部分原因，是由石濤先生始終不肯依「革命青年」們的意願與我劃清界線而來，但他仍然應編輯部的敦請，慨允寫序。其中艱難的情誼，動人至深。

兩位的序言，有許多溢美過褒之辭。我把這些鼓勵的言詞，當作他們對我的鞭策。當然，我必須感謝畏友高信疆兄這半年來，抽出他寶貴的時間，以他著名的才思策畫和討論這部專集的出刊。

是敬以為序。

一九八八年一月二日

初刊一九八八年四月人間出版社《陳映真作品集1．我的弟弟康雄》、《陳映真作品集2．唐倩的喜劇》、《陳映真作品集3．上班族的一日》、《陳映真作品集4．萬商帝君》、《陳映真作品集5．鈴璫花》

一九九八台灣文化新貌

《人間副刊》要人們預測距今十年以後的世界。這編輯上的「噱頭」主義，對於也在搞編輯工作的我，固然有會心一笑的樂趣，可真要寫起文章，特別是明知道做「預測」是多麼愚蠢之事，覺得十分困難。

要怎麼想像一九九八年的台灣的文化面貌呢？

從經濟上說，台灣面臨著資本主義工業從勞力密集型向資本—技術密集型升級的迫切要求。目前的經濟「自由化」和「國際化」政策，以及在一定範圍內提高勞動者議價力的政策，固然有一些現實上的阻力(例如對台灣前途的慢性焦慮)，但假定這「兩化」政策基本上在一九九八年初步實現，可以預測國內和外國資本的高度獨占化在台灣形成；中小企業基本上成為大獨占工業的中下游轉包資本，而喪失它的自主性和自由性；階級和貧富差異因獨占資本下分配的格差而增大，結束向來比較平均的分配狀況。「兩化」的結果，國際資本、技術、商品和行銷文化全面向台灣浸透，形成自我認同的模糊化，而類似香港的國際資本主義商品的「國際化」文化更形顯著。

在政治上，或者可以有這「預測」：

四十年「冷戰－戒嚴－民族分裂」構造的融解，工人和農人為自己的權益起來主張的運動，將更為成熟與壯大。台灣社會底邊，在上述結構下長期犧牲自己權益的工人和農民的民主運動與自由化運動的要求，或者將與以台灣中產階級利益為核心的朝野各政黨的要求，產生矛盾和分劃。這矛盾和分劃，隨著國民黨支配技術的「現代化－管理化」而形成的政策的柔軟化，有可能使目前互相對立的朝野「右翼－保守主義－中產階級」政黨，統合為一，以與相異階級的政黨謀求對立與競爭。

美國的國力與國威，在一九九八年，將更形衰落。這衰落要求台灣在經濟、貿易和政治上另謀出路，而在一定程度上造成台灣朝野「美國－父親」崇拜的式微。中共對台灣的和平戰略，與台灣對大陸從探親開始的開放，或將使國共內戰的構造風化。一九九八年，海峽兩岸的直接通商，使瀕臨滅絕的台灣中小企業找到一時的出路。台灣中小企業、甚至大資本的渡海進入大陸，將使社會主義下大陸「個體戶」小資產階級的「自我剝削」與「無產階級再生產」行程，依台灣模式，在大陸一定地區內複製。而因為長時期在「帝國主義－反共」封鎖下激越地鎖國，從而對內進行惡夢似的、對民眾與同志的猜忌與肅清而支付慘重代價的中共社會主義，正面臨著世界資本主義體系對大陸的支配，以及在中共黨持續一元化、排他化領導與摸索社會主義民主化之間，做出審慎選擇……這些課題的嚴重挑戰與考驗。

在這樣一個一九九八年台灣政治和經濟背景的假設下，一九九八年頃的台灣文化，可以有以下的臆測：

(一)假設台灣戰後資本主義，為了因應來自鄰近工資超低地區的競爭壓力，在「自由化」、「國際化」和「合理化」政策下成功地再編組，完成巨大的獨占結構，在文化上，最壞的可能現象是「香港化」，社會的物質趣向性增高，民族身分認同的模糊化，文化、知識、文藝的全面庸俗化、官能化與腐敗化。一個新殖民主義的國際主義下，全面的資本主義文化工業宰制的時代來臨。

(二)隨著探親開放的逐步發展，到一九九八年，通商和文學、藝術、文化、知識的交流，使(日據時代後)一九四五至四九年間一度恢復的海峽兩岸來往，又在一九五〇年後全面嚴厲封鎖的海峽，在今後十年中展開了歷史性的往來。在兩岸文化交互影響下，大陸文學、藝術、文化和學術，將對台灣文化界產生重大影響，從而引發年輕台灣文學、藝術和知識界的省思－再創造的運動。

(三)在文學上，在七〇年代趨於成熟的一代，與九〇年代新竄起的一代之間，呈現明顯的空白。經過八〇年代激進社會科學與文藝思潮培育起來的更新一代，將使活動在七〇年下葉至八〇年代的整整一代年輕作家，忽然發現自己在思考和語言上，在九〇年代成為不知所措的陌生人。在社會科學領域中，語言、方法論和研究內容，在九〇年代，或許也會出現全面換套的現象。

（四）一九九八年頃，台灣經濟編入「國際—中國大陸」經濟圈中，從事生產與再生產。一九五〇年，在「冷戰—民族分裂」結構中與全面受到美日文化支配的台灣文化，重新編入中國近現代文化圈。因此台灣分離主義的文化和思想，在一九九八年頃，應趨於弱化。

（五）台灣工人和農民的社會和政治運動，必然比現在強大。如果經濟持續繁榮與成長，壯大的工會，有黃色化和右傾化的極大可能。但工農政黨的比較自由主義化和批判化的發展，也可能在一九九八年成為台灣一切進步文化——農民、反核、少數民族、學生、青年、婦女、文藝、戲劇諸運動的集結點。而這些改革的、進步的思想與社會運動，將給予一九九八年頃的社會科學、文學、藝術和戲劇以重大影響。

（六）海峽兩岸經濟、學術，甚至文化的交流，將促使台灣知識分子、學者、文藝工作者和民眾，以中國的主體性、以中國的範圍，對大陸和台灣在一九五〇年以降的「冷戰—民族分裂」的歷史，進行全面的反省和批判。兩岸的英智與創造力，將逐漸超越內戰遺留下來的歷史格局，為中國政治、經濟、文化和學術，共同在反省、檢討、互相探索中，共同努力，一起工作，超克「冷戰－民族分裂」結構所遺留下來的思想和政治的局限，再造中華新生的文化。

初刊一九八八年一月三日《中國時報・人間副刊》第十八版
收入一九八八年五月人間出版社《陳映真作品集13・美國統治下的台灣》

歷史性的返鄉

送何文德與他的老兵返鄉探親團

雖然從台灣到大陸探親、旅遊、做生意，在民間已行之有年，但是，不論如何，政府去年正式開放到大陸返鄉探親，是一九五〇年因內戰和美國第七艦隊封斷海峽四十年後，[1]重新初步恢復了往來。這是我們現代史和民族史上的大事。

從台灣到大陸去的人不斷增加的結果，我們已經能觀察到一些值得深切關心和注意的問題：

幾年以前，人們就聽說，物質缺乏的大陸親人，經常向台灣的親人要一些耐久消費財，如電視、冰箱之類。回去探訪的人，在繪聲繪影的傳說中，有的自願、有的迫於人情，把身上一切值錢的東西都留給了親友。有人甚至說，手頭拮据的返鄉客，使大陸親友大為失望，甚至遭了白眼。

這些傳言，有些容或誇大其辭，但大約也不至於完全沒有事實。在我小的時候，記得我們中國人民，總是要盡量壓抑自己的需要，一方面再困窘也怯於接受別人的禮贈，另一方面無論如何拮据也要搜盡家當，總要把最好的東西給來訪的親友吃用。大陸上的人，什麼時候變得那麼不忌憚於需索，令人詫奇。我也聽說過發財得意的人回去，大宴宗族，席開數十桌，每個親族皆有一個禮數，接受窮親戚的奉承……

四十年後，這樣的親友會見，無論如何，對雙方，總是不妥當的。物質的需索，會打擊一顆長時間思慕鄉園的親心；四十年前的豪門，四十年後回去，依舊是散財傲人的大爺。這些，看在比較有自尊心的大陸人的眼中，在自責之餘，會不會引起對浪潮似的返鄉「台胞」，產生反感呢？我認識幾個孑然一身、或四十年來一直不得意的大陸人，喜沖沖地問他什麼時候回去看看，不料他們竟寂寞地說，「不回了。兩個口袋空著，怎麼回去見人？」

我知道有不少人為了充面子，不惜返鄉前借貸招會，回大陸在親族面前充闊，回到台灣拚命加班賺錢還債。必得衣錦而後返鄉，是中國人根深蒂固的想法。但大陸親友需索的傳聞，怕也是令困乏的人怯步或裝闊的原因之一。如果大陸上的人民能明白地對遊子說，「回來吧，我們要的是離散四十年的人，不是那些禮物……」我想，這歷史的聚合，將增添多少溫暖與莊嚴。

我們也聽說，大陸上為了「熱烈歡迎台胞返鄉探親」，對返鄉台胞，有許多優遇。例如買各種車票、食宿、旅遊安排、探親安排，一應優待、優先，可說到了無微不至的地步。這在交通、食宿等設施一般還不敷激增的需要的狀態下，為了使返鄉人在一定短期內回到遼闊中國的故鄉……這些安排，應有其必要。但也要有個原則，有個風格。我很擔心，在服務供應上一般地吃緊的大陸，突然殺到大批返鄉客，使大陸上一般人的服務上的供應因而變得短絀，眼看穿著華美、喧嚣嘩笑的返鄉「台胞」，可以買他們買不到的票，享受他們難於享受到的服務，久而久之，會不會由煩惱而生不平，而生怨悱？

這種不平與怨悱，我擔心也會因這情況而加深：四十年來，我們宣傳大陸的貧困，強調我們的富裕。因此，我們的一些返鄉人，不免因「敵情」未泯，有意與無意間，向大陸的親友誇台灣之富，物質之豐，也在不知不覺、或有意自誇的情形下，嫌大陸在飲食、居所、交通、公共衛生各方面的落差。蜂擁而至，享盡特權，鬥富炫財，而又嫌故鄉的貧窮落後……將心比心，如果易地而處，換成我們在大陸目睹這些現象，心中將作何感想？

我曾在電視螢光幕上，看見一位婦女述說她返鄉探親，在某地遊覽名勝時，被一個大陸青年搶劫的經過。沒有多久，我看到一則消息，那個搶劫犯被捕，遭到槍決！

被「開放改革」提高了對商品財貨的飢餓，而又意志脆弱、失去自尊心的大陸青年，眼看著

「幸福富有」的台灣探親客，出手搶劫，是單純的貪欲，還是對特權和「幸福人」的忌恨，還是兩者皆有，不得而知。我不知道大陸法律對搶劫犯的處罰條律，但是，如果大陸當局，只為了急於「遮羞」，急於彌補對「台胞」統戰工作的破綻，格外枉法加重量刑，使一個法律上尚不致死罪的青年，為了討好台灣返鄉人而喪失寶貴的生命，我們在台灣的同胞固難以心安，在大陸上會思考的知識分子又會有什麼感想呢？

最後，眼看在台灣大陸人能自由回到大陸去探親，有子孫、親友在一九四五年後到大陸去活動、求學、服役、商貨、旅遊，因歷史的巨變，滯留大陸四十年的台灣省人民與家族，卻不得渡海回到台灣故鄉來團圓。這對本省人有親人在大陸者，有很大的不平。固然，這些本省人可以去大陸探親訪友，但滯居大陸四十年不得回到故里的台灣人，將對自詡「自由、民主、富裕、樂利」的台灣人，作何感想？

這些問題，急迫地等待海峽雙方的政權和人民共同解決，否則，長此以往，思慮不周的善意，無心有心的傷害，積累起來，不知會造成怎樣嚴重的後果。

我希望台灣去的人，能雖富而知禮。向窮親戚炫富驕財，對比較落後的故鄉表露鄙夷自慢的辭色，其實是對自己風格最大的貶抑和羞辱。也希望大陸當局和人民，能以一份平常之心，面接從台灣來的親戚同胞，以真摯的親情，莊重自愛的尊嚴，迎接分散了四十年的遊子。故園之令人心繫，不在繁榮蕭條，而在於風土鄉井之依舊；在族人親友深切溫暖的親情。遊子歸來的喜悅，也不在他的落魄富裕，成功失敗，而在於他之終於落葉歸根，倦鳥知返；在於他在四十年離散後，終又投入故鄉親人的胸懷。

民族的分斷、家庭的離散是中國現代歷史遺留下來的問題，也是國際強權對東亞、對中國事務干預的結果。隨著台海和平構造的初現，美蘇第二次冷戰因戈巴契夫與雷根在銷廢部分核武飛彈協議宣告終結，兩岸的中國人民，應該以更大的自覺，在有真誠情感、有風格、有尊嚴的情況下，迎接海峽的歷史性的再開放，迎接兩岸人民歷史性的再來往。

元月十四日我的朋友何文德兄將率團返鄉。他告訴我，這個團一不帶「三大件」返鄉，為的是表示鄉心比物質更貴重，也為的是使一些阮囊羞澀的老兵團員不致自慚；二不接受特權特惠式的招待，主張吃住水平以一般大陸同胞日常水平為準。這是第一次有自覺、有原則、有風格的返鄉行動，令人高興，也令人尊敬。我由衷希望隨團的祖珺和王拓，以及全團的團員，都能很好地表現何文德兄的上述幾個有意義的原則，為兩岸人民的來往，樹立優秀的楷模。讓我們都祝福這個即將啟程的返鄉團一路平安，探訪成功。

初刊一九八八年一月十四日《中國時報・人間副刊》第十八版
收入一九八八年四月人間出版社《陳映真作品集8・鳶山》

1 人間版此處有「兩岸間」三字。

悼念的方法[1]

蔣經國先生謝世了。

聽到這個消息，我不覺放下了手邊的工作。蔣經國先生的三種影像，在寂靜的我的書房中繚繞。

一個開朗、甚至是蹦蹦跳跳的少年，為了中國工人階級的幸福，為了革命，為了祖國的獨立，隻身在冰封雪鎖的異國學習。打那時起，他一直喜歡這樣穿戴自己：一頂工人帽，一件夾克……這是我從一本書上看到的，少年的蔣經國先生。

在新店安坑的一個政治監獄中，每逢舊年，蔣經國先生，總是一個人安靜地在欄柵式的監房外巡走。沒有人知道他為什麼要每年的歲暮來，也不知道他一個人默默巡走監房時，想著些什麼。回憶他流放冰雪異國時艱困的歲月？還是沉思著他應也參與過的，五〇年代初期肅清的風雷？這是我在做囚人的時候，幾個老難友告訴我的，上任國防部長前的蔣經國先生。

兩年前，從解除戒嚴開始，政府展開了一系列幾乎令人無法置信的開放和民主化改革的政策。兩年來，我對台灣政治和社會空前的變化，目不暇給。但我總是感覺到，或者在幻象中，彷彿看到一個孤單、意志堅強，和自己的病身、和歷史、和日益絀短的時間奮力掙扎著，去實現民主改革，再造中華的，他少年時代的理想和志業的老人。在或者抱殘守缺、或者因富裕生活而失落了歷史的環境中，蔣經國先生的孤獨，是怎樣的一種孤獨啊！

蔣經國先生在中國歷史上最大的貢獻，在於解除了長達卅八年的戒嚴。解除戒嚴，為台灣政治的自由化和民主化，提供了具體的、基本的條件，為中國的民主主義政黨政治的展開，做出了極為重大的貢獻。

蔣經國先生第二個巨大貢獻，是他毅然超克內戰和國際冷戰的構造，開放台海兩岸中國人民的來往，為四十年國家分裂、民族分斷的歷史，再續了民族團結與和平的、堅實的歷史與政治的基礎。

解嚴以後，台灣激越地、亢奮地，在無數試行錯誤中學習民主生活。蔣經國先生的黨、政府、甚至他個人和家族，受到民主政治中應為平常的攻訐。但細心的人們，都會感覺到，在四十年絕對主義和權威主義政治傳統和氣候之下，蔣經國先生，以他令人詫異的宏大，豁然處之。在亞細亞專制主義傳統中，現代資本主義和市民階級的民主主義的發展，如果沒有蔣經國先生的恢豁，民主運動，怕還要遭受更其苛烈的挫折，才能誕生和成長吧。

去年十月，我適在北美旅次，一度傳來蔣經國辭世的消息，使我震驚。這次不幸的消息，也使我錯愕。我曾對於自己這錯愕與震驚，感到詫訝。如今細細思量，因於上述種種，錯愕和震驚，自然是有原因的。

蔣經國先生的謝世，標示著一個歷史時代的終結，也標示著一個新歷史時期的展開。堅持蔣經國先生和台灣社會、台灣民眾共同發展起來的，中國的自由和民主改革，以及中華民族內部的團結與和平這條英智的道路，並且貫徹下去，是我們朝野各黨派與人民深切悼念蔣經國先生最有意義的方法了。

初刊一九八八年一月十五日《中國時報·人間副刊》第十八版
收入一九八八年四月人間出版社《陳映真作品集8·鳶山》
本文按人間版校訂

1 人間版篇末註明本文原載「一九八八年一月十五日《中國時報·人間副刊》」，然查詢中時電子資料庫，原刊未獲數據化保存，紙本亦無從查索，故依人間版校訂。

中國統一促進運動籌備談話會發言[1]

國家分裂與民族離散，這四十年來不外兩個原因，一是我們中國內戰，二是一九五〇年後世界兩體制的對立。台灣與大陸離散有兩次歷史因素：一是一八九五年《馬關條約》的割讓。二是二次大戰後世界兩體制對立，把我們台灣劃分在對立線上。最近我們人間雜誌社有記者去大陸採訪，去閩南台灣大多數人的來源地訪問，當地的人抱怨說我們這裡的僑鄉到美國、到南洋的都有回來過，就是去台灣的沒有人能回來！許多人回去故鄉蓋廟祭祖，就是台灣人回不去，這是很不幸的現象！台海關係在美中建交後，民族離散給我們帶來的羞辱與傷害，已有一股趨勢在恢復過來！我們民族的創意與活力，不必在內戰中消耗，現在台灣內部也應有一機構，逐步地把統一運動搞起來，以免以後我們孫子、曾孫子問我們說：「爺爺，怎麼你們那時候不想當中國人，想搞台獨呢？」一問起來時，我們提不出答案。至於我們與大陸之間的關係，自探親後，不可避免要通流的，探親之後難免寫寫信，商人眼光敏銳的難免做做生意，所以根本不用多說。至於如何使台灣重回大中國的文化圈、經濟圈，也是必然之事，這個促進機構大可促成此事！群眾大會，只要條件成熟了，也是水到渠成的！

初刊一九八八年二月《中華雜誌》第二十六卷總二九五期

1 談話會主辦單位：夏潮聯誼會、中華雜誌社；時間：一九八八年一月二十二日下午六時至十時；地點：台北市許昌街基督教青年會；主席：黃溪南；記錄：夏嬰。本文僅擷錄陳映真發言部分。

民眾的中國和民眾的知識分子 1

有抱負的中國知識分子，歷來講「經國濟民」、「匡正天下」和「以天下為己任」這些大道理。十九世紀以來，帝國主義侵凌中國，而打倒帝國主義，再造中華，為祖國創造更好的前途，更是一般中國知識分子以生、以死的悲願與志業。

這樣看來，中國知識分子和中國前途，關係就很密切了。其實，從具體現實看，又似乎並不盡然。在歷史上，單以一介書生，或者單以一群知識分子，扳回了民族危亡的命運，挽救了瀕於破滅的國家這種例子，似乎也極少見。如果從清末說起，康梁革新受到挫折；在進步性上和同時代中國知識分子前進了一大截的中山先生，終其一生，在愚昧狂妄的封建軍閥、地主、武夫的頑強勢力下，幾乎一籌莫展。民國以後的知識分子，命運也差不多。一九五〇年後半，一直到一九七〇年末，大陸知識分子，對於退行化的中國農民社會主義政治，無能為力，並且在帝國主義包圍下激越鎖國，亞洲社會主義權力轉而對同志和民眾進行嚴厲審問時，受到沉重打擊。在台灣，一九五〇年，美國第七艦隊支持下的肅清中，台灣喪失了她在長期反日帝殖民主義鬥爭中培育出來的、最優秀的知識分子兒女。其後，台灣批評的、自由主義知識分子，大部分在思想上沒有超越「冷戰—安全—民族分裂」的構造和體制，並且基本上是以不同的語言，為這總的構造和體制服務的。其中最為明顯的例子，莫如近兩年來，一些對海峽冷戰結構的再編組有無限焦慮感的「知識分子」，不斷拋出各式各樣的分離主義論，力主台灣之脫離中國。歷史上，中國不乏知識分子為外來政治服務的言論。但力主「脫離中國」以事外來勢力者，尚未曾見。而這「脫華論」者，又絕不受籍貫之影響。蓋「冷戰—安全—民族分裂」的意識形態，只有階級的屬性，而不以地域族群為轉移。

怎樣解釋這種現象？

主要的原因，大概是由於知識分子在社會學上，不是一個獨立的階級。現代知識分子，不擁有生產工具，卻以不同的形式出賣技術、知識和其他精神性勞動維生。他不創造嚴格意義的勞動剩餘，卻依靠分潤資本所剝削的勞動剩餘維生。經濟暢旺，知識分子所分潤的剩餘大，地位高，得志而為權力和資本代言；及經濟凋敝，社會矛盾激化，有知識分子不得志而為權力外批評諫責的聲音。而當知識分子冒死力諫，不惜擲血跡斑斑的頭顱說話的時代，其實他也在為一個歷史所編排的新的生產關係做壯烈的接生工作。

知識分子的這種「改革—保守」、「體制—非體制」的兩面性，表現在一個時代中知識分子的諸派閥中，也表現在一個知識分子一生不同的階段中的主張。因此，知識分子就不是一個性格、主張、立場、風格一致的集團。以是他尊榮又卑屈，高傲又諂媚，勇敢又怯懦，進步又保守，堅信而又犬儒，愛國而也漢奸……這或許和知識分子在社會上沒有明確的階級性，同時遊走浮沉在社會的上層與底層所帶來的個性也未可知。

這樣的知識分子對中國前途會有什麼影響？

先看當代中國所面對的問題。一九五〇年，中國內戰因世界「冷戰—二體制對立」而國際化、固定化、長期化。國土斷隔、民族分裂成了兩岸中國社會與歷史最為突出的特點，並對於兩岸社會發生重大影響。

一九八七年中共十三大以後的路線，是在中共領導和控制下走一條擬似資本主義的路，稱為「社會主義初階段」。中國大陸，為了民族資本積累的嚴重不足，被迫走上對世界資本主義體系開門，整編到新的世界分工秩序的道路。分散的、私有的、小資產階級化的「個體戶經濟」，和僱用百人以上工人的明顯資本主義私人企業，加上台灣式外資加工出口特區資本主義，對中國大陸社會主義，會產生如何複雜而深刻的問題，也不能不令人深切關懷和擔心。

台灣的這一邊，在面對亞洲超低工資壓力下，政府顯示了貫徹經濟上的「國際化」、「自由化」政策的決心，以圖生存與發展。但「兩化」將使省內資本得以獨占化再編組，外國資本得以長驅直入，形成新的外資、官僚資本與大資本錯綜複雜的獨占化運動。中小企業的時代結束。分配差距增大。在新殖民地的國際資本主義的文化工業宰制下，一個文化上全面庸俗化、商業化、物質化和非民族化的時代形成。一九九七以後，台灣在財政、經濟、文化上「代香港而為香港」的危機，值得警惕。

在這樣一個假定的大趨勢中，中國前途，繫於反對美日新殖民主義，繫於克服「民族／國土分裂」的戰後史；兩岸以不同的機序在社會底邊民眾應該參與的民主主義政治及權力下，重新發展中國反帝愛國的民族資本主義和民族資產階級，然後逐步自世界支配體系和分工構造中，求得中華民族的解放與國家的獨立。

在中國古老的歷史上，每次中國面對巨大的自然災害時，是民眾奮勇起而抗災。當強敵欺侮之時，是中國民眾起而禦敵，搶救祖國。在惡政和僵腐的社會壓制下，是中國民眾堅定的蜂起，更迭了朝代，一時地發展了生產力。是中國民眾創造了中國戲劇、器物、建築、繪畫、文學、曲藝和建築這些輝煌而永恆的文明。也正是中國民眾不斷地在勞動中創造了物質和精神文明，推動了我們祖國悠久而光耀的歷史。

因此，表現在「知識分子與中國前途」這個論題中的「知識分子意識」，毋寧要加以民眾化，才能找到較新的視點吧。自覺地以中國民眾的觀點、立場和利益，認識當前中國所面臨的新殖民主義、依賴、新的世界分工結構的再編組、台灣社會的香港化……這些問題，和廣泛民眾一道，敢於思想，敢於批判，敢於創造，敢於鬥爭。這恐怕才是今日中國知識分子的一條道路。在新殖民主義、買辦精英主義、依賴、新的世界分工結構和國際文化工業宰制的時代中，為洋人代辯、為新殖民主義的「國際主義」代言……則是另一條道路。今天和明日的中國知識分子，肯定還是會分成兩派，爭辯不休，而偉大的中國民眾，和數千年來的中國人民一樣，默默地承受祖國的苦難，也默默地挑起建設和延緜祖國文化和物質建設的任務。

初刊一九八八年一月《中國論壇》第二九六期
收入一九八八年五月人間出版社《陳映真作品集13．美國統治下的台灣》

1　本篇為「知識分子與中國前途」專題文章。

遙祝

蘇聯的車諾費里(另譯「車諾堡」、「車諾比爾」)事件，已經再次使大型核能發電的潛在性重大危險，取得了難以駁倒的證明。

一九八七年九月在紐約召開的「第一屆世界核曝被害者大會」，歷史上第一次集合了全世界核武生產、貯存和試爆基地和地區、核電重大變故地區、核輻射礦物開採礦區及核廢料貯藏區的軍人、工人、市民、少數民族之遭到嚴重放射被害人，聚集一堂，共同討論並且交換了意見。會議向世人說明，核武競賽和核子設施(包括核能發電)所造成的輻射受害者，目前已超過一千萬人。車諾費里事件帶給當地和鄰近人類、果蔬、土壤、家畜、食物的嚴重傷害與汙染，說明核能電廠的重大意外事故，將會帶來比過去兩次世界大戰更為悲慘、恐怖的事故(參見《人間》雜誌，七十六年六月號)。

同會議中最令人注目的是世界少數民族的核輻射被害代表。在鈾礦工作的美國印地安人，受到慢性核曝害。太平洋核試爆造成的輻射殘留，帶給小島上原住民嚴重的放射性後遺症。太平洋核試爆區，有四百名波里尼西亞人出現輻射障礙。有的嬰兒生下來就沒有肛門，畸胎率顯著增加。

以核武器和核能發電為象徵的現代物質文化和經濟成長，付出了高達一千萬人的輻射被害者的重大代價。這樣的事實，極有象徵意味地說明了這明顯若白日的事實：產業資本主義現代化，是以廣泛的無力者、無言者和弱小者的犧牲和破滅為代價所交換的。世界核被害者中，占世界人口極小比率的少數民族，其被害在世界被害者中占著顯著高比率。這事實說明全世界國家和戰爭機器對於少數民族的嚴重歧視、壓迫和加害。

我們把必須以保證十萬年內不洩漏到人類環境的技術，去處理掩埋(含有超鏞元素)的台灣核電廢料，連哄帶騙地倒棄在蘭嶼島上，也顯示我們對原住民族核安全權利的嚴重歧視與蹂躪。一方面費盡唇舌向原住民說明核廢料、核能設施(如核電廠)的「絕對安全」性，一方面又拚命把這些危險廢棄物和核試爆地區推給少數民族，這是全世界普遍的現象。「如果真像你們說的那麼安全可靠，又何必迢迢運到我們這兒來掩埋呢？」蘭嶼島的雅美人民這樣問，其實太平洋小島上的波里尼西亞人也問類似的問題。

從二月十二日到二十日，蘭嶼雅美族青年聯誼會發起了名為「驅除蘭嶼的惡靈」的核廢料貯存場遷出蘭嶼運動。在為期一個禮拜的運動中，有反核說明會、島上抗議遊行和行動劇場。這是一個由雅美知青、基督教會青年傳道、族長老和族人自己發動、組織、策畫和實踐的運動，在台灣反核運動史上，豎起了獨特而重要的里程碑。

在唯成長論和核電科技獨裁下的核輻射恐怖，籠罩著台灣的漢族、雅美族和一切生活在島上的人民。以全民族保衛故鄉，保衛海岸，保衛漁場，保衛民族世代幼兒免於核輻射的汙染和威脅，蘭嶼雅美兄弟民族的崛起，為我們樹立了榜樣。這是蘭嶼島歷史上和雅美民族史上第一次為自己的人權和環境權崛起的運動。我遙祝運動在和平與尊嚴中取得勝利和成功。

初刊一九八八年二月二十四日《中國時報・人間副刊》第十八版

我們愛森林的朋友阿標

兩年前夏秋之交的一個下午，有一位精壯的漢子，抱著一大堆他拍的台灣山岳、峽谷、雪景和深山溪流的照片，訪問當時還在台北市和平東路的人間雜誌辦公室。我傾聽著他用他那不免有些瑣碎的語言，向我解說他的來意。他說他「觀察」了《人間》雜誌有數月之久，覺得《人間》雜誌是很有理想和關懷的雜誌。「只是一般人看了，不免因內容憂苦，心情沉重。」他說，「我這些照片，一方面可以幫助《人間》雜誌增添一些彩色，另一方面，我的大自然照片也不是為了純藝術拍的。我要為保護我們台灣的大自然呼籲……」

我對台灣的山岳一無所知。而眼前的這漢子，依舊那樣熱心、認真、頑強地訴說著台灣山岳之美，之必須加以緊急保育和愛護。我從來不曾見過這一個人，對台灣的土地、山岳、溪流和自然，抱著那麼具體、情痴的感情。他喁喁地在我面前談著山名、峽谷名、林區和林班名，不同地質和岩石的知識，我卻諱莫如深。但有一件事我卻聽得仔細，那就是他對台灣山林最痴、最真的愛。我為之動容了。

那時候的人間雜誌，財政還拮据，因此無法請他做在額的記者，而委曲了他當九個月《人間》的特約記者。對於工作條件和待遇，他沒有任何異議和索求，他參加了《人間》的工作。後來，我才知道，他拿筆遠遠不如他捧相機俐落而快速。然而，他卻一絲不苟地投入待遇菲薄、工作吃重的採訪報告工作。

他就是最近一系列深入山墺，揭發台灣林業驚人弊端的《人間》雜誌記者賴春標。

每次他向我提出採訪企畫案，他會比別人花更長的時間去敘述一個山區林班的破壞情況。一個多月前，省林務局還接受他訪問、要資料。等到他硬是真的到伐木跡地現場上測量、調查、拍照，林務局和所有林政單位才慌了手腳，對他關了門，上了鎖。但他下筆時，仍然念念不忘要如實地寫，堅持要把握幾分事實和證據寫幾分。幾個月來，他上了不知幾趟林田山區和木瓜林區的各處重要林班，回到台北打電話，找資料，一杯杯喝兩百西西的濃茶，抽香菸，把稿子寫了又寫，謄了又謄。他上一趟山花去的日子，有時候和他寫稿花去的時間不相上下。

「別灰心！你寫吧，你看你還是進步了。」我鼓勵他，「拍照的人，終得自己能拿筆寫才好。何況深山裡的事，只有你有現場體驗，別人怎麼也幫不上忙。」

「太差，太差……」

他一面用手扣打自己的額頭，一面煩惱地苦笑著，這樣說。

然而，我自己和整個編輯部，連帶地「綠色和平小組」的每個人、楊憲宏、明立國，全都被他的對於台灣原始森林的情痴深深地打動了。我們在他痛苦的敘述和控訴中，逐漸明白了今日台灣林政的驚人荒頹與黑暗，而為之痛心、忿怒。我們也逐漸體會到，為什麼賴春標談起那些被瘋狂砍伐的樹木森林，就好像一個父親談起被瘋狂屠殺的兒女。我們透過他，才知道法規上規定，標高二千五百公尺以上，坡度在三十五度以上，水源涵養區山林絕對禁止砍伐，而林務局卻偽造標高坡度的紀錄，濫行砍伐；我們才知道光復後造林現場和林務局造林帳面上相比對，有很大一截差距；我們也才知道，一直到今天的現在，好多珍貴的台灣紅檜與扁柏，那些天地自然化育了百千年的台灣紅檜和扁柏，還在被猖狂地超限砍伐！

但是，我們也和「阿標」分享了某種悒忿和無力感。即使現今報紙增了張，每天打開來看，就沒有一條是由他揭發出來的消息去追蹤報導的森林大破壞的消息！「他們報紙在幹什麼吃呢？」他常常苦惱地搔著頭皮這樣自問。

他樸實、誠實、正直、謙抑，卻絕不是沒有幽默感的人。來《人間》不久，大夥兒一下就喜歡上他這個人。他對待人和對待樹一樣，有很深的感情與道德責任心，只是他說話嚕嗦些。但沒多久，人們就接受了他那特別「嚕嗦」的表達方式，沒人捉狹、嘲笑他。反正他一開口說話，你就只得靜下心來，坐著慢慢聽吧，試著在他那駁雜的談話中，理出一個頭緒來……

他做過舊車和舊家電用器的掮客，當過百分之百的勞動者：鐵工和輪胎廠工人。由於他酷愛爬山，懾於台灣山岳之美(「台灣的山岳之美，是你們不爬山的人絕難想像的。」有一回，他這樣對我說，「我聽說，最近有人到美國和北歐去看山、看雪，這簡直是笑話。咱們台灣的山，絕不比別人遜色！」)，他做工積錢買相機。他用他的胳臂幹活掙錢，添加照相器材。「會拍照的，不會登山；會登山的，不見得會拍；會登山也會拍照的人，又沒有我走得深，走得險……」他不無得意地笑著說。

這就是我們《人間》雜誌的賴春標。他絕沒有什麼顯赫的學歷，但這樣一個人的存在，其實是對千萬為權力和資本服務，不以羅掘俱窮、以鄰為壑的「開發」與「發展」為犯罪、為可恥的知識分子，對於徒然以奔逐市場性「新聞」為能事的今日大眾傳播，該都是一個辛辣而嚴厲的批評吧……

初刊一九八八年三月三日《自立晚報・副刊》
收入一九八八年四月人間出版社《陳映真作品集8・鳶山》

陳映真，我的孿生兄弟[1]

談起自己的寫作生涯，竟連現在要出版全集的前一刻，都感到百般的愕然。記憶中，只是幼時求學階段作文常拿高分，平常也比較喜歡想像，上大學時，便在尉天驄兄的鼓勵下，寫了第一個短篇：〈麵攤〉。

那時，我大二，是淡江英文系的學生。天驄在他姑母的支持下辦了《筆匯》季刊。就這樣，我一篇一篇地寫了下來，感覺是好遙遠、好遙遠的事了。

陳永善是我的本名，陳映真是我孿生兄弟的名字。現在不論在任何場合，有人稱我陳映真，我都會情不自禁地聯想起早夭的他。年幼時，因為我的養家沒有男孩，我便離開了生父與陳映真，但是彼此住得並不遠，還是常常在一起玩。回想起來，我的這個孿生兄弟長得與我一模一樣。與我相同都喜歡讀些少年童話故事，只是我很清楚地記得，兩個人在家鄉的泥土上塗鴉畫些車子與房舍時，他似乎每一次都會讓我佩服萬分。

中學時期，由於生父是自學有成的鄉間知識分子，我常喜歡到他的書房裡蹓躂，多少便似懂非懂地翻了一些日譯的莎士比亞和弗洛依德的書。有一回，不經意地從書架的暗屜裡搜到一本魯迅的《吶喊》小說集。從此便不厭其倦地一遍又一遍地讀著⋯⋯。至今，小說中那種三〇年代的文學筆法，以及當時中國的種種，仍然深深地讓我動容。

其實，我從來沒有想過要當什麼作家，這絕對不是謙虛的話。也因此，當我在溫莎藥廠工作，認識內人陳麗娜時，她對我寫過小說的事，當然是一點都不知曉。事後回想起來，這樣的關係也有它較生動的一面，畢竟，長久以來，無論是身為一名作家或社會人，我都相當堅信平凡、樸素的難能可貴。

內人麗娜說：直到好友耀忠拿書給她看時，她才知道我是作家，我只能說：這是個性使然。讀過那麼多歷史上偉大作家的作品，讓我不願太多談自己微不足道的文學才能。即使是最親近的妻子。

倒是結婚以後，我總覺得自己實在太忙，為了生活常常無法多抽出時間陪陪她。但是，只要稍稍空閒下來，她就會很關切的問我，「為什麼不寫啊！還是創作比較重要。」而後，便急著要打電話安排僻靜的地方，讓我能專心從事創作。

另外，我發覺她讀我作品時最大的樂趣，便是替我挑錯別字。記得剛剛開始的一、二次，她在發現筆誤時，還會澀羞羞地拿來問我，「這是什麼意思啊！我怎麼不懂。」後來，她知道我常寫錯字，每次都很得意地說：「我又找到一個錯字了！」

面對自己未來的寫作計畫，我只能說：過去內人對我的支持，實在很大。往後，因為對文學的興趣，就算再忙，也會抽出時間來完成未竟的心願。

初刊一九八八年三月十日《中時晚報·副刊》第十一版

1　本篇為陳映真口述，鍾喬筆錄。

豐富、生動的功課

「三一六」農民反美示威的隨想

世界上再也找不到第二個地方，像台灣一樣，對戰後美國霸權主義和新殖民主義毫無批判意識。在歐洲、在日本、在東南亞、在中南美洲、在非洲，反對美國帝國主義，幾至無國無之。

戰後美蘇霸權的對峙，使台灣編入美國太平洋防衛戰線，台灣成為亞洲幾個美國基地國家之一。第七艦隊封禁海峽。內戰中國的雙方，因外力的干涉，國土分斷，民族分離，至今幾已四十年。

四十年來，台灣為了「防衛戰線」的利益，編入美日經濟圈和文化圈。在社會經濟上，美國塑造了一個美國市場、技術和資本高度依存的台灣經濟。在政治上，國民黨與民進黨競相爭寵於美國，而且為了承歡美國，不惜背離民眾的利益。在文化上，四十年來台灣的文化史，直可視為一段美國化的歷史。我們的教育、科研、學研、文化、藝術、文學，處處都是美國的影子和蹩腳的翻版。在軍事上，我們和美國「軍事、工業」綜合體有千絲萬縷的複雜關係。我們的自由知識分子，四十年來，絕大多數都直接或間接地為戰後「國家分裂／對美依從／反共安全」體制服務，缺少深在的反省，失去了民族主體性。

從台灣戰後農業經濟史來說，土地改革、低米價策略、以（日本）肥料換穀、輸入美國賤價雜糧政策、基於低米價政策的低工資政策、農產品的政治性強迫輸入、農村的老化、農業收入的銳減、強限台灣稻米輸出！沒有一樣不和美國霸權主義對台灣農業政策的干涉有關；也沒有一樣不與「冷戰—國家分裂—對美依存」的總體制有關。在劇烈變動的島內外市場鍛鍊了現代性和主體權利意識的台灣果農和雞農，這次把矛頭明顯準確地對準美國，進行示威抗議，是正確而且正義的行動。

三月十六日，我和老友尉天驄教授、王曉波教授、王拓和張曉春教授，參加了支援農民反對美國農產品傾銷的示威遊行，這才發現了平素很能為社會清議的許多自由主義教授專家，惜乎，似無人出現在示威隊伍。每有美國參議員來台，往往倒履蜂擁相迎的野黨領袖，也竟不見了蹤影，對美國老大哥表示了過分明顯的「禮讓」。一年來高喊「台灣民族」、「台灣自決」、「台灣獨立」的「革命」悍將們，對台灣農民的反美正義抗爭，也不曾有人到場支援。

反對美國霸權主義和帝國主義的浪潮，在世界各地，總是由前進的學生、前進的知識分子、前進的野黨政治家帶頭的。

但在台灣，這四十年來罕見的，對美國加於台灣的長期侮慢奮然反擊的，竟是由三月十六日走上街頭的行列代表的台灣農民。

「三一六」和「三二一」農民示威，對我是一堂豐富、生動、深刻、活潑的功課。它剝去一切複雜的欺罔與偽裝，教育了我們關於台灣戰後政治、經濟和思想的真實。

我想起三一六那天我們為台灣農民同胞激動地高喊的一句口號：

「台灣農民萬歲！」

是的。知識分子該多向勇敢的台灣農民學習了……

初刊一九八八年四月《中華雜誌》第二十六卷總二九七期

《鳶山》自序

收在這一卷的文章，主要的是一些雜文吧。

早在一九六七年，主要地從香港、從台北美新處、從秀異大學的外文系轉販而來的「現代主義」文藝還甚囂塵上時，我寫了〈現代主義底再開發〉和〈期待一個豐收的季節〉，對台灣當時的現代主義做了批判。在時間上，比台灣現代詩受到全面批判的一九七二年，早了幾年。但這可是跟什麼「先見之明」無關，只不過是我當時的文藝哲學與滔滔同儕者有所不同罷了。而我據以批評當時的現代主義的邏輯，其實也無非是如今的青年已經比較可以入手的，文藝社會學和其他比較進步的社會和歷史科學的皮毛罷了。

有趣的是，經過七〇年代初的「新詩論戰」和七〇年代末的「鄉土文學論戰」之後，開始有類似這樣的質問：何以要鄉土文學就一定不要「現代主義」；何以「現代主義」一定是反動的、親西方的，甚至是帝國主義的？

歐戰後的前衛主義，確實有強烈顛覆西方中產階級虛偽、庸俗秩序，反對資本主義和帝國主義，尋求人間解放的，革命的特質的。但是，在日政末期的台灣「現代主義」，其實是對戰爭末期日帝當局對台灣反日抵抗文學肆意鎮壓，而歌頌侵略戰爭的皇民文學囂張條件下的逃避和苦悶的表現。一九五〇年以後的台灣「現代主義」文藝，和戰後的「冷戰／國土分裂／反共安全／對美隨從」的總結構分不開。因此，戰爭末期和一九五〇年以後的台灣現代主義，基本上有協贊帝國主義和非民族主義·反民族主義等親體制性質，和三〇年代「前衛·現代主義」的革命／進步性，有天壤之別。

這些雜文，分別發表在文學同人刊物、學生社團刊物、其他期刊和報紙副刊。但其中以發表在胡秋原先生的《中華雜誌》者為多。

我在一九七八年認識胡先生之前的十多年，胡先生在台北出版的《少作收殘集》已經引起我的深切注意。當時苦心在舊書攤上搜求中國社會史論戰、文藝自由論戰文獻和資料的青年時代的我，胡先生《少作》的出版，使我對那一代知識人，在二十多歲就能寫具有新的歷史與社會科學的學殖的論文，感到震驚。

一九七七年吧，鄉土文學論戰以政治上的肅殺之氣展開。胡先生和徐復觀先生以鴻儒大老，斷然出面保衛了鄉土文學，我也因而拜識了胡先生，並蒙延為《中華雜誌》的編輯。中國知識分子斯文相惜，特別愛惜官家所必欲煎迫誣殺的讀書人這樣一個優秀的傳統，我是從胡秋原先生的身上親切而溫暖地體會到了。從此，我陸陸續續地在《中華雜誌》寫些隨想雜思。如果沒有因論戰而與《中華》結緣，大約便沒有這些小文的。雜誌和文章的這種微妙關係，我想寫文章的人都能領略。校訂舊稿，油然想起這於我是意想不到、卻極為幸運的與胡先生與《中華》的機緣，心中有溫馨的感謝。

另外一些文章，特別是戒嚴和報禁解除後，主要地是刊在《中國時報》和《自立晚報》上的專欄。一個刑餘的政治犯，從被禁忌在報章上出現文章，到由報社編輯親切邀稿，箇中歷史與社會的漫長變化，感觸最深。我由衷地謝謝友好的編輯們。

對於出這套書，我有越來越深的不安與靦腆。這些文章中的知識和思想上的錯誤，必定不少，尚請讀者嚴加批評。

敬以為序。

一九八八年四月

初刊一九八八年四月人間出版社《陳映真作品集8・鳶山》

《鞭子和提燈》和《走出國境內的異國》自序

我所做的所謂文學評論，約有兩種形式：一種是書評，一種是序文。讀別人的小說而有話欲說，又恐說得不好，說得不合體例，所以總是有「試評某某小說」的副題。另外，有文學上的優秀夥伴要出詩集或者小說集，一定囑為序於我，則總要認真品讀，發而為序文，所以總是附著「序某作家某書」的副題。

而不論是「試評」別人的作品也罷，「序」別人的書也罷，我做的所謂「文學批評」，大約有這兩個共同點：一是思想的批評為主，藝術批評為次。因此，第二個特點是：這樣的批評，總是「借題發揮」的時候比較多。

戰後四十年間，台灣的文學評論，論語言和角色塑造、論技巧結構等等的居多，從文學社會學的角度看作品和作家的，則較為少見。從社會和思想的觀點評價文學作品和它的作者，在我，有一個理所當然的先決條件，即作者的作品具備著一定的藝術水平。而當我在「借題發揮」

時，我試從作品和思想去理解和說明我們社會的客觀生活中所存在的問題，也試著把客觀世界和生活，與作者在作品中表現的主觀觀念與思維做一個排比。

我的這樣的文學評論，除了因為戰後冷戰體制下台灣思想與知性的禁錮，使作品之思想和社會分析與批判差可聊備一格之外，別無貢獻。這是因為只是批評的方法自身，無法自動地決定批評的品質。審校舊稿，我的這些評論，很不乏幼稚的暴論，更不乏許多把文藝的社會學解釋過度簡單化、機械化和庸俗化的地方，讀來汗顏不已。

所幸我所議論過的詩人和作家，絕大部分，在事隔五、六年後，他們在台灣文壇上的評價依舊或者更為確定，不因為我評論的拙劣而稍損他們在創作上自有的榮光。後設於創作的所謂評論，一般而言，大約既無從增加原作不曾有的價值，自然也無從減削優秀創作自有的光輝。而對於學殖粗疏、缺少嚴格治學訓練的，類如我這樣一個「批評家」，上述的現象，就尤為真實。

我評文學是這樣，評電影也自難例外——也是思想批評多於技藝的批評；也是「借題發揮」更多於專業分析。「笨狗總是玩不出什麼新的把戲」，這似乎也是沒辦法的事了。

最後，應當一提的是，因為在關於分斷的祖國應不應該統一的問題上有不同的意見，我評過的謝里法和宋澤萊，後來都與我成了論敵。但是，對於謝里法的藝評《珍重，阿笠！》和宋澤萊的小說《打牛湳村》，我至今仍以為是很好的作品。政治見解上的對立，並不曾使我對他們具體作品在創作和批判上的成就，在評價上有分毫的貶損。這其實就是藝術和知性不可思議的魅力吧。

敬以為序。

初刊一九八八年四月人間出版社《陳映真作品集9・鞭子和提燈》、《陳映真作品集10・走出國境內的異國》

台灣戰後最大的農民反美示威

三月十六日，五、六千名農民來台北進行了戰後最大規模的反美抗議示威。

戰後台灣的農業，自始就受到美國政治和經濟政策深刻的影響。

為了把台灣改造成一個和美國具有高度政治同質性的反共堡壘台灣，一九五〇年韓戰爆發之後，美國對台灣給予自有它的目的和條件的「援助」。在農復會支援下進行的土地改革，和平地消滅了台灣的地主階級，解放了佃農，使台灣農村土地關係一夕間成為無數小資產階級獨立小農所有制。土地資本流向工業。第七艦隊封斷海峽。內戰中國的民族分離因美國的介入而「國際化」，固定化。台灣農業和台灣經濟一道，被編入戰後美日資本主義經濟圈而脫離了中國的民族經濟。以日本的肥料換穀，對日輸出糧農產品換取工業產品，低米價政策，輸入美國廉價的過剩雜糧，以及基於低米價的低工資政策等等，使台灣農業長期成為「以農養工」、「以工『擠』農」大政方針下的犧牲者。土地零細化，農業收入日窘，一方面使青壯人力流向城鎮，成為工業勞動者，或捨棄無利可圖的稻作轉向和世界市場連動的經濟作物或養殖業的經營……

而這一切，莫不與美國對台灣政治的、經濟的「經營」，有莫大關係。七〇年代末，美國轉而承認中共，台灣為了取得美國農業州參議員的支持，長年大量做政治性農產物輸入。最近又以平衡貿易為由，大量對台強硬輸入美國水果和肉類，並限制台灣稻米輸出。這一切，直接而尖銳地打擊了台灣農業和農民的生計。

二次大戰以後，美國挾其巨大的軍事力和經濟力，在世界各地遍布軍事基地，插手干涉他國內政，進行情報和顛覆活動。為了保護美國的政治利益，美國在各地支持專制傀儡政權，打擊各地民族獨立運動，用跨國資本、糧食、「援助」、貿易壓力為武器，使世界屈從於美國的利益。這些都使美國在世界各地招來憤怒的批評和反抗。一九五〇年以後，除了共產圈各國，在歐洲、中南美洲、非洲、亞洲、日本……反美運動和事件無地無之，無日無之。就在目前，雷根政府對尼加拉瓜、巴拿馬明目張膽的帝國主義干涉，就是最好的例子。

但是，台灣卻是全世界獨一不見對美國霸權主義和新殖民主義有批判意識的地方。執政黨固不必論，某新成立的野黨也以向美國爭寵爭愛來「反對」執政黨。「三一六」農民示威運動中，野黨對美國在台協會表示了過分的「禮讓」。平時三、五百人的示威必定出面的某野黨政要們，只要美國參議員來台，必蜂擁倒屐相迎的在野政要們，在這次五千人農民大示威中，全不見了蹤影。向來高舉「台灣民族」，高喊「自決」、「獨立」的闖將悍將們，也不見他們出面捍衛「台灣人」的農民！這些，都挺耐人尋味。

「三一六」示威運動中，也看不見平時負起部分社會清議任務的自由主義學者專家。歷史地、結構性地看，四十年來的台灣自由知識階級，基本上是為戰後台灣「冷戰／國家分裂／對美依從／反共安全」這樣一個總體制服務，而不是批判這總體制的吧。

「春江水暖鴨先知」。進步的知識分子、文學家、社會運動家、青年和學生，是最先、最敏銳地反映社會各種矛盾值的人。但是，在台灣，反映了社會變化的階級，從這回「三一六」事件和今年初工人爭議運動看來，我們社會上能「先知」「春江」之「水暖」的鴨子，竟是工人和農民，而不是知識分子先生和野黨官爺們了……。

初刊一九八八年四月《人間》第三十期

望穿鄉關的心啊！

前年，我的父母親在長住美國的妹夫和妹妹的陪伴下，到中國大陸做了短期的旅行。父親炎興先生從年輕的時候起，就從日本人的書上讀到過北京城黃沙落日的壯美，很早就把到北京一遊，列為他一生最想達成的念願之一。從青年時代就以自學培養起來的考古人類學方面的興趣，後來又自修聖經考古學，他對中國考古挖掘現場和成績，自有倍於常人的興趣。是以他的旅行，必然地包括了北京和西安。離開西安，他們到上海，見到了我和父母親同在一九八三年深秋的美國愛荷華城認識的上海母女作家茹志鵑和王安憶女士，並蒙受她們最親切感人的招待。

在離開大陸之前，父親他們特地到了福建漳州的安溪龍門，一謁我們陳家移民台灣六世、只在族譜上認識到的安溪祖家。年事已高的父親，不堪旅途的興奮和疲勞，卻仍然堅持到安溪龍門的石磐者，是因為近五、六年來，他老人家重新輯續族譜，發現來台開基的祖先傳續下來的某一代，記載上發生了若干疑點，無法正確地續寫。「而我們祖厝有一本厚厚的族譜，循系索查，問題竟很輕易地解決了。」八七年秋天我再次赴美，乘便去看望在妹妹家作客的父母，父親這樣說，「族親論起系譜上的字輩，親情油然而生。在台灣，我懷疑我個子高，只是遺傳上的特殊吧，沒想到，我看到安溪祖厝的族親們，個子高大的人很多呢！」父親於是笑了起來。

我的父親就是在這個時候認識了算來今年已經七十的葉春梅老太太。在交通很不便的大陸，她聽說有台灣同胞會到安溪龍門來尋親探祖，一清早出門，輾轉換車，帶著一張一吋大的她那離散了四十年的丈夫的照片來見我的父親。

葉春梅(一名陳盒)希望透過我的父親，找到四十年前到台灣去的丈夫蔡教先生。「她使我深受感動的，是她但求得到丈夫蔡教的一次音訊而已。其他的，她要他知道別後家庭和故鄉的概況，」父親在信上這樣說，「她說自從夫妻離散，有年幼的一子一女相依為命。後來兒子死了，女兒也留下四個孩子先她離世。可是她一再吩咐丈夫蔡教不必因此為她焦慮，因為她一直有工作，孫兒們的生活教育，有公費支應，而且如今都已長大成人。」

老婦人葉春梅渴切地需要丈夫蔡教在台灣健在平安的消息。「都這麼多年了。他在台灣，應當是再娶了的。」她對我的父親說，「這樣，其實我也才放心呀。一個男人，身邊總要有個女人家來照顧，才好生活。」

她的衣著，使八十多歲的我的父親回想起他在今桃園大溪中庄老家童年時代的農婦。「她那種庶民的明理又得體的談吐，數十年持家尋夫的深情，令我至今難以忘懷。」父親在另外一封信上這麼寫著。在二十幾歲的年紀和丈夫分離，帶著年幼的兒女，歷盡苦辛，又在六十多歲前喪失了兒女，和外孫過活，而猶殷殷望夫……這樣的中國之女性和母親，和海峽兩岸這邊的母親、親人對滯留大陸的兒孫的噤默的企盼，在民族分斷的歷史中，向我們民族集體的心靈訴說了什麼啊……

父親當場懇切答允盡全力為她代為尋訪。回到美國我的妹婿家，父親把那一張婦人珍藏了四十年的、一吋大的照片，連同她的一封家信，寄到雲林虎尾鎮僑豐街八號，卻一直像石沉了大海，渺無音訊。

依據嗣後與老太太通信所得的材料，蔡教先生是——

- 福建省長泰縣岩溪鄉上蔡村的溪根人氏。屬馬，今年七十二歲。
- 一九三一年和葉春梅訂婚。二人結婚時，蔡教二十歲，葉春梅十八歲。婚後得一男，名蔡坤甘，不幸在他九歲上夭折。
- 蔡教約在一九四〇—四二年間，在四川成都中央軍校十七期步科畢業。後來曾任福州國軍七十軍八十師二三九團迫擊炮連中尉排長，曾任湖南中美幹訓團中尉教官，後又轉青年軍。
- 一九四三年，蔡教在北京國民黨某部隊同鄉曾立民麾下，可能任過連長。

・一九四八年，葉春梅到北京與蔡教相會，在京生下女兒蔡燕青。第二年，蔡隨軍到台灣。一九四九年，蔡教曾派人至福建漳州接眷，但葉春梅已回到蔡家故居長泰岩溪上蔡村，失之交臂，從此夫妻家族離散了四十年，無由相見。

・蔡教到台灣之後，在一九五一年之前，還有四封信輾轉寄回故鄉，五一年以後則音訊全絕。

「如今，我住在長泰岩溪鎮建政路七號……這地址是我女兒蔡燕青家。我因為沒有了依靠才住女兒家。」葉春梅給我父親的一封信上寫道：「如果我男人能回來，我一定返回上蔡村去……記得他曾寫信說他遊海南島觀音廟，說有機會要帶我去玩。又有一封信上說，他把女兒當作男孩看待，還說他擔心我母女吃不飽穿不暖等等，我一直記得清楚。別的女人都有自己的男人，而我，實在不甘心。我一定要繼續尋找我男人，直到知道他這四十年來的情況，最好能見到他，或看到他親寫的字跡……」

後來，父親又接到葉春梅（陳盒）老太太和她外孫要父親轉給台灣的蔡教的信，都因為第一封轉寄的信毫無回應，無法再繼續投遞。她說這數十年來，她的弟弟陳溪石（又名方清德）欺負她。「我不甘心這樣死去，我一定要找到你！」她在給蔡教的信上這樣說，「如果你再不想與我聯繫，你就是不要故鄉，不要父母之邦，不要親人了，你就永遠不要回來認任何親人了……」從情深到怨悱，令人惻然。

台中市人林鳳翔的兒子林茂，現居上海……

今年三月三十日，人間雜誌的同事鍾俊陞收到一封由日本東京轉寄到的信。信上說——

「冒昧來信求助，還請諒鑒。

「去年底，我從報上看到您在福建等地尋找林氏祖籍的報導，知道了您的大名。

「我是台灣同胞，叫林茂。我的父親林鳳翔，曾住在台中市東區文化里新民街一帶。父親共有兄弟姊妹十人，上有兩個哥哥，一個姐姐；下有一個妹妹，五個弟弟，父親排行老四。父親有一位哥哥，叫林鳳儀。由於種種原因，我們與親人已有四十年不曾聯繫了。

「父親林鳳翔早在一九二五年離台到日本工作求學，後來到中國大陸，在一九六〇年不幸病故他鄉。我從一九八〇年開始，就一直設法和台灣的親人聯繫，不能如願，所以這回特地寫信給您，請您設法幫助我和台中市的親人聯絡。附上我父親生前的照片兩張，以助聯繫之用。

「請您……告訴他們我日夜思念在台灣的親族，如有消息，可透過我在日本的朋友轉信……」

林茂現居上海。信中附有一張約三吋、另一張約五吋的全身照片。一張穿黑色寬領西裝，淺色西裝褲，白皮鞋，拄紳士杖，戴眼鏡；另一張是淺色西服，白西裝褲，內穿休閒服裝。前一張照片背景有草坪，有樹，有若公園；第二張則攝於頹敗的牆垣之前。兩張照片中的林鳳翔先生，容貌俊厚，英姿健拔，應是同一個年代的影子。這早已物故了二十八年的，因歷史的流轉而飄泊在祖國他鄉的，台灣遊子的面影，擺在我的案前，凝視著分斷民族無可如何的悲劇。因為內戰，因為二次戰後的世界冷戰構造，中國以海峽為界，民族分斷，家庭離散，前後四十年。在這些漫長的歲月中，台灣社會經濟有巨幅的發展，形成中國社會經濟史上頭一個現代資本主義大眾消費社會。在對於貨物商品的「飢餓–滿足」的永不間斷的循環中喘息、狂奔、倦怠的台灣社會，我們以自然環境、文化和人的破壞等重大代價，交換了一個飽食富裕的時代。對於民族分斷、家庭離散的冷漠，不以國家的分裂、民族的分離為悲哀、為羞恥的反民族／非民族的傾向，究其實，是喪失了夢想、失去了生之意義、欲求的雪崩、幸福崇拜、人的單向度化、市場，以及商品與行銷的國際化所帶來的「國際主義——民族認同的消萎」……這些現代「消費人」的一個屬性吧。民族主義的喪失，其實是我們和生態破壞、人間破壞等同時為民族分斷構造下的畸詭的成長與富裕支付出去的、巨大的社會代價吧。

在這樣一個社會裡，葉春梅對蔡教的深情，林鳳翔的孤單地客死他鄉，和他的孩子林茂對父親的故里台灣的盼望，對於我們台灣的生活會不會是一種社會的尷尬和干擾呢？像是隱沒了四十年的鄉下原配的突然出現，一個窮親戚的兒子突然來認親……台灣或者竟成了戲台上那個非情、富有、不認窮親的新發的財主吧。

但這樣尷尬無寧是好的。因為這樣的尷尬裡有忿怒、有懺悔、有羞惡、有掙扎。而這些，恰恰又是在現代社會中登場的「消費人」所缺少的人間性。

我殷切盼望蔡教先生（或他的來台鄉親蔡朝成、蔡啟祥、蔡學棋知其下落者）或者林鳳翔先生在台親族，因這小文而與我聯絡，讓我把我們手中發不出去的來信——無量的惦念、愛和渴望——如實的交給應該收到的、離散的人們的懷抱裡。

初刊一九八八年四月十四日《中國時報・人間副刊》第十八版

第三世界接觸

黃晳暎與陳映真對談中韓現代文學發展[1]

黃晳暎先生是韓國知名的小說家，一九四三年生於我國長春。十九歲以中篇小說〈客地〉震撼韓國文壇。長篇小說《張吉山》曾連載十年，迄今已銷售一五〇萬冊。他自喻為民眾文學作家，作品多敏銳表現第三世界的面貌與命運，並廣為各國譯介，是一九七〇年代韓國第三世界作家的典型代表。黃氏認為：韓國比非洲、拉丁美洲等地區更有資格擔任第三世界的最前線。

黃晳暎先生於四月二十六日來台，本刊特別安排他與同樣對第三世界文學相當關切的我國小說家陳映真先生，就兩國現代文藝思潮遞嬗做一場對談，並迅速整理發表，以饗讀者。他們的對談內容紮實精彩，各從世界的大座標中，討論尋找母國文學發展的定位；彼此激盪，互相切磋，相信能為國內文壇提供更廣闊的思考空間。

「跨國對談」是《人間副刊》精心擘畫的系列專輯之一，我們將陸續安排國際上各領風騷的文化人，透過面對面的交談，相互激盪智慧，開拓視野，並為我國文化界提供寶貴的參考意見。——編者

在冷戰的年代

陳：今天的對談集中在現代韓國與台灣文學思潮的演變與對照。一個時代的思潮，是那時代共同精神在思維上的表現，同時也受到社會、經濟、國內外政治形勢的制約。在方法上，我將它分為幾個階段：（一）一九四五年至五〇年；（二）五〇年至六〇年；（三）六〇年至七〇年；（四）七〇年至八〇年；（五）八〇年以後。

韓國與台灣的文學環境有很多共同點，如兩者過去都是日本殖民地，一九四五年光復，也都在戰後的冷戰結構裡國土分裂，都被強大的外國勢力干涉影響。但表現在文學的面貌上卻不盡相同。

隨著二次大戰的結束，全球慢慢形成以美、蘇為中心的兩個敵對陣營。台灣光復後，海峽兩岸的政、經、文化恢復往來；這點異於韓國的殖民地經驗。一九四七年發生「二二八」不幸事件；同年，台灣的財政受到大陸影響而崩潰。四八年，韓國濟州島蠢起。四九年，中共政權成立，國府播遷來台，美國發表對華政策《白皮書》，海峽兩岸的交通往來又告斷絕。五〇年，韓戰爆發。

當時曾經遭到日本當局鎮壓的台灣反帝、反日、反封建、左翼文化人開始活躍；另外，日據時期的既得利益者，也發展出附日親日的「獨立運動」。此時中文報刊紛紛出現，知識分子熱烈主張學習祖國文化、語言、文學，例如楊逵出版的書特別採取中、日文對照，方便民眾學習中國語文。作家大量介紹三、四〇年代的作品，鼓吹民族團結。但光復前後，知識分子的高度期望與期望的幻滅，在作品上表現出諷刺、忿激的傾向；同時在創作理論上，揭櫫「新寫實主義」的創作路線，主張在反映生活的矛盾和批判現實的黑暗之外，作品應該提出對新歷史、新社會的希望。在這個階段，長久被壓抑的台灣文學，在五年間迅速復活，發展它素具現實主義的精神傳統。

我們都是抗日同志

黃：除了一些重大的政治事件，我對台灣的認知非常有限，我想最大的原因，恐怕是過去中韓兩國的文化交流，都是一些官方或半官方的學者作家的聯誼。

你剛剛所提第一階段的台灣文學思潮，跟韓國的背景十分相似。我們都曾經有過反封建、反殖民的抗爭；其實遠在一百多年前，中韓都已有過對帝國主義的共同經驗。我很多親戚曾經在長春和中國人一起抗日，我們兩國人民都是抗日同志。

從當時整個世界局勢來看，在社會主義陣營與資本主義陣營兩種體制的對壘之下，韓國也經歷了民族分斷、國土分斷的悲哀。更由於外勢長期的介入干涉，使得兩國的奮鬥、發展阻礙重重。

韓國光復之前的抗戰，都是偏向左派社會主義的地下組織；光復後，這種地下勢力漸漸顯露出來，跟民族主義者形成對立。韓戰雖然是爆發於五〇年，但有人認為，從美、蘇兩軍進駐韓境就已經開始，因此韓戰的本質打的是一場殖民戰爭。經過韓戰，韓國人民像經過一場大火的浩劫，本來統一的國家從此分斷，政治局面混亂，學生運動逐漸蠢起。

由於光復前不能以韓文寫作發表，良心文人轉入地下，那些親日附日的作家，並無反帝國主義的文學，也很少從事文學工作。光復後，文學思潮跟政治活動結合，作家也分為左右兩派，左派文人不見容於右派政府，紛紛逃到北方。

在資本主義的結構下

陳：五〇年開始，台灣思潮發生根本性的變化。美國的個人主義、自由主義、民生主義受到自由知識分子的嚮往，冷戰時代的精神文明在台灣產生廣泛的影響。此時，《現代詩》、《創世紀》、《藍星》相繼創刊；「東方畫會」和「五月畫會」相繼成立；《自由中國》、《筆匯》、《現代文學》、《文星》相繼發行；以鍾理和為首的鄉土作家也印行油印刊物《文友通訊》。

這一階段，反帝、反封建的文學思潮受到全面的壓制，代之而起的是重形式不重內容的個人主義，和不涉及生活、社會與勞動的現代主義思潮。表現在創作上，則充斥著晦澀、曖昧、不關心人和生活的現代派、抽象主義、超現實主義的詩、文學、音樂和繪畫。

此外，還有兩個支流：一是官式的反共抗俄戰鬥文藝；另一支流是沒有任何意識形態的「素樸的現實主義」，那是由鍾理和等農村作家默默耕耘的傳統。

六〇年以降的十年間，西方資本主義享受了一個富裕繁榮的發展期。美國介入越戰，終至敗北；日本和西德再建了各自的資本主義；第三世界各國追求獨立的鬥爭更趨激烈；中國大陸的「無產階級文化大革命」展開。此一時期，台灣的主導思潮依然是五〇年代的延續，即個人主義再加上現代化主義，仰慕美日資本主義的意識形態。

台灣現代派文學已發展到嫻熟階段，從此成為少數人的文字遊戲，和廣大社會與民眾完全脫節。六五年左右，台灣產生了一個規模不大的文化、藝術的反省運動。首先是史惟亮和許常惠進行了兩次民歌採集，《文季》同仁也開始回顧與反省的探索。

黃：五〇年代，韓國很活躍的一些元老作家，他們的唯美主義直到現在依舊風行，當年他們親日附日，後來仍是效忠政權的御用文人。

這一時代的作家並沒有善盡職責。

六〇年代，社會上最重要的是學生運動。那時候美國資本主義的影響擴大、勢力穩定，並扶持起戰後日本資本主義的再興，漸漸發展成韓國在經濟貿易上對日本深遠的依賴關係。此時，民間的獨裁政府也轉變成軍方的獨裁政權。戰後覺醒的民族主義，在韓國造成反日本、反李承晚體制的風潮。

此一階段，政府大力倡導「現代化政策」，貫徹實行「先建設，後分配」的口號。這樣積極推動工業化，厚植資本主義勢力，但資本的累積並未增進全民的福祉，卻生產了許多社會問題，使得貧富懸殊，城鄉建設失衡。長久以來，政府一直依賴大財團大企業作為出口導向經濟的主要動力，因此發生勞資糾紛時，當局總難免維護資方的利益，幫助資本家壓制勞工的抗爭；所以韓國勞工一直被剝削，遭受不人道的待遇。一九七〇年自焚的工人全泰壹就是一個例子。

在國家資本獨占大眾傳播媒介的六〇年代，政府不容易聽到反對的言論或批評。此外，由於韓國境內駐紮著外國軍隊，在強力的外勢影響下，使得這一階段的韓國本土文化非常薄弱；文藝界除了有一部分在消極地描寫國土分裂之外，評論家們常為文學的「純粹」、「參與」而囂噪不休。這時的韓國文學充斥著俚人主義、小市民主義的作品，不然就撿拾西方思潮牙慧，如存在主義等。總之，當時的文學跟大眾人民完全脫節。

因為以上的問題不見改善，矛盾愈堆積愈嚴重，彼此之間無法藉由理性的溝通產生共識，種種背景因素，終於引燃了七〇年代的民眾文學。

世界性的反省運動

陳：韓戰和越戰結束後，知識分子開始批判、反省戰後的資本主義，如黑人民權運動、反戰運動。相對於全世界的反省運動，台灣卻是長期缺席的。

一九七〇年，美國和台北的知識分子展開保衛釣魚台愛國運動，這是戰後首次掀起反帝民族運動；這項反省運動後來面臨政治認同的歸屬問題，並對文學產生重大影響。

七〇年代，台灣面對危險的國際政治、經濟局勢變化的衝擊，長年信賴美國及西方的思潮開始動搖。保釣運動鼓起民族主義情感，也激起知識分子改革圖存的思想。此時新的現實主義創作理念開始發展。由唐文標、關傑明等人掀起了現代詩論戰，批判現代詩的個人主義、形式主義，也批判了現代詩的晦澀、無民族風格，積極提出文學的社會性和群眾性。一九七七年，鄉土文學論戰展開，這次論戰因為政治介入，一年後急速停止。

總結來說，四五年至五〇年是現實主義反帝、反封建的恢復期；五、六〇年代是模仿文學、舶來品文學期；七〇年代是一個大轉折，重新反省、批判現代主義，理論上發展成文學的民族風格、文學的大眾性。不過，我們比較還停留在理論建設時期，相應於鄉土文學，創作就沒有跟上來。這階段跟韓國迥異，此時是韓國文學的豐收期；你們開始提出民眾文學、民族文學的理論。我想這跟你們堅強的學生運動、自由化運動、勞工運動有關。

另外，七〇年末發生美麗島事件，這個創傷後來引起知識分子的反感，有人因此提出「台灣文學論」的口號，隱然透露著不安與苦悶；但到目前為止，也僅止於口號的階段。

八〇年代，台灣進入資本主義消費社會，你剛才所提的通俗性的小市民文學，反而蓬勃起來；文學創作沒有繼承鄉土文學論戰以後的思想，反而落入機會主義、個人主義的文學。我個人則提出第三世界文學論，這點倒與韓國近似；但也只是理論的提起，在創作上還未實踐出成績來。我最近比較關心五〇年代的歷史及生活的追溯，如〈山路〉、〈鈴璫花〉、〈趙南棟〉等，恰好前幾年我到韓國，讀到高銀的長詩〈白頭山〉，也是在追溯五〇年代被掩蓋的歷史。

耶穌是什麼？

黃：六〇年代末以來，「現代化運動」所併發的各種矛盾、糾葛，尤其以勞工和農民最大，其中影響至巨的事件有兩個：（一）工人全泰壹焚身自殺。全泰壹當年才廿二歲，自焚前呼籲遵守《勞動基準法》，後來連續有二十幾個工人效法他自焚，因為當時有三百餘萬勞工過著痛苦的生活。（二）廣州事件。廣州是離漢城不遠的小城，該地民眾的蠭起暴動，與全泰壹事件是七〇年代現代化陣痛的象徵。

此後，大家才逐漸重視社會上的不公平，學生運動也才從校園內的活動，擴展為社會民主化運動。當時政府禁止集會結社，這些運動得到教會的保護；不少學生被捕出獄後，在教堂裡獲得庇護，教堂成為運動集會的場地。太多苦難，使得教會內部開始質疑：「耶穌是什麼？」他們將患難的人民，升高為耶穌的形象。

七〇年代的維新獨裁體制，大興文字獄，很多人經歷一個月至十年不等的牢獄之災，這些文人從三〇年代中國的社會運動，吸取了不少抗爭經驗。七〇年代中期，由於文化意識的覺醒，文學工作者開始和民眾結合，再加上反維新體制，使得反獨裁的民主化運動愈形激烈，逐漸打破原先的媒體壟斷局面。其中六〇年代末期，起於大學校園的文化運動，到了七〇年代，配合日趨壯盛的民眾文化運動，直接和經由世界資本主義市場流入的大眾文化對壘。

韓國文學大致上可以分為三種：（一）官方文學；（二）商業文學；（三）民眾文學。民眾文學裡有一個小支流——知識分子的文學，但影響不大。民眾文學是七〇年代的文學成就，所謂「民眾」，在經歷反覆辯證之後，有了更周延的意涵——包括生產業者、農民、貧民，更包括了民主化及祖國統一意願的人，這些是帶動社會變革的主體勢力。

研究七〇年代的韓國文學，就不能漏掉金芝河、白樂晴、金潤洙。他們斐然的創作成績，說明韓國反對日本文化、經濟的再支配；同時更復興韓國的傳統文化藝術，也開始在表達上、文體上與形式上重新實驗。

很多學生到農村、進工廠，變成勞動者、農民，成立了農民組織和工人組織，開啟現場運動。七〇年代後期，文化界主張「作業共同化、演戲現場化」，由農民和勞工組成的劇團，和職業演員共同製作了數百齣的現場「村劇」。生產現場的人們變成現場劇團的主角。此外，現場文學的創作成績日漸受到矚目，美術、音樂也排斥商業主義，畫家跟農民、工人一起作版畫，以民謠為基調的勞動謠也陸續出現。

進入八〇年代的帝國主義、民族主義，以及分斷和統一的糾葛，都帶著實踐的意志。七〇年代強調先民主、後統一；八〇年代的思潮則是統一與民主一起達成。近年來我們的文學似乎陷入低潮期，恐怕是因為思潮的流變太快，創作無法配合。但自八七年起，韓國文學開始復甦，特別是出現了很多無名的現場詩人和小說家，對於這種趨勢，我對他們寄予很高的期望。

建設自己的主體性

陳：我有兩個問題：

(一)為什麼在法西斯警察嚴密控制下的李承晚時代，還會有像「四一九」這種大規模的運動？

(二)國家分斷後，冷戰的教育、宣傳支配著我們的生活。韓國學生的民主化運動，對韓國統一寄予熱切堅持，而台灣的民主化運動卻不包括大陸，顯然對民族分斷的問題是消極的不關心。你們的學生怎麼看待北韓？因為如果南北統一，必然會面臨制度問題、生活方式問題。

黃：韓戰結束後，韓國人陷入強烈的挫折感。過去依賴美國提供的安全瓣，現在期望在此建設一個美國式的民主樂園。長期的渴望加上對李承晚政權的失望，爆發為一種強烈的意志。大部分的韓國人認為北韓還是存在著太多問題，但最重要的是在南方建設自己的主體性，用這主體性跟民眾的力量來完成祖國的統一。

陳：民眾文學與民族文學之間的關係如何？

黃：只是名詞的活用。其實這兩個名詞是二而一的，是內包與外延的關係。民眾文學是對內的，民族文學是對外的。政治上的壓迫，社會、階級上的矛盾，不以單純的社會內部來理解，而理解為國家的分斷、外勢的干涉，所以維持一個專制政治，這專制政治又帶來社會矛盾。

陳：今天聽你非常豐富、有啟發性、富學習意義的談話後，發現韓國與台灣的文學有很多相同的部分，也有相異的地方。相同的是命運——在外勢、霸權之下，國家分裂為二；民族的分斷，是一個國家所有問題的根源。

七〇年代以後，韓國在理論上有非常進步的發展，如文學、社會科學、社會運動……令我印象特別深刻的是，不僅文學有民眾文學，而且神學有民眾神學，也有民眾政治學、社會學、評論……這是台灣需要急起直追的。此外，台灣完全受到霸權意識形態影響，從七〇年代末期以來，民族分離意識愈來愈強，台灣的思想界顯然沒有善盡責任。

在實踐方面，你們知識分子與民眾的結合，是我們一直沒有做到的。感謝你今天給我們這麼大的啟發。戰後的台灣，一切都向西方看，完全失去自己的主體性；我們記得英國、歐洲許多文人的名字，卻對鄰國的文化感到陌生，連黃皙暎、金芝河這樣傑出的作家也少有人知道，這是我們應該深切反省的。希望從你開始，像金芝河等作家下次也能來台灣，我們的作家也能去韓國，彼此學習，互相影響。謝謝黃先生。

初刊一九八八年四月三十日《中國時報・人間副刊》第十八版

1

對談時間：一九八八年四月二十七日下午三時三十分至七時三十分；地點：台北市中華路時報文化大樓十樓會議室；翻譯：陳寧寧（中國文化大學東語系韓文組副教授）、李柱益（韓籍，任職於日本電通社）、閔丙三（韓籍，師範大學國文研究所博士班）；記錄、整理：葉振富。

為脫離強權冷戰，團結一切華人，創造新中國文明而努力

一

一九四五年，《雅爾達密約》和《中蘇條約》以後，國共內戰急轉直下，中華民國政府播遷來台灣。一九五〇年，韓戰勃發，二次大戰後美蘇兩大陣營間的冷戰，上升到最高點。一方面，在中共宣布「一面倒」，在蘇聯與中共簽訂《中蘇友好同盟條約》，宣布「中蘇牢不可破的友誼」之後，中共發動「抗美援朝」的戰爭。另一方面，美國斷然在東亞、亞太地區布建了全面性的對蘇聯和中共的軍事和經濟的封鎖與圍堵。

在一條北起阿拉斯加，經日本列島、韓半島、台灣，一直到菲律賓的「亞太防衛陣線」，遍布美國基地，到處飄揚著星條之旗。為了因應這樣一個美國全球和東亞戰略布署的需要，台灣遂成為美國在太平洋地帶中的「基地國家」，而中國的內戰，國土和民族因海峽而分斷，遂因霸

強間的鬥爭而長期化。

一九五〇年，中共聲明「解放台灣」，中共與蘇俄亦發表共同宣言互相援助。兩個月後，美國與中華民國簽訂協防條約。在美國經濟援助和駐台「援華」諸機構精心擘畫下，美國成功地在台灣完成了台灣社會、經濟和文化的美國化親美化改造。而在這系列美國化改造過程中，美國也成功地在強化台灣對中共的敵對和仇恨，在五〇年以降的世界冷戰修辭下，使海峽兩岸的同民族間的敵意、猜忌無限上綱。國民黨和中共之內政事務上的爭執，因美國遠東戰略的介入，使台灣在實際上成為美國對大陸進行間諜、情報、破壞的重要基地。民族內部的左右之爭和國際二霸權間的對立重疊，使民族內部內戰的雙方喪失了相對的主體性。

一九五〇年後，美國為了防共戰略的需要，放棄了日本和平與民主改造的政策，停止對戰時日本軍閥與財閥的清算政策，而積極復辟日本戰時的「軍・財・政・學」保守體系，促成日本再武裝，允許美軍長期進駐日本，並協助日本快速重建日本資本主義。

在這背景下，美國一手導演的結果，一九五一年的「舊金山和約體系」和一九五二年日本與中華民國政府簽訂的《中日和約》中，戰敗國日本驕橫地拒絕與當時四億中國大陸人民承認戰敗求和，拒絕承認將台澎金馬重歸中國。在「台灣地位未定論」下，美國第七艦隊封斷了海峽，使海峽兩岸民族往來遭到歷史上從未曾有的、將近四十年間絕對性的阻絕與分離。而所謂「未定論」，也在六〇和七〇年代，成為帝國主義者炮製「兩個中國」、「一中一台」和「台灣獨立」的「法理基礎」。一直到今天，台灣依然有人試圖援引這帝國主義的、反華的、被帝國主義者自己因戰略更換而公開聲明廢棄的兩「條約」，走私他們的民族分裂運動。

一九五〇年以後，台灣美國化改造的運動，使台灣經濟從過去日帝經濟圈，整編到戰後美日經濟圈中，從而和中國民族經濟圈剝離。在美援、美國扶持日本重建資本主義的經濟戰略，戰後世界資本主義圈國際分工的重編……這些條件下，台灣在「冷戰／民族分斷／國家安全／對美日附從」這樣一個總結構下，取得了迅速的經濟發展，當然，也在這發展過程中，培育和增大了因這樣的總結構，而獲得巨大經濟和政治利益的階級、集團和黨派。而這些階級、集團和黨派，恰恰成為戰後台灣反民族化／非民族化運動的主要社會力量。

二

四十年來，以世界二超強的對峙下冷戰構造所造成的民族分斷，事實上為海峽兩岸帶來十分慘重的損害。

從台灣來說，五〇年初的苛烈的政治肅清，三十多年來，一直到解除戒嚴後緩解的政治逮捕和人權的破壞，在「國家安全」體制下對民主、言論、信仰、結社等諸權利的侵奪，以及全面、長期的、僵化的反共宣傳與教育，造成從民族冷漠感到反民族、非民族甚至於反華、蔑華這些不正常的民族歧視，從而發展成形式雖異本質實同的民族分離主義的政治與運動。

從大陸方面說，中共的「一面倒」政策與階級政治與政策，在蘇俄的反美宣傳以及美國對大陸全面政治、軍事和經濟對抗之下，對外的仇恨、焦慮和不安，逐步內化而形成對於人民、乃至對於同志的苛烈猜忌、迫害、逮捕與處決，為民族造成了難以彌補的創傷與浩劫。從許多中共黨員和民眾，背負「美特」、「蔣特」、「國特」、「美蔣特務」、「反革命」、「走資派」這些罪名而大量冤死的情況，其實便生動地說明了美蘇冷戰歷史對大陸人民的民主化、學術思想的發展、人權的保障，和中國政治與社會的健全發展，帶來極為慘重的殘害。

回顧長期冷戰／對美蘇附從／民族分斷的四十年歷史，同一民族互相敵對、互相仇恨、互相不通往來，使兩岸中國人民花費了極為龐大的物力和精力，使同民族間的智慧、創意、英知和勞動，不但不能發揮相乘相加的效果，反而相剋相抵，造成很大的損害。從民族史的觀點看來，這是一段令人傷痛和羞愧的歷史。

三

一九六九年珍寶島事件以後，大陸方面的對外關係，已在力求獨立，雖然在對內方面，還不能擺脫過去的教條或所謂「四個堅持」。

然在台灣方面，由於美國與中共建交，與國府絕交，使他的代表全國或三民主義統一的口號，與實際上隨著「依賴性·專制性」經濟發展的進程而「台灣化」、偏安化的現實，產生了越來越難於調和的矛盾。近十年來，國府迭次有「我國一千八百萬人」、「我國地處亞太環島系統的中央地位」和以中國大陸為「第三國」的發言，以及援美國國內法《台灣關係法》為自保的言論，在在都顯示國民黨內有人以屈事美日之下以圖一黨一派的苟安，欲挾外力而使台灣海峽兩岸的民族分斷盡可能地長期化。事實上，從五〇年以來，對於台灣社會庶民的民族統一運動和愛國運動，國民黨是採取忠奸顛倒的、苛酷的彈壓政策的。此所以主張停止內戰、和平建國的台灣作家楊逵遭到半生不斷的打擊，而某日政時代的漢奸世家反得以榮顯於戰後。

一九七九年高雄美麗島事件之後，台灣黨外民主運動，逐步向民族分離主義傾斜。從「台灣前途由居民自決論」到最近援引《舊金山和約》與《台北「中日」和約》中的台灣地位未定論，主張台灣「國際主權」獨立，不承認台灣是中國版圖中的一部分……的主張，其實和黨外數十年來的政敵國民黨一貫要在民族分斷的長期體制與結構中保持自己階級和集團的利益，委事大國，犧牲民眾與民族的利益，並且對於一切中國愛國主義的民主統一運動採取敵對和仇視態度的政策，沒有本質上的差異。

國民黨和民進黨的「事大主義」與「維持兩岸分斷論」的一致性，表現在兩黨對今年「三一六」台灣農民反對美國農產品傾銷的示威表示反對和規避態度；對於美諜張憲義案，國民黨和民進黨立委都搞「雷聲大雨點小」的質詢，終於不了了之。兩黨對美國《台灣關係法》表現同樣的熱情與依賴，對來訪美國參眾議員，兩黨爭相迎宴，狀至恭謹。對於民進黨最近反中國民族和人民，向美日帝國主義撒嬌表態，堅持台灣海峽的分斷固定化與永久化，堅持以「台灣地位未定論」來干涉中國內政，阻止中國的民主化統一運動的文件——臨全會《決議文》，國民黨基本上是莞爾一笑，是安慰的。

四

戰後冷戰體制的歷史，發展到現在，已在我國、在其他第三世界投下黑暗的陰影。然無論在東歐、在拉丁美洲、在中東和非洲，美蘇都已不能為所欲為，甚至兩霸本身也要設法結束冷戰。

就在這樣的時代背景下，今年四月四日民族掃墓節的一天，台灣長期主張民族和解、民主化和平統一的民眾、團體與個人、各文化界、知識界人士，成立了一個超黨派民間的「中國統一聯盟」。創盟以來，雖然有來自朝野雙方的民族分離派陰險刻毒的毀謗、冷箭和恐嚇，「統聯」仍誠懇的和一切愛國的中國人民一道宣布我們赤誠的願望：我們要脫出國際強權的冷戰結構及其意識形態，我們決心為祖國的和平、民主和統一建國而努力！我們要團結台灣和全大陸全世界華人，開始一個新的民族運動，為反抗干涉和阻撓中國統一的各式帝國主義，為反對阻礙民族內部真誠而強大團結的專制主義、獨裁主義，為創造與發展中國新文明，對世界人類的和平與發展有所貢獻而努力。

初刊一九八八年五月《中華雜誌》第二十六卷總二九八期

迎接一個新時代的到來

「政論及批判卷」自序

一九三〇年代展開的中國的內戰，到了一九五〇年，在外來勢力的干預下，加上民族內部的附庸主義，我們的祖國以海峽為界，分斷為二。民族分裂的四十年，成為二次大戰後海峽兩岸中國歷史和社會鮮明的特點，對兩岸政治、經濟、文化和社會，起了極大的、根本性的影響。

從海峽的這邊看，國民政府與美帝國主義相結托，使民族分裂長期化和固定化。四十年來，以復國統一為表面的口號，事實上卻早在一九五四年的《中美協防條約》上對美承諾放棄「反攻大陸」；在一九五二年的《中日和約》中，接受把自己的轄區限制在「台澎金馬」，並且對於日本和美國炮製的「台灣地位未定」說加以默認。四十年來，以大陸和大陸人民為異國、異國之民，為敵國、敵國之民的冷戰宣傳，以及從七〇年代中末期至今不息的「我國一千八百萬同胞」論，「我國位居亞太防線中央」論，以及俞國華行政院長以中共為「第三國」的發言，都歷史地說明國府力圖在戰後二體制對立的世局中，攀附美日霸權，從民族分斷的長期化與固定化中，謀求一黨一派的私利。

經過一九七九年高雄美麗島事件重大衝擊後的台灣反國民黨體制的黨外運動，急遽地向一貫在美日兩國受到卵翼並謀求發展的民族分離運動重疊。南韓和菲律賓人民的民主運動搖撼了這兩個美國的基地附庸國家之後，美國的壓力，和台灣戰後資本主義相對性的成熟化，使國府快速地向著資本主義現代管理化國家蛻變，從而在一九八六年展開了一系列政治上的開放和改革。在大眾消費主義下，這急速膨脹的政治空間，在美日試管中成胎的民族分離主義在台灣中產階級民主運動中成長。到了今日，在表面上國民黨和民進黨激烈爭執中，後者與前者卻越來越鮮明地表現了它們令人詫異的同質性。這兩黨的階級的、意識形態的同質性，尤富戲劇性地表現在這次民進黨「臨全會」的一項《決議文》上。

《決議文》強調「一九五一年的舊金山《對日和約》及一九五二年台北《中日和約》之規定，都未以和約決定戰後（台灣）主權之歸屬」，從而主張台灣地位未定。

一九五〇年，韓戰爆發，世界兩極對峙和冷戰達到它的頂點。美國為了全面對抗蘇聯與中共，對於日本，遂一變摧毀日本舊軍事與財閥勢力、以重建和平民主的日本的原有政策，而改為保留戰時反共．保守．戰爭勢力，將日本再度武裝，編入美國遠東太平洋防衛基地連線，並和日本結成反共軍事同盟《日美安保條約》，鼓舞日本再武裝，放棄對日索賠，大力協助日本戰後資本主義的重建……的政策。

為了達到這些目的，美國必須急於使日本與二次大戰中的交戰國——戰後美國的附從——結束戰爭狀態，俾以從戰敗國一變而為獨立自主之國，才能重整戰備，參加美國全球性反共軍事同盟體系。一九五一年的舊金山《對日和約》，就是在這樣的背景下，由杜魯門、杜勒斯一手導演的偶戲，悍然不顧在抗日戰爭中做了慘烈犧牲的中國人民和戰時為同盟國的蘇聯的反對，搞成一個「舊金山和約體系」，日本和美國在戰後的亞洲互相交結，並且以琉球供龐大美軍進駐，從而睥睨東亞的歷史，便從此時開始。

「台北的《中日和約》」，其實便是在美日舊金山和會中，由吉田首相暗自向美承諾，以「台灣地位未定論」條件，在北京與台北之間，選擇與台北片面訂立「和約」，而不惜與當時八億大陸上的中國人民保持戰爭狀態的產物。為了「防堵」中共干涉中國事務，英美兩國一手製造的「台灣地位未定論」，只是為了方便美國太平洋防衛部的第七艦隊可以封斷台灣海峽，以利與一個「主權並不屬於中國」的台灣，訂立「協防」條約，達到干預中國內政的帝國主義目的。所謂「台北的《中日和約》」，事實上成了一九五〇年後「兩個中國」論、「一中一台」論和「台灣獨立」論的「法理基礎」。

但是，這作為第一次冷戰時代之產物的、美日帝國主義干涉中國內政、使中國民族分斷長久化與化石化的這兩種條約文件，對於世界被壓迫的、前進的各民族人民而言，是惡名昭著的保守、反共、新帝國主義與新法西斯主義的象徵。一個以民主與進步為號召，領導台灣民主化運動的台灣戰後史上第一個登上政治舞台的在野黨，竟然至今還死死抱住被帝國主義者自己在一九七〇年代中期以後陸續加以拋棄和廢止的、連國民黨今天都不好意思提出的兩個「條約」，且必欲使中國民族分裂現狀永久化而後已。這是全世界反對美日帝國主義的買辦體制政權的在野黨所絕不能一見的怪現象，而與柯拉蓉政府之欲趕走美國在菲基地，南韓反對黨與學生之力求韓民族的「自主統一」，成為鮮明的對比。

所謂「台灣地位未定論」，是五〇年代和六〇年代、七〇年代初，美帝國主義為了在台灣塑造一個比國民黨更徹底的親美／反共／反華的傀儡政權，從而為「兩個中國」論和各種形式的「一中一台」論做理論準備的。它表面上說「台灣的主權未屬於任何一個國家」，所以，謂「台灣國際主權獨立」，實際上恰恰是為了使台灣徹底成為美帝國主義附庸和買辦國家，整編到美國亞太反共／防共基地圈的鎖鍊。民進黨和世界一切第三世界的保守政黨一樣，把壓迫者美國，當作解放者美國，加以熱情地擁抱，至死不渝。

美國廣泛的保守主義中產階級，動輒以「大鼻子要來了！」(The Russian is coming!)為藉口，歧視和審判亞瑟·密勒、卓別林、伊力·卡山，縱容大企業和中央情報局去顛覆一個獨立的主權國家，壓制黑人民權運動，派兵到韓國和越南參與別人的內戰……在台灣，在朝和在野的右派保守政黨，都以「中共併吞」、「保密防諜」和「共匪統戰」的藉口，瘋狂進行民族分裂主義，打擊和阻礙進步的思想視野與政治運動。

《決議文》中思想混亂，世界史知識貧乏的地方觸目皆是。

把全世界兩種體制、兩個階級的對抗，理解成過於簡單化的「海陸對抗」的戰後史的知識，雖然力說台灣「不再是」「『海陸對抗』情勢下的一個戰略島嶼」，事實上卻無法改變美日帝國主義者「以台獨制國民黨，以國民黨制中共，以中共制蘇聯」的技倆。台灣的「戰略島嶼」價值固然在東亞冷戰再編組、兩霸展開低盪時一時跌了價，但民族分裂主義者這兩年來迭次在「台灣前途自決」說中，與國府異口同聲宣稱「台灣戰略地位重要」論，求獨立以使台灣問題「國際化」才能免台灣為中共「併吞」論，其實就是力求台灣為「『海陸對抗』下之一戰略島嶼」的理論。表面上「反對」台灣獨立、「反對」民進黨將台獨條款列入黨綱、在此次野黨的臨全會中被奉為上賓的美日帝國主義，實際上和那個黨有著令國民黨妬恨不已的「親密關係」。這種二女爭事一夫的關係，只要看今年「三一六」台灣農民反美抗議示威中，民進黨與國民黨同樣不曾支持農民；美諜張憲義案發，國民黨和民進黨都「不約而同」地不鬧、不掀，也就思過半矣！

說「台灣受任何世界列強或國內黨派任意爭奪與宰割」時代已經過去，任何人不得將台灣視為他們的禁臠，自命為台灣之宗主國或代理人，在民進黨的思想框架的邏輯中，最主要的是指中共，次指國民政府，再最後半撒嬌半唬人地佯指美日。整個《決議文》，從前言到決議案本文，民進黨不憚於一再表態的，是它反對、恐懼和憎惡「中華人民共和國」這樣一個態度。就以一個準備在中國的東南門戶建立一個「新而獨立」的、永久的「台灣之國」的民進黨，作為標榜「民主」與「進步」的、美國支配下台灣的「反對黨」而言，這種對於中共政權的憎惡和對中國人民與事物歧視態度與思想，是今日已不能多見的，一九五〇年代杜魯門、艾森豪威爾、麥克阿瑟、杜勒斯和麥卡錫之流的標準冷戰修辭和邏輯。在八〇年代末期的今日，這種邏輯和修辭出現在一個準備建設「台灣之國」的黨中央文件上，其實比什麼都顯明地向世界進步的、和平的、反帝的知識分子和人民表白了台灣民進黨的極端保守和反動的根性。

在上引文字同一段末尾，《決議文》「勇敢」地向美日撒了一嬌：「尤其是美國和日本，不應再把台灣當作其聯中制俄世界戰略之籌碼」，「應該早日重新調整對台灣的政治外交關係，尊重台灣在國際社會之生存權利」。

台灣分離運動的歷史，是「美國和日本」把「台灣當作」日本附從美國對中國大陸施行反共圍堵「世界戰略之籌碼」的歷史。從五〇年到七〇年末，即自第一次冷戰到「低盪」時代，台灣獨立運動跟著美國的「兩個中國」論、「中台國」論、「一中一台」論載欣載舞的時代，台灣分離派的人們對於台灣去充當那樣一個「國際戰略之籌碼」，是頗以為光榮、得意，甚至是盛氣凌人的。如今，隨著別人的「世界戰略」的改變，民進黨和國民黨一樣感到委曲、哀怨、徬徨，但他們永遠不懂得從落後國家近百年來的歷史中求得這樣的教訓：想要出賣民族以攀附世界豪強、求得自己利益的個人和黨派，是沒有一個會有好的下場的。

事實上，從力斥「中華人民共和國」對台灣主權的主張，到要求美日重新承認和支持國際地位獨立的台灣，不但完全符合美日國際干涉主義者明裡佯稱反對台灣獨立，暗裡對親美親日的台灣「自決」、「獨立」風潮加以具體鼓舞這樣一個兩手策略的利益，尤其符合國府的利益。《決議文》中有很多國民黨想說、又不便說、不好意思說（如台灣主權不屬中共、台灣國際地位獨立、要美日「調整」對台政治與外交關係，等等）的話。而且這一些話又是出自於台灣的在野反對派的中央文書，效果尤佳。尤其是「四個如果」，除了最後那一個「如果」，簡直和國民黨長期以來的利益極相一致。至於民進黨重新揭舉國民黨當年默認的《舊金山和約》和《中日和約》所引申的「台灣地位未定論」，無異否定國府在台灣的統治法統，且有進一步取而代之之心，國民黨也不能不在近日不憚於指出「台灣地位未定論」背後的霸權陰謀和法理上的駁論，力言台灣問題為中國內政問題，也終於嚐到了自種的苦果。

民進黨這次臨全會的《決議文》，再度向世人顯明地呈現它與國民黨之間宛若雙生兒似的類似性。以五〇年代的冷戰邏輯反共，並從這個原點上發展為反華、蔑華的民族歧視主義；「堅守」世界資本主義體系的「自由陣營」；對美日霸權諂媚、爭寵，而不是批判與反抗；政治、社會和經濟思想和制度上的「自由主義」、「自由企業」，和台灣與中國本部間的永久分離……在這些點上，兩黨主張，在根本上毫無二致。兩黨間乍見似乎激烈的鬥爭，基本上不是不同階級和不同意識形態的鬥爭，而是對於台灣政權的獨占之爭。這樣的爭執，尤其在經濟上「自由化」、「國際化」的大政方針下，在蔣家族在國民黨戰後史上的終結後，作為同階級內部的調整、協議比較激烈的形式來理解的話，則一旦其階級內部的大重組、大協約完成，這兩個台灣中產階級和各種獨占資產階級的黨，像戰後的日本自由黨與民主黨一樣，在崛起的不同階級政黨的挑戰下合併為一，是一個嚴肅的可能性而不是一種調侃而已。

一九五〇年，美日帝國主義聯手以美援、海峽的軍事封斷、政治肅清、台灣的「基地國家」化，使台灣在五十年日帝支配後，再次剝離中國民族經濟圈和文化圈。繼之，在四十年附從美國「世界戰略」的冷戰意識形態下，發展由上而下的反民族、非民族構造。四十年來，台灣在世界冷戰構造中的「民族分斷／反共／國家安全／對美日附從」這樣一個總結構下，即連「在野」、「反體制」的文化、政治和知識，基本上是在維護而不是批判這個總結構。殷海光、雷震沒有也不能跳出這個總結構的框框，今天的民進黨和不少自由知識分子，也不曾、不可能跳出這個總結構。

而在冷戰時代的國際反共・防共總封鎖和蘇聯霸權主義的壓迫下，中共過早、過急地要使「社會主義」向「共產主義」過渡，並且以激進主義鎖國，把對外深刻的不信與憤怒，內化而造成中國社會主義嚴重的退行化，並發展成對同志和民眾的歇斯底里的逮捕、酷刑、審判與處決的重大悲劇與浩劫。這個歷史性的悲劇與浩劫，又不幸地被用來在台灣強化政治上的專政和民族分裂主義的推展與宣傳。帝國主義、中共和國民黨，在一定的歷史意義上，都應該為五〇年代以來的台灣民族分離運動和中國分裂的長期化負重大責任。

基於這樣的認識，一九七五年刑餘回來之後，我偶爾以批判和論文的方式，孤單地在戰後台灣滿是五〇年冷戰的餘燼和落塵中踽踽而行。

如今，台灣的言論和政治有醒目的開放。而年輕一代的知識分子和學生，也開始在戰後四十年，第一次得以初步親炙進步的、新的社會科學與人文科學的作品。在這快速的歷史發展中，這十數年來我那欲言又止的、噤抑的、恐懼的、空茫的、知識與用功兩皆不足的語言，只能是一個模糊羸弱的過去的足蹤罷了。

但是，在這個我們民族史上極重要的關鍵時代，應該把美日帝國主義者陰為支撐的台灣分離運動，加以嚴肅的定性與分析，並且充分認識到反對帝國主義與反對台灣朝野的兩種民族分裂主義的思想、政治與歷史的關聯性，加以徹底的批判。

對於海峽兩岸，這是個開放、批判和改革的時代。在台灣，一個新的民族·民主運動的時代即將展開。對台灣戰後史的總的結算，批判美帝國主義支配下台灣「民族分裂／冷戰／國家安全／對美日附從」的體制，以及因這總體制衍生出來的一黨專政主義、民族分裂主義和買辦附庸主義，同時並舉具有民族統一運動視野的民主化運動，和具有民主主義的視野的民族和解與國家統一運動。

我以這小書，即《陳映真作品集》第十二、三卷「政論及批判」集的出刊，迎接在台灣的、繼日政時代的反帝·祖國復歸運動和五〇年前後反帝·民族解放運動之後的、反帝·民主化民族統一運動的新時代的到來。

初刊一九八八年五月人間出版社《陳映真作品集11·中國結》、《陳映真作品集12·西川滿與台灣文學》、《陳映真作品集13·美國統治下的台灣》

另載一九八八年五月《五月評論》第一期

總是難於忘懷

「論陳映真卷」自序

畏友尉天驄寫的〈一個作家的迷失與成長〉，也許是評述我的小說的最早的文章。這篇評述，是就我在一九六八年以前所作小說的內容，以存證文件的形式，直訴於當時的軍法處，證明我不可能是一個涉嫌「叛亂」的人。距今足足二十年的當時，為一個因政治原因被拘捕的朋友公開申辯的高度政治和身家破滅的危險性，是今天動輒上街「拉白布條」示威抗議的時代所無從想像的。

而關於我的小說的頭一個評述，是以法的、政治的視角和必要，而不是從純粹的文學評論出現於論壇，回想起來，不免啞然。

一九七二年，在美國的劉紹銘教授寫〈陳映真的小說〉，作為香港小草出版社出的《陳映真選集》一書的導言出現。記得我在火燒島的囚室中讀到當時刊在《中外文學》雜誌的劉紹銘的文章，愕然良久。

一九八八年五月

在一九七五年我出獄之前，這兩位朋友在台灣政治還處在嚴苛荒悚條件下的當時，發表這樣的文章，對於刑餘之人，無論如何，總是難於忘懷的。

一九七五年以後，開始陸陸續續在這裡、那裡看到議論我的小說的論文。由於文章看過之後沒有收集剪存的習慣，這次出版社編輯部花了很大的苦心去收集。但我總覺得還有不少文章不曾收齊，卻又怎麼也記不得誰人在何時於什麼刊物上刊出題為如何如何的評論。出版社的編輯部也因而無法從我這兒得著什麼線索去查索，俾能選編起來。這是我至今覺得對不住早年的一些我所認識及不認識的、熱心的評論家，而耿耿於心的。

校訂這兩卷書，重讀這些被編輯部找到的論文，逐漸覺得所謂論文，在有些地方，作者主觀的情感和立場，對於論文所起的作用，幾乎不亞於其對創作的影響。而技巧之於創作，則譬若邏輯、方法論之於論文。這發現使我這並沒有好的學院訓練，而猶好為評論文章的人，頗為自己汗顏。但這發現也同時讓我吟味了讀論評文章的樂趣。

然而，對於收在這兩卷書中的各篇文章的作者，我要由衷地表示我深切的謝意。尤其是讀到幾位態度十分謹嚴、認真的評論家，把小說讀得那麼仔細，做了那樣深入、精到、周延的分析和論證，我於是也才知道了搞理論、分析、研究和比較的，諸分野的學者和專家，對人類知識和文化的積累及創新與發展，做了多麼重要的貢獻。

在民族分裂時代，「民族分裂時代的文學」和「民族分裂時代的文學理論」，以及「民族分裂時代的文學批評」，在台灣政治與社會全面再整編的當前，都有待深入地、創造地、豐富而潑辣地展開。在超克我民族四十年分斷歷史的前夕，在祖國的民主化·和平統一這一新的民族運動展開的前夕，我將這小書(《陳映真作品集》第十四、十五卷)，連同小集共十五卷，虔誠地獻給為了超克民族四十年分斷的構造而仆倒、而戰鬥、而將起的人們。

初刊一九八八年五月人間出版社《陳映真作品集14·愛情的故事》、《陳映真作品集15·文學的思考者》

〔訪談〕一種憂傷的提醒[1]

雖然我個人深受魯迅的影響，但在三十年代的作家中，沈從文仍是我最喜愛者之一，我甚至十多歲時，就已偷偷地閱讀他的小說了。

沈從文一輩子奮力不懈於文學創作，他的成就足以「偉大」稱之，他的逝世更是中國文壇的莫大損失。雖然自一九四九年起，因為政治上的處境使他無法繼續創作，但他卻能轉入對古代服飾等的研究，並且成績又是那麼輝煌可觀。一位作家活得這麼有尊嚴、這麼從容，的確令人驚異，而死時又如此的不怨天尤人，更是所有從事中國文化工作者的典範。

在這政治囿限逐步開放，海峽兩岸可以來往的時候，我正打算若有機會到大陸，必定前往拜訪沈從文，可是萬萬沒想到，他竟死得如此匆促，驚聞此一突其然來的噩耗，作為一個文學後輩的我，除了在深表哀悼之忱外，同時對其家屬亦遙致慰問之情。

初刊一九八八年五月十二日《中國時報・人間副刊》第十八版

1 一九八八年五月十日，沈從文去世。本篇為陳映真於次日接受電話訪問之內容；訪問整理：路寒袖。

〔訪談〕和陳映真談《人間》雜誌[1]

七〇年代，台灣社會開始加速了工業化的腳步，跨國公司看中台灣廉價勞工的優點，加強在台投資，表面上整個社會雖然瀰漫欣欣向榮的景象，另一方面，傳統與現代，城市與鄉村……意識形態的差異、衝突，不免帶來進退失據的失落感。

陳映真小說「華盛頓大樓」系列，反映的正是那時代的剖面圖，他不只寫出洋公司上班高級主管的洋買辦嘴臉，也寫活了在都市討生活小人物的悲哀。

事隔多年，陳映真再度以《人間》雜誌，傳達了他對這個社會的關懷以及批判。編雜誌雖然不像創作，能夠充分傳達個人理念，但結合更多人的力量，能夠在較短時間內，做更客觀、更全面性的報導、觀照。

像《人間》這樣素樸、嚴肅的雜誌，能在「商業掛帥」、「消費取向」的雜誌市場屹然生存，不能不視為文化界的一項奇蹟。以下是陳映真接受記者採訪的實錄。

透過弱小者的眼睛看待我們的生活、自然以及生命

問：能否談談你從寫小說到編雜誌的轉折？

答：個人自小在鄉村長大，那時代沒有別的引誘，加上自己對文字比較敏感，所以開始嘗試寫作。後來發現好多人和文化無緣，局促在社會偏遠的角落，沒有人為他們說話，於是選擇了弱小者立場作為編雜誌的路線，透過弱小者的眼睛，看待我們的生活、自然以及生命、人。

不以青春、貌美、健康、消費生活作為報導對象

問：在一個雜誌全面官能化、消遣化的時代，《人間》所要傳達的，是什麼樣的信息？

答：父親這一代辦雜誌是為了有話要說，帶有強烈的個人理念，如早期的同人刊物，不但沒有利潤可言，有時還要自掏腰包補貼，卻樂此不疲。現在辦雜誌已經不是純粹要對讀者講什麼或傳達觀念，以少女雜誌為例，也許事先經過民意調查，認為少女雜誌有三億元的市場開發潛力，於是針對這三億元的消費潛力來做雜誌，其他為數不少的財經雜誌也是消費掛帥，與其說是對財經問題有話要說，不如說是為了分占市場，享有廣告預算。

一般的雜誌都是為年輕貌美、經濟富裕、生活在幸福當中的人所辦的雜誌，傳遞的是消費觀念，教導他們怎樣挑選名牌，怎樣對待你的妻子或丈夫，由於內容迎合廣告廠商想要訴求的階層和對象，所以比較容易爭取到廣告；另外雜誌的發行量要大，也是廠商願意提供廣告經費的要素，於是題材內容愈來愈通俗，文化性、思想性品質降低，一窩蜂暴力色情取勝。

二、三十年來的錯誤再做反省，重新檢討記帳方式

《人間》不以青春、貌美、健康、消費生活作為報導的對象，因為幸福的人不缺乏媒體為他們說話。《人間》除了通過弱小者眼睛，看待我們的生活，同時也主張到台灣各偏遠地區重新學習，將那些人所散發出來的生命力量和尊嚴散播給讀者，至少每個記者在採訪過程都受到感動。另外《人間》還有一個和一般雜誌不同的特點是，對二、三十年來的錯誤發展做一個反省。

問：什麼樣的反省？

答：這牽涉到記帳的方式。我們的社會賺那麼多錢，表面上是一個安和樂利的社會，但如用會計師審核帳本的專業眼光再審視，會發現有幾筆帳沒算進去。例如原本清澈的河川，如今被汙染了，原本茂密豐盛的林相被破壞得面目全非，連世界稀有的植物紅檜也瀕臨絕滅的命

運，更遑論對古蹟的野蠻掠奪，如卑南文化遺址、圓山貝塚都被破壞得面目全非；另外更重要的一點是人心的被汙染，對別人的冷漠，對文化的破壞，只要我們換算，都可以用錢算出來。

問：剛才談到記者到各地區去採訪，遇到許多令人感動的故事，能否舉例說明？

答：《人間》雜誌在採訪現場經常體驗著叫人覺得生命有尊嚴和有希望的故事。

一個女記者在採訪過雛妓以後，回來一言不發背對牆壁掉眼淚，認為聽了那麼多悲慘故事，覺得自己太不懂事，她實在無法想像有人承受了莫大的苦難，竟然還有生存下來的勇氣。她表示：「對方大可以摔茶杯罵我，憑什麼比她幸福，她卻把心裡最深的傷痛告訴我。」她除了為自己過去的幼稚而慚愧外，並覺得工作有意義。

創刊號也談到一個老兵，娶了一個山胞為妻，妻子年輕不懂事，常離家出走，他卻毫無怨尤的負起了照顧孩子的責任，更難得的是，妻子回家時並沒有絲毫的怨懟，而以父親的心情包容她、接納她。這些故事所報導，都是一些飽經生活磨難的小人物，但他們卻依然擁有溫暖的心和勇於面對生活的雍容態度，並表現出最原初的善良。

問：《人間》是一份文字和照片並重的報導刊物，請問您對照片的取材，採取什麼樣的編輯角度？

答：一九八三年應愛荷華作家工作坊之邀前往美國，首度接觸到記錄攝影，和台灣所認識的，以時裝、美女商品為主的沙龍攝影有很大的差別。（抬頭看到牆上掛著兩張黑白照片，除了忠實記錄下現場所發生的事件外，另外還呈現深刻的內涵，耐人思索尋味，不禁意會到每年普立茲文學獎的報導攝影所以會成為備受矚目熱門獎項，所正視的正是這種強而有力的傳達功能。）

由於個人對台灣本土文化有很深切的關懷，雖然有很多問題想要當面請教，但電話中言明訪談的內容，以編雜誌想要傳達的理念作主題，所以只好意猶未盡的結束了這次的訪談。回家後，很認真的把手上的幾期《人間》雜誌再看一遍，除了佩服陳先生想要為報導文學樹立典範的努力外，更迫切想要知道的是，記者除了把問題揭發出來，在知識上有沒有很深入，專業內容是否有為讀者提出合理的解釋，並以這樣的期許，寄望《人間》更上一層樓。

初刊一九八八年五月十五日《自立晚報》第六版

1 徐淑真專訪。

#《人間》雜誌三十二期‧發行人的話

本期《人間》正在截稿的時候，台北爆發了「五二〇」流血示威事件。

從忍從、勤勞、「安分」的農民，發展到先是對市場關係敏感而較富有現代性格的經濟作物農民上街示威，再發展到零細稻米農民的上街遊行，急迫而生動地說明了戰後台灣農業和農民中存在的不能忽視的矛盾。戰後在亞洲罕見「成功」的台灣土地改革積極的效能，隨著台灣在世界資本主義工業和農業分工中確定的關係下發展，而呈現了無法再捂蓋的矛盾。這些問題和矛盾，在四月下旬農民上街後就有不少學者和專家發表許多不同的意見。但總的看來，政府相關部門至今尚未見有比較結構性的、具體的反省和改革的動向。「五二〇」事件的焦點，應該是在「農民不願意再忍耐下去」這樣一個警號，而不是其他。對於這次事件的「陰謀論」和其他政治指責，是有意無意對台灣既存嚴重的農業和農民問題的不負責任的規避。

其次，有不少言論指出「非農民」和政治派系的介入。持平而論，在台灣農民還沒有自己的政黨之前，農民和政界的結合，毋寧是正常自然之事。四十年來，台灣的水利會、農會這些組織，不也是掌握在「非農民」的執政黨地方士紳、政客的手中嗎？問題在於，領導和組織運動、示威遊行的政治組織和個人，應該嚴肅認真地尊敬農民群眾的主體性和他們真實的利益，在行動中負起嚴格的、政治的、道德的、社會的責任。運動的目標、訴求、力量評估、行動計畫、應變設計……都應該受到運動指導部在「以農民利益而不是政團、個人最大的利益為依歸」的信念和認識之下，事先做完整的規畫主導整個運動。然而，就我在現場所見，這次遊行的指導部完全沒有指揮、應變的能力，相關的政團領袖，在危急關頭，也沒有表現出保護農民、犧牲、負責的態度和行動，從而招來惡用民眾、犧牲民眾的批評。

最後，在事件的末尾，警察「驅散」民眾時，我見證了令人震驚的警察暴力。對於基本上是旁觀、看熱鬧，基本上沒有對抗意識的民眾的追打，應該受到輿論和法律的制裁。立法委員朱高正所遭受的不可置信的警察暴力，凶殘冷血的毆打，有現場民眾、照片和記者的見證為證。我眼見年輕、狂慢的迅雷小組人員，以追逐、毆打看熱鬧民眾為樂趣、為威武的情況，感到十分痛心。民眾方面的暴力，固然可以依法公正處置，但如果置警察的暴力不論，而專責民眾脫序的暴力，絕對難服人心！政府應該嚴肅、認真、公平地追究警察對無辜民眾施暴的責任，並堅定阻止和杜絕在今後事件中乘隙爆發的警察暴力，否則政府的大力民主化改革會受到一定的腐蝕作用，殊為可惜。

這一期《人間》雜誌，我們用很大的心力初步報導了台灣兒童虐待（child abuse）。由於兒童人權觀念低落、兒童福利法的落伍和不完備，兒童虐待的告發、處罰、強制、輔導和復健措施根本上不存在，社會工作基本上無法展開，政府和兒童福利觀念、機關和人員荒廢，預算極為偏低條件下，台灣每年估計有二十萬個兒童在成人之家庭肉體虐待、情緒性虐待、社會性虐待和性的惡待下喘息甚至死亡。由醫院、醫師、社工人員、家扶中心和中華兒童福利會協助下完成的這個報告〈搶救二十萬個被虐待的兒童！〉（頁二四〇）是這一期的焦點內容，敬請讀者注意。

賴春標的〈呼之欲出，官商勾結盜林大慘案〉（頁七四），是他系列森林現場報告中的一個高潮。在調查單位調查丹大八林班大盜林的現場上，一個長期官商勾結下林政腐敗的惡味飄然紙上。

廖嘉展的桂竹林系列〈最後的童養媳〉（頁九〇），和曾淑美的肺結核肆虐下的秀林鄉系列〈和平村，肺結核陰影下的家族〉（頁一〇六）連續報導，當然也是讀者關心的焦點。

我們感謝每一位讀者對我們的支持與愛護。你們的支持，正是《人間》每一位同仁力量與現場行動的泉源。

初刊一九八八年六月《人間》第三十二期

民眾和生活現場的文學

黃皙暎、黃春明與陳映真對談[1]

韓國在六〇年代，不惜以軍事獨裁、龐大國債和苛烈的剝削追求「現代化」所造成的矛盾，在七〇年代爆發了女工悲壯的反抗，震動了韓國的學生、教會和文學家。民眾文化運動、民眾文學運動、學生運動和工人運動，掀起了滔天的波瀾，經過八〇年「光州革命」血的洗禮，運動向著反帝、民主和自主統一的方向，展開雄偉斑斕的創作運動……

黃皙暎生平・寫作年表

一九四三年

一月十四日滿洲新京出生，光復後遷居漢城。

一九六二年

景福高校在學中，短篇〈立石附近〉入選第四回思想界新人文學賞。

一九七〇年

《朝鮮日報》，新春文藝，小說部門大賞，短篇〈塔〉入選。

東國大學哲學系畢業。

一九七一年

中篇〈客地〉發表於《創作與批評》，震撼文壇，奠定作家地位。

一九七二年

力作中篇〈韓氏年代記〉發表於《創作與批評》，短篇〈寫給弟弟〉（《新東亞》）、〈保險套的故事〉（《文學與知性》）。

一九七三年

短篇〈晚霞〉（《月刊中央》）、〈好夢〉（《世代》）、〈森浦之路〉（《新東亞》）、〈北邙之路〉（《漢城評論》）、〈纖纖玉手〉（《韓國文學》）。

一九七四年

發行創作集《客地》（《創作與批評》），及短篇〈壯士之夢〉（《文學思想》）。

一九七五年

開始於《韓國日報》發表長篇《張吉山》。

一九七六年
開始連載《武器的陰地》。
一九八五年
中國大陸出版《張吉山》。
一九八六年
日本岩波出版《客地》。
一九八七年
韓國《中央日報》開始連載《白頭山》。
一九八八年三月
台灣光復書局出版《黃晳暎作品選》，收入〈纖纖玉手〉、〈森浦之路〉、〈韓氏年代記〉、〈客地〉等四篇作品。
一九八八年五月
日本岩波出版《武器的陰地》。
日本影書房出版《張吉山》。

黃春明（以下簡稱「黃」）：在台灣，因為作家一般地需要花費大部分的時間在生活養家上，一般地不能成為專業性、職業性作家，所以無法持續地寫，也無法寫出大的、重要的作品。

這些雖然都是事實，但我以為無論如何，台灣作家應該負起自己的責任，不能把責任全推給自己以外的因素。近二十年來，台灣社會的經濟有巨大的發展，生活一般地改善很多。不少作家把自己寶貴的創意和時間劃給了企業，自己的生活也豐富、甜美化。我就感覺到我自己的墮落。台灣作家要面對社會的矛盾和鬥爭，但他卻必須同時面對自己內在的矛盾和鬥爭。我有兩個敵人，一個在外面，但另外一個敵人卻是我自己。這幾天聽黃皙暎先生講話，又一次感到對於自己的不安……

黃皙暎（以下簡稱「暎」）：在韓國當代小說家中，我算是極少數的「幸運者」之一。實際上，我知道韓國還有很多年輕、有才華、有思想的新作家，但是他們生活艱難，還沒有得到媒體、雜誌的肯定與接納，所以無法像我一樣安心創作，寫出來的東西有人要，收入可以支持他按照他自己的方式生活。

但我知道他們改寫戰鬥性、批判性的雜文。這樣的文章有出路，容易換成稿費生活，卻同時在改造性和戰鬥性上，影響比小說更大、更快。這樣，既可以一時解決問題，卻比把時間和才能貢獻給企業……還要有意思得多。

在目前，韓國三十個職業作家。我算是這三十個人當中處境最好、最幸運的一個，想起來不免惶恐。不是我才華過人，而是，人民還喜歡我，他們支持我和我的作品。

陳映真（以下簡稱「陳」）：韓國當前著名的評論家白樂晴（Ping Lakkchong）曾說，七〇年代末到八〇年代，韓國大河式長篇小說和敘事詩勃興，是因為作家和詩人在二十年的運動和鬥爭中，豐富和擴大了自己的感受、視野、感情和思想，一方面民眾也在二十年的運動和鬥爭中，渴切地盼望從更深刻宏大的文學作品中求取翻騰在他內心的諸問題的解答。要有能夠支持和愛護黃皙暎先生的百萬讀者，其實就不容易。那代表著韓國人民和作者在運動和鬥爭中的壯大。

黃：在我們台灣，還有一個把反體制的東西商品化的問題。反對和批評的雜文、報導……成為市場的商品，受到資本主義商品市場諸規律的支配。有一段不短的時期，台灣反對運動的聽眾，大半是顛躓、不平的城市貧民，也許因此和小說、文學扯不上關係吧……

民眾文學，在艱苦的鬥爭中崛起

暎：七〇年代韓國「民眾文學」的展開，有這樣的背景。

朴正熙軍事政府，為了強力推行它的特權，獨占資本主義，遂行韓國戰後產業資本主義現代化改造，在政治上推行苛烈的彈壓政策。「民眾文學」在這背景中，帶著強烈的抵抗意識崛起。但文學刊物紛紛被停刊，作家和詩人被捕、逃亡；文藝雜誌地下化，作品被沒收、被禁止刊行；連載中的小說被腰斬，出版的小說集被開「天窗」……在這樣的鬥爭中，民眾文學的作品在全韓流行起來，尤其是全韓大學院校一、二年級生必讀的書。

一九八〇年五月光州事件勃發。年輕的文學人口開始轉而閱讀前進的社會科學，研究韓國的歷史及社會發展。讀者的覺悟和意識超越了文學家。文學家和他們的作品，一時掉在時代的激盪的腳步之後。一直到前幾年，讀者再度要求作家寫出更深刻、更磅礴的作品，來滿足在改革浪潮中對於韓國的人、生命和人生的更為深刻的理解。一九八六年末、一九八七年開始的文學復興，便是在這樣的背景下展開。

事實上，韓國抵抗的現實主義的作家的創作生活，一貫是艱苦的。以我來說，有兩萬本書被當局沒收過，出的書被迫缺頁，投出去的小說被退稿，最後我把稿子寄到從事民主化運動的天主教組織的刊物，也因政治形勢太惡劣，無法刊出。那時候我結了婚，有了嬰兒，生活負擔沉重，連嬰兒的奶粉錢都沒有著落。我萬念俱灰，出去喝酒爛醉，把原稿撕毀丟到馬桶裡，賭咒今生今世再也不搞寫作。這時，適時來了我的一個朋友，一個同志，耐心地從舊式馬桶中撈起我的原稿烘乾，用膠帶重新黏貼好……我醉坐一邊，卻心中百般翻騰，落淚哽咽，無法自抑。

一九七四年，朴正熙當局對文學、思想、言論的鎮壓達到了高峰。作家被捕、被拷問、判刑的案件層出不窮。韓國作家如白樂晴、高銀、金芝河和我組成了「自由實踐文人協議會」（編按：依中文文法，應該為「為了實踐自由的作家、知識人協議會」），公開向政府抗議壓制文學藝術與思想表現的自由，從而被捕、判刑者，不乏其人。

我在一九七〇年到一九七七年這一段時期，自發、自願地到韓國典型的、貧困的工業社區「九老工業區」下放蹲點，協助工人搞工會組織。一九七六年，我和別的一些作家、文人自我下放到全羅南道的南海地區。我們挑這個地方，是因為這兒有八〇%的佃農人口，生活、階級關係都很艱苦。我們在那兒搞農民教育運動，發展農會。一九七八年，我跑到光州市搞了一個「民眾文化研究班」，白天搞運動、組織、教育和勞動，晚上寫長篇《張吉山》，心力交瘁，常常因為疲乏、政治壓迫而中斷寫作。

一九八〇年的光州事件中，我們民眾文化會館中的很多戰友在事件中被殺、被捕，折損近半。

我說這些，旨在說明：在韓國，像我這一類的作家，是在長年的運動和鬥爭中鍛鍊成長的。生活實踐、教育和鬥爭，豐富了我們的創作；而我們的作品，也受到在實踐歷史中不斷意識化的、廣泛讀者的支持。而讀者，在無限激動的歷史中，不斷要求著作家更為純粹地投向使祖國新生的各種運動和實踐。韓國戰後的民眾／民族文學和文學家，便是這樣地在立體的實踐運動中成長、壯大和成熟化的。

霸權陰影下越戰文學的開展

陳：在一九六〇年代末，韓國軍隊以「聯合國」軍隊的名義，組織自願兵，派往越南打越共。這樣的在霸權支配下亞洲人打亞洲人的戰爭，到了七〇年代後，產生了反省韓國的越戰參戰的紀錄和文學。黃晳暎先生不久要在日本公刊的《武器的陰影》也是這「越戰文學」的系譜。根據資料，似乎還有安正孝（An Jonghio）的《戰爭與都市》，朴慶錫（Park Kiongsokk）的《那一天》。能不能請您略加說明？

暎：安正孝是派赴越南戰場的韓國記者，所以他的作品一般地是新聞報告或報導文學。朴慶錫的作品，傾向於小資產階級的人道主義。我以為都是值得注意的作品，但也都有哲學上的局限性吧。

我寫越戰，比較上是想以亞洲人的立場來對越戰體驗加以反省。越戰，是越南人民內部事務。美國干涉他國內政，為了維持和增強它在亞洲太平洋地帶的反共霸權。我們韓國人當了別人侵略的霸權主義的幫兇。《武器的陰影》是以半紀錄、半創作的體裁寫成。

一九八〇年光州事件，明顯地提高了韓國學生對於歷史和社會的視野。現在，學生們規定當前韓國社會為「美國的新殖民地」社會。時代不同了呀。在從前，有不少人寫越戰，不管是紀實或創作，一律是冷戰時代的邏輯與觀點。現在的人寫越戰，是「用別人的歌，唱自己的塊壘」。

越南在國際霸權下一分為二，為霸權的利益，兄弟相殘，同族相煎。越戰歷史的反省，觸及戰後韓國國土分割、民族分裂的傷痛。現在我們韓國學生說，不論如何，越南的南北雙方統一起來了。越南民族踩開了走向民族解放的頭一步……

陳：這些作品，是否表現了同為亞洲人，而為霸權鷹犬，去干涉別人的內政，屠殺另一個地區的亞洲兄弟民族……這種悲慘歷史的反省？

暎：當然。

我參加越戰，有被逼而不得已的一面。我三次逃亡來躲避參軍、參戰的召令。直到徵兵令召我為韓國陸戰隊，我在訓練中心被迫強制「志願」參軍打越戰。在訓練中心，有一位耽讀蘇俄文學(專業上研究托爾斯泰)的青年以自殺來解決理想與慘酷現實間形成的矛盾。在《武器的陰影》一書的扉頁上，我把書謹敬地獻給了他。

不論如何，韓國人民即使是被迫如此，對於參加韓戰[2]，殺害別的亞洲民族，幫著別人干涉其他亞洲國家的內部事務，是有罪而可恥的。《武器的陰影》，有我私人謝罪的意義。但我更擴大為亞洲被壓迫民族與民眾永久的團結與友好這樣一種主題。在七〇年代，我就想寫。但嚴厲的「反共法」使我無法暢所欲言而放棄。八〇年代，我們的民主運動有所發展，我終於寫好了《武器的陰影》。

工人文學以及民族、民眾的文學

陳：記得在別的一個場合，我聽您說一場越戰使您整個改變了您的創作理念？

晪：我在高二那一年，就獲得一個相當權威的雜誌頒給我小說「新人獎」。此外，當時也得到過雜誌《思想界》的新人文學獎。後來感情和思想的苦悶，我離家出走，在韓國各地流浪，心緒徬徨。

就在這時，我被迫徵到越南打越戰，在那激烈的火線上，體驗了戰爭中人在生死一瞬的情況下的各種戲劇性遭遇，也逐漸看到民族分斷、同族相殘的過程，領悟到我自己民族遭遇的悲哀。幾乎每天有三次，我在凶猛的戰鬥中躲過猝死。在越南的密林中，我許下誓願，只要有命回來，我一定要把這一段經歷和了悟寫出來。現在，韓國評論家說，黃晳暎是在歷史最反動的現場，覺悟了民族的歷史情境。從戰場上回來以後，我寫了短篇〈塔〉，對韓國社會的現實經驗，做了全新的反省，對於我的越戰體驗，做了反省。

那是一個痛苦的熬煉。從越戰回來，我消沉、頹廢……但我在新的覺悟下破繭而出……

陳：七〇年代末到八〇年代，韓國展開了工人文學，許多工人創作的文學作品出籠。七〇年代，在最嚴酷的政治彈壓下，你們「創作與批評」社，發展了Mook（以書〔book〕的形式出雜誌〔magazine〕）的地下出版運動。最近，金芝河寫《大說》……這些情況，能不能請略加介紹？

暎：七〇年代，韓國工人出身的小說家和戲劇家不少。許多地下文學刊物展開「民眾自傳系列」，是勞動者對勞動現場的生活的日記、紀實和散文。其中著名的一位，筆名為朴勞解（Park Nohe），高中畢業，車床工人，今年還不到三十歲，他到處流浪過，在城市貧民中生活過。他的作品有生動的勞動現場的描述，並且表現了一般堅定的工人階級意識。目前，評論界對他有這兩種看法：（一）朴勞解學習過創作，他的詩已不是素樸的工人生活感情，而有文學意義；（二）是他長期的現場生活，使他成為魄力萬鈞的詩人。

我覺得，朴勞解已經覺悟了自己的人生，與別的工人作家有所不同，也與從社會科學出發寫出來的勞動者文學，有所不同。他缺少韓國傳統美文的根柢。如果詩中有韓國傳統民眾文學的格律和農村的情感，他的有些詩就不會顯得乾澀，而會更加豐盈潤澤。我期待今後韓國有更多工人詩人和文學家出現。

其次，再來談一談Mook運動。

七〇年代，民眾文學運動勃興，引起當局嚴苛的鎮壓，作家被捕、被監視，有影響力的文學刊物悉被查禁，因此以Mook的形式，地下出刊，以游擊的方式出版刊行。

七〇年代，韓國文壇展開很多論戰。Mook運動展開，提出了「民眾／民族文學」的口號，主張：（一）民眾和民族敘述方式的探索與創作，批判西方白人中心的小說、詩歌、戲劇等敘述方式（文學表現方式）；（二）文學就是政治的宣傳，文學在運動中負起宣傳媒介的作用。

八〇年代，人們正在批判地整理Mook運動的經驗。目前，工人文化運動正在展開。我們專為工人出版的雜誌全韓國有六百多種，工人中的讀書運動很活潑，韓國現在有兩千多家出版社，工人在多樣化的出版品中吸收各種知識。我有理由相信，假我五年十年，韓國會出現真正偉大的工人文學和文學家。

關於長河小說的發展，正如陳映真先生所理解，是主觀上作家在奔放的民眾運動中打開了視角，開闊了創作題材，激發了創作欲念，客觀上，在運動中不斷意識化的讀者，要求作者寫出磅礴浩瀚的作品。

在七〇年代嚴厲的政治下，我以將近十年的時光，寫了長篇《張吉山》共計八冊。借古諷今吧。張吉山是民眾歷史中的俠盜義賊英雄。後來它被用連環圖、版畫的方式，廣泛地流傳到勞動民眾之中。

金芝河寫《大說》，題為「南」（編按：南韓之意）。長期的監禁、拷問，多次從死刑場上被國際聲援拯救回來，他經歷了複雜的內心鬥爭。他以大文學家、大思想家、歷史家、宗教家自許，寫的主題浩大無邊，有人批評大則大矣，偏於抽象，太過超越當前政治與生活的現實。後輩的我，不敢妄評。但私下希望金芝河先生能回復他往時與韓國民眾之間貼切的共鳴……

對於工人運動和工人文學，我得再做一點補充。

七〇年代韓國的工運，主要是加工出口的中小企業女工為主體。她們的抗爭很具悲劇性。自殺、坐牢、拷問、性凌遲是她們悲慘而令人忿怒的遭遇。

到了八〇年代，工人運動已經生活化。第二代產業工人登場，成熟為今日工人運動的主體力量。「大宇」、「現代」系譜下大產業罷工，全是男性工人。占韓國人口近七〇％的工農民眾，是我們韓國民主化統一運動的主體勢力。

你問到學生出身的工人在運動中的作用。形式上看，是有幾個著名的「學生工人」（編按：大學生退學、休學潛入工廠當工人），是八〇年代工人運動的主導力量之一，但實際上，他們只扮演輔導和保衛工人運動的角色。今天韓國工運的主體，不折不扣，是韓國的工人階級。

工人文學的發展，逐漸要求藝術表現上的鍛鍊。控訴、揭發、哭訴，只能是初階段。將來也應該寫資本家，寫工人階級自己的矛盾面，如實反映民眾內部矛盾。民眾的反民眾性也要寫呀，這才是真實表現民眾生活的文學。目前，韓國有三個指導和培養工人作家的組織，我是其中一個組織的輔導。

教會成為民主化統一運動的絆腳石

黃：韓國工人的識字率、文化水平那麼好嗎？

暎：韓國話是拼音文字，容易學，學好了就可以寫東西，讀東西。

黃：（驚悟）噢！拼音文字是民眾掌握文化的利器！對的！你們韓語也是拼音文字。為了運動，讀字也可以拼音化……

陳：最後，請教你關於韓國教會與民眾運動的關聯。去年六月，我趕上「六一〇」運動。我訪問了韓國天主教會的幾位神父，印象殊深。在明洞聖堂，我親身體驗兩萬教徒在聖堂內外恭聆全壽煥主教的講道，然後每人點著一根蠟燭，高唱「我心中最深的祈望，是祖國的統一」，流向軍警戒備森嚴的、夜央的漢城……我流淚了，那時刻。

暎：一直到七〇年代，韓國基督教會一直是韓國民主化統一運動的絆腳石，因為它們一般地有這三個性質：(一)中產階級的代言者；(二)希望永久保持南北對立及分離；(三)親附美國，支持美軍及基地在韓長駐……

陳：這種意識形態，和台灣各教會無異，即使「參與」比較多的台灣長老教會，和你們所舉的三大性格完全符合。

暎：當然，七〇年代，進步的神職人員是有的，但人數、影響不大。有不少神父、神甫、司鐸、牧師和傳道人被捕入獄。著名的徐南同牧師因拷問、長期監禁，出獄後不久死了。全壽煥主教和天主教「和平與進步委員會」在七〇年代就有工作。

後來，學生、作家、文化人在運動中連續遭到迫害、拷問、監禁甚至處死，驚動了教會。年輕的神學生和大學的學生對話，教會開始重新面對韓國的民眾和民族的歷史。他們重新看待耶穌基督，理解到民眾解放者的耶穌。

安炳茂牧師、文益煥牧師和朴亨奎牧師，是今天韓國民眾神學的重要主導者之一。一九七〇年代，在外國教會的物質支持下，韓國天主教會展開了一系列工業傳道和勞工服務的計畫。許多民主運動，尤其是光州事件後，教會成為韓國民眾運動的朋友和支援。但教會堅定尊重一切運動中民眾和工人的主體性，不越俎代庖。他們支持韓國的民主統一運動，卻絲毫沒有鬆動自己的信仰。他們從來沒有要使教會做運動的主人。這是我們十分尊敬他們的理由之一。

台灣教會的情況，我不理解。但只要他們有真的信仰，真的生命，他們會從中產階級的執念中，打碎自己，像耶穌一樣，走向廣泛的、勤勞的民眾的。

陳：由於經過一道翻譯，時間拖長了。我和春明兄都十分感激你這一番極為啟發和豐富的談話。我特別謝謝陳寧寧老師的語譯。陳老師不但翻譯了黃晳暎英先生的小說，還安排黃先生來到台灣。謝謝你，黃晳暎先生；謝謝你，陳寧寧老師。

初刊一九八八年六月《人間》第三十二期

1　本篇為「黃皙瑛．韓國民眾文學」專題之一。對談語譯：陳寧寧；撰文：陳映真；攝影：蔡明德。

2　原文如此，疑應為「越戰」。

《人間》雜誌三十三期・發行人的話

六月號《人間》雜誌刊出「台灣地區兒童虐待」(child abuse)的初步報告，引起兒童福利方面的學者、兒童心理專業醫師和社會工作者極度的關切。《人間》雜誌並在六月十八日進一步邀請宋維村醫師、周震歐教授、蔡德輝教授、鄭瑞隆先生、戴浙教授、白秀雄局長、許水鳳小姐等舉行了一次有關「台灣地區兒童虐待問題」的座談會。這個座談會有這些結論：台灣地區因兒童虐待概念不普遍，缺乏相關法律，完全缺乏兒童虐待案件之發現、舉發、鑑定、保護和復健結構，再加上中國過去傳統視兒童為父母及一家私產的觀念，社會工作的工作性質及地位未受社會肯定及接納等問題，可以推知兒童虐待問題極度嚴重。周震歐教授說，「對兒童虐待問題無知和漠視情況下，談兒童福利，全屬空言。」在蔡德輝教授指導下從事台灣兒童虐待問題研究的鄭瑞隆先生指出，販賣兒童人口為娼即雛妓問題，拐誘兒童行乞、賣東西、行竊，對兒童照料疏忽使兒童挨餓、陷入危險致死、衣衫衛生惡化……使兒童在成人不良性風習中受到影響、毆打、詈罵、亂倫等，是台灣兒童虐待的主要因素，情況嚴重。

美國眾議員George Miller所領導的研究指出，從一九八一年到一九八五年間，美國被虐待兒童的比率激增五四．九%。一九八三年至一九八五年，美國兒童虐待的遽增率是五七．四%。這項研究報告推斷，在美國，每年受到各種形式的虐待的兒童人數在二百萬人上下，比其他研究報告所估計的一百萬人上下增加了一倍。如果以二百萬人來算，是美國人口二億人中的百分之一。

一般認為美國是兒童天堂，兒童福利、人權法案制度比較完善，尤其對反對與防止兒童虐待的法律、告發、鑑定、處置、復建制度行之有年，體制完備的社會，兒童被虐比率不但高，而且逐年增加。因此，如果我們也以人口一%來估算台灣兒童被虐人數，實際上是一個極為明顯的過低估算。但是，台灣到目前為止，我們的政府、大學、民間團體，都幾乎沒有這方面的研究與調查，所以沒有比較具體的數據可查。

即使對明顯不過的台灣雛妓問題，官方和民間的研究、調查和統計資料也很少，質量也不好。但人們不能因此否認台灣沒有雛妓問題的存在。

但台灣省政府主席邱創煥在答覆陳昭郎議員根據《人間》報導及上述座談會專家學者對在台灣兒童虐待問題的發言所提出的質詢時，居然說台灣每年兒童虐待估計有二十萬之說「事實上並無其事」！

六月二十日，本刊編輯部接到省府社會處林姓股長來電，言談間該股長對兒童虐待問題毫無認識。我們建議他另電徵詢周震歐教授、宋維村教授和蔡德輝教授等專家學者。事後，我們知道該股長沒有另詢專家，逕自向邱主席說我們是「根據美國學理」，以「可能有百分之五」來推測出台灣二十萬被虐兒童！簡單的算術可以告訴我們台灣人口的百分之五是一百萬而不是二十萬。此外邱主席答覆內容對本刊的指責沒有一句是我們說過的話。

邱主席和他的幕僚對「兒童虐待」所表現的驚人無知、傲慢，只不過更加證實了台灣兒童虐待的嚴重性。近年來的社會與歷史，早已證明了政府和官僚對社會的認識遠遠落在社會生活之後。就像我們對台灣森林盜伐問題鍥而不捨地追究一樣，《人間》同仁也決心為反對富裕台灣的野蠻之一——「兒童虐待」而堅持、奮鬥到底！

初刊一九八八年七月《人間》第三十三期

洩忿的口香糖

成功、有創意、難忘的電視廣告，創造、操縱和管理著你我對各種商品無盡的欲求，塑造出一個史上空前的崇拜商品、幸福、舒適和消費的社會。即使以「叛逆」、「反抗」、「批評」的面貌出現，成為市井話題的某外國口香糖電視系列廣告，其實是使充滿了疏離、挫折、忿怒的現代人，妥協、馴服、體制化的聰明、有創意的「洩忿玩具」……

一九六〇年代中葉，電視開始進入台灣的日常生活。隨著台灣經濟的飛躍發展，商品廣告，尤其是電視上的商品廣告，總額從一九六七年的新台幣十一億一千二百萬元，增加到一九八七年的新台幣七十九億七千七百萬元。在目前，電視廣告被廠商認為是在台灣市場上最有效益的廣告媒體。多少年來，電視機電視節目和電視廣告，已經成為我們生活上的某種「制度」了。

但是，對於這個已經和我們的消費生活同時「制度化」了的電視廣告，卻不時因為它的品質粗劣，因為在螢光幕上出現的頻率過高，而引起市民和知識分子的反感。已經有好幾次，有人在報紙上和雜誌上呼籲對電視廣告品質和出現頻率的控制。但是，資本和市場的力量和規律，似乎永遠大於輿論，大於法律規章，不，甚至也大於那些望之儼然的政治教條，而對絕大多數粗惡、擾人的廣告，無計可施。

「我有話要講」

但是最近二年來，螢光幕上連續出現了一系列某一個外國廠牌的口香糖廣告，因為它獨特的「主題」、戲劇效果和流暢引人的表現，引起相當廣泛的注目。例如這樣一個三十秒廣告新片：

黑暗。劃亮的火柴照出一個高中男生煩悶的臉。少年：「我有話要講。」場外聲（父親）：「別講了！你的成績單呢？」場外聲（母親）：「考上了再講吧！」少年用手揪自己燙過的流行頭髮。場外聲（教官或訓導）：「你的頭髮是怎麼回事？」牆上，美國少女歌星費比的poster，一頭流行的美髮。少年：「我有話……」電話鈴突作。場外聲（在電話，女孩的聲音）：「要不要出來，都到齊了。」一陣雜沓的市聲，ＩＣＲＴ廣播節目聲……。少年悶吼：「算了，來一顆×××（口香糖商品名）吧！」口香糖包裝。字幕：「愛他就請聽他說」。

一個忿然甩掉設計企畫案的設計經理怒吼：「我不幹了！」

他帶著無眉無目的面具，衝出了自己的辦公室。傳統和生活的拘絆、社會的嘲笑，在他的心中沸騰。驀然，他與也帶著面具的上司相遇：「你上哪兒去？」「我……只是想去買包×××！」他說。場外聲：「生活不一定要永遠妥協」……

像這樣的「腳本」，與一般其他口香糖的廣告採取了完全不同的手法。某一美國老品牌的口香糖，強調薄荷香味可以遮口臭和菸臭，使你更受歡迎，或者唆使少年在心情懊惱的時候（沒搭上公車）來一片。一些過去的其他廠牌口香糖，都以熱門音樂、disco男女、嚼口香糖的嘴唇大特寫、旋轉跳動的鏡頭來表現。一般而論，都從愛情、青春氣息、幸福、快樂、活潑……這些影像和氣氛來誘導對於商品的認同。

這是頭一次，在口香糖和一切商品廣告中，出現了青少年對無法溝通的成人「典範社會」的「反抗」，對聯考體制下僵化的教育系統的「批評」；也是頭一次，上班受薪階級的人與工作的乖離、工作的單調化、勞動之創作主體性的喪失……這些自覺或不自覺的、隱秘或明白的忿怒、屈辱、怯懦、反感與妥協成為商品廣告的「劇情」。是這樣一個普遍卻受到抑壓現代人的傷害、怨嗚、羞恥、自鄙、反抗與妥協的「議題」，加上明確、流利、動人的攝製、剪接，使這個新品牌的口香糖迅速獲得青少年、上班族的認同，在口香糖市場上直逼另一家美國老品牌在台灣的市場近乎獨占性的占有率，並且成為廣告界、廣告學者和市民的話題。

欲望的製造和管理

這一系列成為話題的電視廣告，是由一群年輕人組成、才成立一年許的「意識形態廣告有限公司」所企畫出來的作品。這家廣告公司的負責人，今年三十四歲的鄭松茂說：「只要生活和社會上存在著這種挫折、忿怒、隱忍、妥協與反抗，像『我有話要講』、『我不幹了！』這一類型的廣告，就可以一直拍下去。」

這一點我就不能確定了。在這新品牌的口香糖系列電視廣告中，差不多一切的忿怒、「反抗」和批判都在結尾以幾乎令人發噱的「來一粒×××」，在某種「反高潮」的戲劇手段中妥協了。市民在這種現實中具體存在的妥協與懦弱中，獲得一種自我調侃的效果。但有誰能相信這種自我調侃，能以不同的「故事」或劇情，永遠拍下去而不令人疲倦呢？「廣告的目的在創造銷售。」鄭松茂說，「但一個有創意、嚴肅製作的廣告，可以有它的『副作用』。」而當他說「副作用」，他和寫了這一系列「故事大綱」的許舜英小姐，毋寧是以積極、正面的意義來理解的。「這一系列的廣告片受到廣泛的議論，因為我們使人反省、思考自己的生活……」她認真地說。

說「廣告的目的在創造銷售」，當然是不錯的。但是要說得更細緻些，則廣告的目的，在創造人對於某種特定品牌商品的「偏好」性之需求，促成即刻購買的行動。

工業革命以後，連續不斷的科學與技術的發展，使人類的生產力有空前巨大的發展。大量生產的登場，在現實上生產出遠遠超過人的內在、自然需要的貨品。而這些如高山大海的貨品，在快速的生產和分配行程中，要求迅速地在市場上賣出去，以便換成現金形式的利潤，然後繼續投資，以擴大再生產。日本的社會學家犬田充說道：「超出人類自然需要的商品，有待一種超出人的內在的、自然的欲求去消費。」於是，人類欲求與需要的「創造」與「管理」，成為現代生活與社會的一種嶄新的體制。

現代資本主義企業經營專家彼德·杜拉卡說：「『創造顧客』是現代企業活動的核心機能。」透過企業有意識的組織與活動，去主觀、積極地「開發」和「操縱」人對於商品的欲求，恰恰就是今天「行銷」(marketing)思想開展的原點。人的消費欲望是可以透過人工加以製造和擴大的。在一個「大眾性消費的社會」裡，人的消費行動已不是經由他自主的、內在的、自然的價值與意思，去做自由的選擇的結果，而是企業刻意塑造出它的販賣對象，並在這些對象的心靈上，激發對於企業所要推銷的商品的欲望與偏好，促成人們採取購買以消費的行動。在數量上遠遠超過人類自然需要的商品，便是如此透過企畫的「行銷」行動，創造遠遠超越人的自然需要的欲望，造成相應於大量生產的大量消費（或稱「大眾性消費」）。一個「大眾消費社會」便這樣在人類的歷史上豪奢燦爛地登場。

「批判」的破綻

在這樣一個「新」的社會裡，儉約被豪奢取代，欲望獲得徹底的解放；享樂主義和官能主義不再是必須加以制約的羞恥，而是炫人的成就象徵。人生成了對於無窮無盡的商品、貨物的飢餓與滿足的循環。以各種可能的方式去獲得現金，再用現金去換取目迷五色的商品，成了一種生活的制度，生命失去了明確的意義。原是人所設立的商品消費的宗教，終於回過頭來宰制人類。平庸、對「幸福」的迷醉、妥協，喪失了忿怒、抵抗、感動和愛的能力……成了現代「消費人」的基本性格。如果大眾消費社會是現代人建造的榮耀輝煌的廟堂，廣告恰是這廟堂的擎天支柱；如果大眾消費社會是新的宗教，廣告便是這宗教的祭司了。

因此，商品廣告，是現代社會的體制本身，或者至少也是這體制的一部分。「我有話要講」、「我不幹了！」這些乍見之下頗富「批判」與「反抗」色彩的電視廣告，便在廣告於現代社會中所處的「體制」性格，露出了它的「破綻」。不斷累積起來的、面臨聯考體制壓力的青少年，沒有爆發成斷絕性的反抗，預設的高潮急速地跌到對口香糖商品的認同；一個好不容易要和高薪、獨當一面的辦公室決裂以保存受薪人的尊嚴和主體性的主管，在戲劇地面對老闆面臨攤牌的片刻，終於依然帶著那無眉目的面具，把玩著口香糖商品，逡逡然回到座位上。

正如鄭松茂說，「廣告的目的是創造銷售」，則廣告當然絕不在「顛覆」和批評這個由無數商品砌築而成的現代生活與社會。實際上，鄭松茂和許舜英所製作出來的某口香糖系列CF（廣告片）作品之所以動人，也許是在於他們真誠地藉著這系列饒有創意的製作，表達或傾吐了他們在過去成長和受薪工作歷程中不斷重複的挫折、忿怒與妥協的經驗，而引起了共鳴。當然，這種真誠卻必須在為廣告客戶創造銷售、為自己掙得合理必要的利潤這樣一個情境下，無法避免地手段化、商品化了。我訪問鄭松茂和許舜英這兩個誠懇、努力工作、有才氣的廣告人時，他們流露出來的某種寂寞與並不因「成功」而得意的一份惘寞，雖然沒聽他們說清楚，我想，恐怕就是社會上一個有才氣的、出賣創意的誠實人所共有的苦澀吧。

「意識形態」：誤解的和真實的

先看到過那些令人瞠目、而後又會心一笑的廣告，再知道了他們竟然以「意識形態」這樣一個既流行、又艱澀、又富於思想挑戰的詞當作他們廣告公司的名字，其實是引發我去採訪他們的最大的動機。

第一次到他們在台北基隆路上一座大樓上的辦公室，有特別的印象。紅紙上用毛筆寫的「意識形態廣告公司」，而不是不銹鋼的黑體字招牌。辦公室才只三十七坪大，裡面全是真的和仿造的中國鄉下舊傢俱，而不是區隔整然、位序儼然的現代辦公桌椅……那種「現代性」味道。好幾幅放大的敦煌雕像作品照片。「從書上翻拍下來放大的。」鄭松茂說。書架上有一落《人間》雜誌，也有《文星》和《當代》，自然有不少西文的廣告方面的書籍與雜誌。整個環境難免有一絲絲造作吧，可我挺喜歡。公司裡的人沒有一個是雪白襯衫打領帶的現代企業人。

「為什麼把公司的名字叫『意識形態』？」

「這你得問問她。」鄭松茂指著許舜英說。

許舜英笑著，一時也沒說話。我請許舜英小姐說一說她所理解的「意識形態」這個詞的定義。

她認真地想著，然後這樣說：

「做廣告，要有意識形態。做一個好的廣告，和你的意識形態有關。」

「一個廣告人最大最重要的資源，不在於做廣告的各種know how（方法、技術），而是從他的生活、體驗得來的人文背景與生活經驗所沉澱的意識形態；」

「意識形態嘛，指的是一個人的各種價值觀，思考系統，對事物的看法和觀點吧……」

我凝神諦聽，在筆記本上記下她的話。畢竟這一群年輕的廣告人，對於「意識形態」這個詞，並沒有特殊的、專門性的理解。但是，這真實、素樸、坦率的不理解本身，反而感動了我，叫人感到溫暖。

「意識形態」這個詞，有它歷史的發展過程。十九世紀以後西歐的社會學家和社會思想家，使「意識形態」(ideology)這個詞有了深刻的發展。有傑出的社會學者，把企圖將世界和生活所存在的矛盾加以歪曲、「神秘化」的信仰、思想和知識，稱為「意識形態」。例如有人喜歡說「人生而平等與自由」。但如果分析到整個社會的生產與分配的結構，可能就發現對於大多數勞動現場裡的人而言，人是既不自由又不平等的。於是「平等」與「自由」成了某種意識形態了。到了近代，人們不以消極、否定的一面去看「意識形態」，而把它理解為個人和集體生活上一切藝術、法律和經濟行為中所表現的世界觀。因此，社會的「有力者」有他們的意識形態，而「無力者」也有其意識形態。而意識形態其實就是整個社會結構的主從關係在精神與思想上的反映。

有些學者提出這樣的看法：「意識形態機器」，是一個既存的社會和經濟制度，為了維持它經濟掠奪的現狀所製造的一套與制度相呼應的各種觀念、政治制度、宗教信仰和法律體制，等等。有些社會學家和人類學家認為，維續社會團結、提供社會秩序的各種原則，或防止社會解體的東西，都叫成意識形態。

在現代大眾消費社會裡，幸福、舒適、滿足、快樂、美貌、健康、富有、有閒、對於未來更為富裕的可能之憧憬、重視私生活……正是維持和發展當前生產與分配體制的一套「意識形態」。而經由文字或電子媒介，以商業廣告、文學、戲劇、電影、報章雜誌的報導與評論所傳播和塑造的，恰恰就是這樣一套「意識形態」。

因此，以「意識形態」為自己的廣告公司命名之許舜英，雖然對於意識形態的學問上的意含不清楚，卻以令人震驚的敏銳和準確性，提到了要點。

廣告片是這樣拍起來的

鄭松茂說，做廣告，就是為商品「解決問題，創造機會」。商品本身和市場有銷售的障礙和難題則解決之；商品和市場存在著有利於銷售的機會，則擴大之，創造之。一個廣告人為商品製造風格與認同，「但是有時也表現了自己的風格」，許舜英說。鄭松茂有一個例子。

「那年，屏東民眾為了反對政府強制拆除魚塭，甚至發動小學生離開教室，參加大人的抗議。」他沉靜地說，「我是一個有孩子的人。我為大人這樣惡用小孩，感到不能平靜。」他說，

「那陣子社會顯得特別的亂」，因此他覺得社會上應該發出「不同的聲音」。他把這樣的感觸和手頭上某一個品牌的海苔產品連繫起來。圖面上是一個接一個台北上層家庭幸福、可愛的兒童在學跳舞、學電腦、學音樂。氣球、晴空、慈愛勤奮的年輕父母、幸福、安定、成長、中華民國的國旗……，訴求點是安定、富足的中產階級父母：「孩子，你是我永遠的寶貝」，字幕在商品出現時打著「給中國的孩子健康的愛」，強調了海苔食品的「營養」性。

這三十秒和四十秒版本的商品廣告片，在攝製和剪接上，充分表現出安定、幸福的可貴和歡愉。「我打算拍成一個民間版的國歌片頭。」鄭松茂說。但是許舜英和鄭松茂又覺得「太樣版了」。他們找到一個深受片子所感動的音樂家配樂。許舜英配上了很「許舜英式」的歌詞：

有一天，
你將拆穿這世界的謊言，
只剩下幻滅與妥協。
但是，在你學習成長之前，
我仍相信天使的存在。

「謊言」、「幻滅」、「妥協」的現代人，為了「下一代」，為了想必會「更好的明天」，而舒適地「苟活」。「有些朋友告訴我，他看了這個廣告片，眼圈紅了。」鄭松茂說，「事實上，我最喜歡這支CF。拍片的同仁也很喜歡。片子還沒上，我知道它又是一個成功的廣告片。」

就像一切有經驗的廣告人一樣，鄭松茂深刻知道廣告企畫的構成。從商品、消費者和市場的分析入手，設定行銷思想：界定和分析自己商品的優點，最後確定廣告的創作路線。

鄭松茂說，口香糖是沒有任何實用利益的產品。兩個老牌美國口香糖長期獨占台灣的青少年口香糖市場。廠商要我們打開青少年以外的口香糖市場……此外，因為口味的習慣，「剛上市，年輕人嚼了幾口就吐掉，味道和他們常吃的品牌太不一樣」，鄭松茂說。

接下這個案子，鄭松茂以「持久的清涼，兩段式的口味」打出了品牌。接著以外國disco樂隊的「新潮有勁」打紅包裝口香糖，以龐克少年的「清香優雅，耐人尋味」打黃色包裝。然後是一系列的「反面手法」作品：「我有話要說」和「我不幹了！」等。「紅色包裝針對男性青少年，味道衝嘛。綠色包裝口味中庸，針對上班族。黃色包裝味道溫柔，針對少女……」鄭松茂說。「我不幹了！」這一篇衝著男上班族。「現代叢林野獸派」篇是針對女上班族賣綠色包裝。至於黃色包裝，除了黃色蛺蝶的幻想篇，還有少女對中年男子思慕的「幻滅」與少女心中晦秘的綺想「與妳的潛意識密談」篇。

口香糖的電視廣告，特別當它是出奇成功的電視廣告，恰好是說明廣告創造欲求與心理認同的最佳例證。美國有一位經濟學家說，廣告使人對於商品的需要，不源於人內在的自然的選擇，而依賴廣告本身，造成所謂「依賴效果」(dependent effect)。社會學者以為廣告使產品變貌，同一個產品經過廣告與未加廣告者，在消費者心目中是價值、感受完全不同的兩種產品！而經過「意識形態廣告公司」的廣告包裝後，一個曾經一籌莫展的品牌，在台灣市場上廣為人知，大量銷售……

鄭松茂他們的廣告片，不，全世界所有的廣告片就是這樣拍成的，成功或不成功地塑造一時代的價值和文化：豪奢、快樂、富裕、幸福崇拜的文化——和意識形態。只不過，他和許舜英更有才氣，工作更認真，更誠實地在廣告創意中使用了他們從辛勞的成長與生活中積累的感受：挫傷、幻滅、妥協的經驗……

成長、懷疑、反抗、妥協

「我小時是個標準的乖孩子，每天上學回家，衣服總是乾乾淨淨的。成績、品行總是第一，是老師心目中的好孩子。」許舜英說。國中上的是一所著名的私校，班上忽然多出了許多強的競爭對手，「要保持過去什麼都第一，就覺得吃力了。」她笑著說。在住校的宿舍，受到幾個同學的影響，開始讀張愛玲、黃春明、白先勇……的小說。文學激動而詫奇的世界，使她從根本懷疑制式教育的價值與意義。那時候，她覺得讀張愛玲遠比功課重要。高一那年，她留了級，完全放棄讀書。她在週記上寫上長篇大論的自己的感受，教官和訓導整天對她皺眉，家裡的人以為女兒「變壞了」，大驚失色，莫知所措。

「高二那年，我嘗到人生中第一次妥協。」她回憶著說，「我想，我非得考上大學不可。只要考上大學，我就可以愛看什麼書就看什麼書，愛幹啥就幹啥。」高三那年，她變成苦苦讀書的學生，卻沒人理解她內心的矛盾與吶喊。

考上一所大學的國文系，卻使她對國文系完全失望。大學畢了業，第一個工作是廣告公司的「文案」撰稿。「總覺得應該與寫作有關嘛！」她說。她想考戲劇研究所。工作不順遂，很少有機會發展自己的才能。「感覺上是挫折加上挫折，」她說，「挫折使人生氣，生氣了也往往不能怎樣，妥協嘛……」一般而論，在幾家廣告公司的體驗是，廣告界沒有一套客觀標準去評估一個人的創意。自己的創意常常被歪扭，不受起碼的尊重。鄭松茂說她是他見過最有才華的廣告創意人才。「她發想快，能精確把握企畫案的要點，創作的東西很能有效地達成創意策略的目標。」他說。但問她對這一系列廣受談論的作品的感受，她說：「有人花錢讓你在電視上說出你的想法，東西也賣出去了，有時也叫人開心。」許舜英說，「許多人看了廣告，理解我要說的話……」但她說她對廣告缺少一種熱情。「我只對廣告的創作部分感到迷人。但畢竟是廣告嘛，創作上有很多限制……」她說。

鄭松茂是苗栗苑裡的「鄉下孩子」。從小，他一方面是孝順乖馴的孩子，一方面又覺得鄉下的傳統、權威壓得他透不過氣。為了趕早離開家到一個自由的天地，他放棄了清水中學保送省中的機會，一頭考進台北一個工專。到了台北，看了一年的新潮文庫，覺得建教合一、嚴苛的學徒式教育叫人窒息厭煩。「我忽然想，做了一輩子的好學生，不知道『成績不好』是什麼滋味，於是就放棄了讀書，成天只管我自己高興的事。」他說。

面臨畢業那年，決心不在工業設計這一行吃飯的他，開始為將來的就業發愁。「這時候，我讀到了廣告前輩郭承豐辦的《廣告時代》，竟然談得津津有味。」鄭松茂說，「其中有文章說，美國的廣告界，只重能力，不論學力。」我自信腦筋不錯，工作也認真勤奮，對於沒有家世背景的我，看來充滿興味與創意的廣告界可能是我要的工作。

少年的鄭松茂開始收集舊的美國雜誌，把其中他認為設計、編排好的割下來，分類剪貼。畢業以後，他幾經波折，才考入一家大廣告公司，搞行銷企畫部門的市場和商店調查的工作。「我生性很內向、畏生，平時根本不知道如何開口和陌生的人說話。沒人教，沒人帶，一個人出去搞商店調查，逡巡躊躇，老半天才敢進店問人。」他回憶說。工作逼迫他面對性格為他造成的難言的困境。後來，楊國樞、許世軍兩位教授來公司當市調顧問，悉心教會鄭松茂許多調查、分析工作的方法與知識；兩年後受到一位新任協理的拔擢，負責組織全省性的各種市場研究與調查，全省性的商店和流通的調查，以及電視收視率調查。「那時我二十一歲。從前出身貧寒，身體弱，左耳失聰……不能否認我有自卑感，」他說，「可是直到那些年，工作磨的，也磨出一點成績，我才撿回一些青年人的自信。」他沉靜地笑了起來。十多年來，鄭松茂待過大公司，也待過小公司，搞過訪員、設計、看平面、市調、企畫和ＡＥ，「每一個階段，我全很認真用心。命苦吧，但在工作歷練上是少有的幸運……」他說。

簡直是一種宗教

一個剛剛自己要起步的小型廣告公司，不到一年，就成為商界與社會的焦點與話題，有什麼感受？「對於一些掌聲，還不覺得特別滿足。但我比誰都知道，廣告是一種你得盡心盡力，加上運氣才能成功的行業。」他說。他說廣告對他來說，簡直是一種宗教。為什麼？「我有興趣。這是一。我把廣告這種工作和生活搞在一起了；常常從廣告的觀點去看生活上的事物，也從生活的體驗上去思考廣告。」他說。

可是，這也還不至於是一種「宗教」是吧？

鄭松茂沉思了一會，緩緩地說，「我們想竭盡我們的智慧使消費者挑選使他們得到最大好處的商品。我們為了把廣告做得更好，也能建議廠家提高和改革他們的商品。」他說。有時候，在為消費者推薦優良商品時，他覺得自己「比消費者文教基金會更為積極」。

我可以對他的說法提出各種反駁。但顯然他是一個對自己的工作深信不疑的人。他，被他譽為廣告創意「天才」型的許舜英，都勤勉、敬業、誠實、聰明而富有創意。而我所認識的一些自許對「資本主義社會有批判意識」的年輕人，卻未必都有他們的敬業、誠實、勤勉與令人瞠目以喜的創意。

如果人不能脫離現代體制……

在許多現代資本主義的工商城市裡，到處都充滿著這樣的故事：一群窮而富有才華的廣告青年，在後街租了一間便宜的辦公室營業。忽有一天，他們的廣告創意受到大企業的賞識，接了億萬美元的大案，立刻刮淨鬍子，領帶西裝，搬進最豪貴的商業通衢大樓。有人曇花一現，有人發展成大廣告企業……

政府開放外商廣告和保險來台，台灣前十名廣告公司直接間接成為跨國廣告公司的分支機關。力圖在這形勢中建設「中國人的廣告」的鄭松茂和他的同仁，面臨著恐怕不是單純、年輕的執念可以解決的問題。我們於是談起了廣告的體制性，談起了廣告對社會批判與革新的「鎮靜作用」，鄭松茂說：「一個人活在世上，如果一定無法脫離現代資本主義消費體制，我還是喜歡做一個竭盡心智，以消費者的福祉為顧念的廣告人。但如果我真的理解了廣告對現代人的負面效果，而人又可以選擇另一種體制生活，我會考慮我要不要做下去……」

他出語誠摯、單純而懇切。其實，在一個專門化、組織化的現代社會，有多少赫赫知名的作家、畫家、律師和教授們，自成德國社會哲學家哈伯瑪斯所說的「體系」，對富有生氣、真實的生活現場的世界起著干涉與支配的作用，從而以「專業」與「學術」之名，勉力維繫一個充滿矛盾的社會。拿他們和廣告工業相比，尤其是和意識形態廣告公司的小鄭和小許他們相比，後者的誠實、認真與創意，使那些「體系化」的知識分子、專家們更顯庸俗、傲慢而造作了。

初刊一九八八年七月《人間》第三十三期

《人間》雜誌三十四期・發行人的話

韓國與台灣

七月一日，韓國政府宣布修改各級學校教科書，廢除四十年來對北韓仇恨、對立的觀點，代之以促進南北韓相互理解、增進民族情感和團結的觀點。

七月七日，盧泰愚大統領宣布韓國從此放棄與北韓的對立，並且提出六項南北韓和解的具體計畫：

(一)開放雙方包括政府官員在內的各種人員互相交流。

(二)在紅十字會談判尚未能解決雙方整個問題之前，先開放雙方探親。

(三)開放雙方的直接貿易。

(四)不反對美日等友邦開放對北韓的貿易。

（五）開放雙方外交人員在外交場合中的自由會面，放棄對北韓的外交抵制。

（六）建議美、蘇、中（共）、日對南北韓展開交叉承認。

台灣和韓國，在當代史的發展上，有這些顯著的共同點：首先是以一九五〇年韓戰為頂點的美、蘇兩大陣營的冷戰，使國土分斷，民族分裂。韓戰固定以三十八度緯線為界的南北韓分立，也確立了《中日和約》和《中美協防條約》基礎上以台灣海峽為界的國共政權的分立，漫漫於茲已四十年。

其次，和台灣一樣，美日兩強的政治、軍事、經濟和文化勢力，在南韓逐漸強大。最後，台韓兩地，都以做美軍基地國家的戰略地位，在國家安全體制的高壓政治和對美日經貿依賴的條件下，取得了驚人的經濟發展。

在這冷戰構造下，兩大霸權間的意識形態和政治宣傳上互相醜詆、仇恨和猜忌，透過各種教育、宣傳和傳播，也在對立分裂的同民族間製造、擴大和強化。三十八度緯線兩邊和海峽兩岸，四十年來互相仇恨的教育，為民族帶來很大的損害。

半年來，我們政府也開始從地理教科書參考切合當前大陸地理現狀的教材。希望政府有魄力全面檢討利強權而損自己的、對大陸仇恨、對立的教科書、文教和宣傳政策，重新審定編寫教科書，以利我們民族的和解與團結。

過去十多年間，南北韓斷斷續續地透過雙方紅十字會進行發展幅度不大的會談和官方、文化等方面的交流，一年多來，台灣開放探親，以及多年來台灣商人干犯法禁，在大陸求發展，使我們在民族統一的步伐上大大超前於韓國。如今，「盧六點」的提出，又使我們的大陸政策遠遠地落在韓國之後了。

如果台灣和韓國的執政黨和政府在近一年多來的「自由化」、「民主化」改革，是這兩個地區戰後「專制．依賴成長」下資本主義的發展邏輯，要求這兩個黨和政權急速合理化、現代化和管理化，從而使「股份有限公司．大韓民國」和「股份有限公司．中華民國」的形成加快了速度，那麼，純粹就合理化經營來看，韓國的挑戰大，但回應的合理化、管理化色彩比台灣強得多。看來，韓國的資產階級和他們的政府對自己和民族的信心，遠遠大於台灣吧。

國土的和民族的分斷，使同族互相仇恨、猜忌和敵對，從而使民族的創意、勞動和智慧非但無法發揮相加和相乘的效果，反而互相抵消、挫折和損害。雷根和戈巴契夫最近一時地緩解了世界「第二次冷戰」，包括中國大陸在內的社會主義圈各國，也展開程度不同的「開放改革」。面對新的歷史形勢，海峽兩岸應該擺脫美蘇兩強的轄制，以自己民族的利益為中心，逐步展開更大步伐的溝通和往來。我們的人員交流、探親、旅遊、投資、設廠、貿易、通郵、通航的步幅，還可以再加強些、擴大些，爭取中國民族統一運動上的主動權，為民族的再和解與再團結，做出貢獻。

在這樣的趨勢下所產生對於國民黨十三全大會的中國大陸政策的期待，在現實決策前，是不能不感到失望的。全社會矚目的十三全的結果，基本上還是逡巡、躊躇、保守、自閉和缺乏自信的。然而在台灣一般的自稱自由派的留美派知識分子，對於兩岸統一和往來，表現出令人詫異的保守性，雖然不說反對統一，卻表現出統一的近於無限期長期化。對於像中國這樣一個還在列強壓迫下奮力求發展的民族，民族的解放與發展，是人的解放與發展的重大事件。形勢和歷史都在不斷地變化和發展。關心中國人文和文化發展的人們，是無法自外於這個變化與發展的。

初刊一九八八年八月《人間》第三十四期

記一次國際性抗日文化活動[1]

今年的七七抗日紀念會，在形式、內容和規模上有所擴大。在時間上，七月七日當天因為台北市比較合適的場地都租出去了，所以改在七月十四日至十六日借台北耕莘文教院舉辦了五場具有國際性的抗日文化活動。共同協主辦這次活動的團體，依筆劃順為人間雜誌、五月評論、中華雜誌、中國先驅雜誌、中國統一聯盟、台灣電影文化協會、夏潮聯誼會、遠望雜誌社、對日索賠同胞會等。

第一場是十四日晚上七時開始上演的日本報告劇作家石飛仁新作品《延命天皇》。石飛仁先生在兩年前第一次帶著他的「事實劇場」來台灣，和台北「人間劇場」的中國青年合作演出了一九四五年發生在日本北海道大館市花岡的華人奴工暴動事件，對於日本政府、軍部、戰爭企業的殘暴，提出強烈的控訴。由於演出方式新穎，內容有強大的道德迫力，引起台北各媒體和市民十分熱烈的反響。

這次石飛仁先生所帶來的新劇，名為《延命天皇》（原名：延命：一九四五年八月十五日之天皇）。原劇本已全部譯刊在七月號《人間》雜誌的這齣新報告劇，形式上是一篇論文。「戲」是這樣展開的：

黑暗的舞台，響起淒狂的暴風聲，逐漸轉成戰爭的槍聲和爆破聲。巨幕上映出日本天皇從小到大全副戎裝的照片……報告者登場，說明日本戰爭體制，原本就是以天皇為首，華（貴）族為副，高級三軍將校為輔，因天皇的命令展開瘋狂的侵華戰爭。

在兩百多幀珍貴的歷史幻燈片的搭配下，報告者向觀眾陳述了這些沉澱在歷史底層的黑暗：

- 日本天皇是日本西化、資本主義化、「合理化」的象徵與核心，逐步走向軍國主義，對外擴張。
- 戰敗前夕，天皇不惜犧牲瘋狂效忠的軍部與臣民，保存天皇國體與天皇自身，在不言及投降、認錯的條件下，宣告「建設和平國家」。
- 戰時鼓吹戰爭的日本教師、文人、大眾傳播，沒有反省認錯的表現，卻忽然為天皇一起改口，高談「和平」和「民主主義」。
- 天皇和華族使盡全力，懷柔占駐美軍將校，暗中將戰爭資財私自處理，發放給過去支持戰爭的財閥，力圖戰後回朝。

・天皇巧妙運用一九五〇年韓戰後美蘇二強的冷戰形勢，與美方全面配合，利害與共，以護持天皇和過去的戰爭臣僚與勢力，讓這些人在戰後重掌權力。

・天皇利用美軍對亞洲的無知，唆使美方鎮壓戰敗後在日本的中韓奴工的抗暴解放運動。

・在冷戰構造中，天皇和許多A級戰犯被美方釋放，快速恢復了日本戰爭財閥，發展了戰後日本的資本主義。

・天皇的延命，戰爭責任的清理不全，使日本在戰後不認罪、不認輸，迭次對亞洲各國悍施侮辱。

當報告人在激動的舞台上說，「美蘇兩大霸權在遠東亞洲的對抗，帶來亞洲地區民族分離的悲劇。只有通過正確地清算和超克日本侵略亞洲的錯誤，才能建立真正的、亞洲民族間的和平」，全場響起了風雷似的掌聲。

石飛仁說，把這樣一齣報告劇，帶到曾經受大害於日本殖民主義的台灣，是需要勇氣的。「但是，不論作為一個人或者民族，不揭發這些深重的『恥部』，不，而且還得和過去受害的亞洲人民共同揭發日本的這個『恥部』，日本人和日本民族，就無法從過去的錯誤與罪咎中得到解放，就無法磊磊地發展與前進……」

十五日到十六日，是三場電影錄影帶觀賞會。所放映的片子，是年來轟動日本知識圈的紀錄片《怒祭戰友魂》（英譯：The Emperor's Naked Army Goes On）。奧崎謙三從南洋的戰場上倖活回來，悟到天皇和天皇制實為驅策日本人民發動瘋狂、慘絕戰爭的元凶，遂疾走日本，大肆糾彈天皇與保守政治。偶然間，他發現當年在南洋戰區，於日本宣告投降後第二十三天，依然以軍法處決三名日本士兵。奧崎於是展開了充滿道德執念與戲劇性的追究真相之旅。在攝影機前，真人的真事，層層揭出，意外地揭發了戰爭末期日軍以人肉充飢的內幕。

石飛仁和導演原一男，是不曾參與侵略戰爭的一代。「但戰爭的罪責，仍然掛在戰後一代的身上，仍然沉澱在整個日本民族集體的心靈中。」石飛仁說，「我們越是去尋找過去的真實，越是覺得當前日本美化過去的戰爭，為過去黑暗的戰爭翻案，湮滅戰爭犯罪的證據的做法，是錯誤的。只有徹底追查事實，徹底反省、思過，日本才能新生，才能和鄰近亞洲各國建立自由、和平的善鄰關係。」

「戰後一代」的導演和戲劇家追究戰爭責任，戰後更年輕的一代也探索他們父親一代的歷史行為及其道德結果。「湧向原一男的《怒祭戰友魂》的電影院，有許多當今日本高中學生。他們想知道他的父親、爺爺一代到底做過什麼？為什麼平時不講，或者講的內容不一樣？」石飛仁說，「責任，尤其是倫理上的責任，是會留傳的……留傳在因為不悔改認錯而向內腐蝕的、民族的心靈。」

十六日晚上七時，在耕莘文教院大樓舉辦了一場「日本天皇・戰爭責任・亞洲和平」的座談會。座談會應邀發言的人有：石飛仁、繆寄虎（東吳大學法律系教授）、許介麟（台大政治系教授）、藤井志津枝（淡大日語系副教授）、陳慶浩（法國科學中心遠東學院教授）和何偉康（作家，「對日索賠同胞會」駐台代表）。石飛仁發言的口譯是林書揚（「政治受難人互助會」會長）。

繆寄虎教授先從「天皇」的稱謂上談起。他認為日人以外，一般只應稱其為「日本國王」，以當前日本的格局，連皇帝（emperor）都談不上。接著他從國際法申論日本戰爭之不合法、不正當，以及日本戰爭責任之無可逃遁；他又從國內法，論日本天皇之必須為戰爭的罪責負責。他要求我國民自我反省，以國民之主體性，團結一致，糾彈和追究日本的戰爭罪責，並堅定索取賠償。

何偉康先生感慨地指出，一方面是日本人極力否認戰爭責任，遺忘其戰爭罪責，另一方面，由於內爭及受到外國霸權的影響，國人也淡忘日本的戰爭責任。然而日本人卻一直在誇大其戰敗受害的歷史，抹殺侵略加害的責任。接著他報告了在北美知識分子，已經發起了「對日索賠同胞會」，開過演講會、南京大屠殺畫展。他強調只有通過索賠與賠償，中日兩個民族才有可能真正結成和平、友好的善鄰。

許介麟教授強調日本天皇絕不是「被軍部利用的傀儡」。整個侵略戰爭，確實是在天皇的指揮下遂行的。日本戰敗，日本軍部和右翼政客處心積慮為天皇頂罪開脫，又曲意討好占領美軍，再利用美蘇對立，使天皇免受戰犯的審判，並且包庇許多戰犯回朝，執掌戰後日本政經機關。許教授的研究發現，戰勝後國民政府派駐日本盟總的官員，完全不曾為中國及中國抗日民眾發言，並指出漫長的抗日戰爭中，南京政府一直拖到珍珠港事變後才正式向日宣戰，使我們在戰爭責任的追究中，在國際法上吃了大虧。

藤井女士就所謂戰後日本《和平憲法》中的「象徵天皇」提出質問。「象徵天皇」在界定上的曖昧性，加上戰後經濟發展造成日本右翼政治的擴張，使日本完全忘卻戰爭犯罪，養成「日本不曾戰敗」、對亞洲近鄰六國傲慢自大的態度。她希望中國人支持像石飛仁這樣勇於批判戰爭的原點——天皇的日本和平運動。

陳慶浩教授認為，日本的戰爭根源，似乎不止於天皇與天皇制。它有更廣大的結構。否則他真無法解釋戰後日本舉國一致，為戰爭翻案，美化侵略戰爭，修改教科書，宣揚戰爭中日本「被害」的歷史，而抹殺日本對中國的十四年侵略戰爭。我們自己應該研究我們被害的歷史，也要進一步研究日本這個死不認錯的民族的歷史根源。

座談會主席做了三點結論：這次活動，由愛好和平的日本文化人對自己的批判與反省，引起我們對戰爭歷史更深的認識，也引起我們的探討，像石飛仁、原一男這樣的日本人，值得我們尊敬。第二，日本天皇及戰爭勢力得以「延命」至今，就中國言，內戰與冷戰的雙重架構，有密切關係。中國人再不能互相對立殘殺，媚事外國，必須克服分裂，取得民族團結與統一，才能促進中日兩國真正的和平。第三要批評新「知日派」，批評各種新漢奸主義論調。第四，要增進中日兩國真正愛好和平與正義之民眾，共同為中日兩國及全亞洲之和平與獨立而奮鬥。（此次座談會的紀錄全文將在下月號的《中華》刊出。）

初刊一九八八年八月《中華雜誌》第二十六卷總三〇一期

1 本篇為「七七抗戰五十一週年」專題文章。

被湮沒的歷史的寂寞

九歲上，我的孿生的小哥死了。

由於是「單卵性孿生」，我和小哥不只形貌相似，心靈也極為相通。二次大戰末期，生家和實際上是我三伯父家的養家，一起疏散到以陶瓷著名的鶯鎮。這是兩個孿生兄弟相聚最長的一段時日。

我於今還記得，這兩個八、九歲大的孿生兄弟，一旦相聚，總有說不完的話。有一回，在一旁聽過兩個小孩喋喋不休的談話後，我的養父憂愁地對我的生父說：

「聽孩子們講論的，都不是實在的事。我擔心將來成為淨說空話和假話的人。」

「這毋寧是孩子們想像力開始發軔的時候吧。」

據說我的生父是這樣回答了他從小就親愛而敬重的三兄。

日本快戰敗的時候，盟軍的飛機時來台灣空襲。記得是一個盛暑的下午，這一對孿生兄弟放學回家，一路上照樣又說話、又玩耍。一會兒是圍著路邊的小花叢計數花朵的數目，一會兒是蹲在樹蔭下看蟻群簇擁著一隻巨大的、翠綠的蚱蜢的屍體……卻不知道盟軍的飛機正在他們的頭上盤旋，偶爾機身急劇下滑，施行威嚇性的掃射。

那時候，在那炎熱、寂靜無人的溪邊小路上，是我先看見了一個高大的男子，急步從遠處走來。

「看，爸爸來了。」

逐漸看清楚了那魁梧的男子的背著陽光的臉，我驚喜地對小哥說。

父親沉著一臉憂怒，沉默地打了我們兄弟一個人一個巴掌，帶我們走蔭蔽的路，躲盟軍的飛機回家。

現在想起來，父親一路上都在想像著被飛機掃射、橫屍在溪邊小路的血泊中的愛兒吧。然而這孿生兄弟，卻只顧嘁嘁喳喳地說話，看成群的黑蟻搬動蚱蜢翠綠的死屍。

這小哥終於病死，成了用白布包起來的一小木箱的骨灰，在繞裊的線香中，供在幽暗的客廳裡，留下我瑟縮在屋角的椅子上流淚。

然而那幼小的寂寞，並不曾因歲月的流轉而消失。那喪亡了自己的一半、失去了一個那樣無從思議地契合的心靈的寂寞，即使是五十初度的現在，依然時而廢然地襲來，不能自已。

三十歲那一年，我身陷縲絏。三十三歲，移送到台東泰源深山中一個用紅磚砌成城堡似的監獄。在那裡，我初次會見了五〇年初政治大肅清中倖活下來的，被判終生監禁的人們。

在這以前，五〇年初的肅清，是禁書上的記載，是耳語中恐怖的故事。但被移送到台東的那一年，歷史成為活的、血肉的人。然而這活的、血肉的歷史，在當時，已經被禁錮和湮滅了將近二十年。我的同押房裡的朋友「阿三」，便是這被禁錮和湮滅的、卻依舊活著的歷史的一人。他們以僅僅只是活著的事實，對禁錮者和湮滅者，發出那禁錮者與湮滅者也無可如何的嘲諷。

阿三身體壯碩，異乎常人。他面目黝黑，兩道濃密的劍眉下，鑲著一對黑白分明的大眼睛。加上他一臉落腮密生的鬈鬍，使我常常想起家裡一幅於今也不知流失何方的、某日本畫家用水墨揮灑而成的、小小的達摩仙人像來。

三十四歲那年，整個監獄又移回綠島，住進一座水泥的腥味猶新的、新蓋的大監獄。

也是一個夏天的上午吧。滂沱的大雨已經連下了數日。緊緊依山而起的這監獄的大水溝，被從山上挾樹枝、石頭湍流而下的大水堵塞了。

一陣重濁的開鎖聲後，押房沉重的鐵門呀然地開了。監獄官看起來神情舒爽。他開始點了五、六個囚人的名字。

「出去清理大水溝。」

監獄官說。

因為連綿的豪雨，幾日來無可奈何地被取消了放風散步的機會。包括我在內的這五、六個囚人，於是高高興興地出去淋雨掏水溝。

不到二十分鐘，忽然一聲巨大而結實的爆裂聲在我的身後響起。我驚慌地轉身，看見十公尺外的監獄的圍牆倒塌，從山上滑下成噸的泥漿。

是落雷打開了那麼雄厚的圍牆嗎？我這樣想著。

但我們很快地被衛兵、監獄官趕回押房。沒有多久，我們從窗口上看見許多軍服的監獄職員，表情凝重地站在泥漿堆成的小山邊。我們終於知道，連日大雨，引起了山崩。崩頹滑落的大量泥漿，衝破了圍牆，把正在圍牆下的菜圃裡作業的阿三，埋在裡面。

雖然有人說雨還不斷地在下，深怕有第二個山崩，但我至今依舊不能明瞭，當時為什麼沒有任何挖土救人的行動。也許即便立刻一鏟鏟地鏟掉泥濘的土漿，也救不了阿三，但是明明知道他被活活地掩埋在那一座小小的山巒似的、雨中的土堆裡，卻無可如何地在押房裡，沉默地照樣吃晚飯、就寢……我感到幾乎無法對應的憂悒。

移送到綠島以後，監方指定阿三和其他三、四個也是一九五〇年初倖活下來的老終生犯，從事菜圃的生產作業。比起除了放風時間之外都得囚困一室的我們，他是「自由」了許多。我常常在窗口上凝望他在圍牆下勞動的、黝黑而壯健的身影。他偶爾也遠遠地朝著我，瞪著銅鈴兒似的眼睛，咧著一口雪白的牙齒，無聲地與我交換著問候的微笑。

這個過去同住在一個押房時，早上起來，總是要打一套不知其名的拳法的阿三，現在就壓在那泥土堆裡了。雨終於停了。我看著那潮溼的、深黃色的泥山，逐漸在烈日下曝成荒蕪的灰色。而阿三依舊睡在那堆泥山裡。

終於有一日，軍事檢察官來了。他們開始挖出阿三的屍體。他被一條雪白的布蓋著，由警衛連的兩個士兵，打我的窗口抬走。在擔架的後面，跟著一個紅腫著眼眶的、也很壯獷的後生。

「啊，就是他吧。阿三的孩子。」

幾乎掉光了牙齒，出生地和阿三的故鄉只隔著一條小溪的老何，喟嘆也似地說。

對於老何這一輩政治囚人，阿三有一個大家全知道的故事。

阿三被帶走的二十多歲上，留下妻子和一個幼兒。後來妻子離家他嫁，由祖父母帶大的兒子，變成了一個不聽管教的「不良少年」。六〇年代，阿三的老父親把孩子帶到監獄來見入獄後從未謀面的父親。在接見室裡，也不知道平素不算能言善道的阿三的怎樣一席話，使孩子跪地不起，痛哭流涕。從此便據說阿三的孩子變好了。

「一定是他兒子。看他的模樣，像誰？」老何呷動著沒有了牙齒的嘴，輕搖著頭，這樣說，

「像阿三……」

每一年，我的父親，我的弟弟們，總是要從台灣本島老遠地來綠島探監。我在接見室裡，隔著隔音玻璃，看見父親的白髮，一年多似一年；看見弟弟們的髮型衣著在變化，知道他們一房房陸續成了親，在照片裡看見他們添了寶寶……然而，要等阿三死後，我才更其深切地感覺到，不只在綠島，在全世界許多被人遺忘的陰晦的角落，有多少為著一種不肯妥協的信念和希望、為著堅持某一種人活下去的方式而遭囚辱與拷問的人們，被他們的親人以外的整個世界所遺忘了。

非得等到人死了才能送出監獄的阿三，到底埋在何處？那個紅腫著雙眼，默默地跟在擔架後面的、壯健的青年，如今也是四十的人了吧。「為了世界上無數的、在遭人湮滅的角落裡，為著不肯釋手的、生命中的一盞燈火，而正在受盡囚錮、拷問之苦的，被全世界遺忘的人們而活，而寫作……」

阿三死去的那一年，在盛暑的囚房，我曾經這樣對於自己做了淡淡、卻是虔誠的許諾。

然而，真正回到了囂鬧的市廛，面對一個泰然地湮沒和遺忘歷史的，喧嘩、傲慢、咄咄逼人、而又滿口酒臭的社會和世界，想著在世界各個隱藏的囚屋中，抱著愛與信念呻吟、喘息的

人們，我感到震顫魂靈的孤單與寂寞。

一九八七年六月十一日，我不期而飛到民眾運動鼎沸的漢城。

我立刻放棄了一個人孤單地旅行的計畫，每天在到處瀰漫著催淚瓦斯的漢城，跟著學生和民眾，為了躲避警察的催淚彈在漢城街上流竄。我也花了不少時間訪問韓國的民眾派作家，訪問學生組織和教會。我終於發現，在韓國，不論是教會、學生運動和文學運動，都有嚴然的理論和實踐的歷史。對於那樣認真而熱烈地凝視自己生命、自己生活和民族的韓國人民，我不能自抑地產生了至深的敬意。

就在那樣的韓國的那樣的漢城市，我參加了在著名的明洞聖堂舉行，由著名的金壽煥主教主持的一次為韓國民主與和平的大彌撒。

我在明洞聖堂內外將近兩萬個信徒中，切膚地感受到韓國前進的天主教（與新教）的真實而廣闊的民眾性。兩萬個信眾屏息、虔敬地聆聽對我而言「和希臘文一樣」陌生的韓語講道。我看見那些溫柔、堅定、和平而又激動的信徒們的臉上，發散著某種不能思議的喜悅光芒。我感到二十多年來難得體驗的心靈的激動。「如果我是信徒，我簡直要說，我看見了帶著千年釘痕的耶穌，徘徊在苦難而又堅毅的、這些韓國的信眾之間。」我這樣對自己說。

一個多小時的彌撒結束。為了分娩新的韓國而處在痛苦中的、我所不識的韓國天主教徒，向我欠身祝福平安。忽然間，兩萬個信徒都點亮了手上的彩燭。哦，兩萬支謙卑、溫柔而又明亮的蠟燭！有一位修女為我點上手中一截紫色的蠟燭。而歌聲如流水似地揚起。我在兩萬盞燭流中，從明洞聖堂的斜坡，和信眾一道流下戒嚴中的、充滿著催淚瓦斯辛辣味道的、夜的漢城市。鎮暴警察以全副鎮暴武裝，沉默地列隊於道路的兩旁。而那獨特的歌聲，在兩萬個信眾的口中，不斷地溫柔而又堅毅地重複著。

「這是怎樣的一首具有民族特色的讚美詩啊……」我這樣忖思著。

然而，我終於知道了這祈禱似的、溫藹的、不無感傷的歌謠，是一條「每一個韓國人從小開始唱到大的歌」。

「這條歌，如果不是讚美歌，究竟是一條歌唱著什麼的歌呢？」

「這一首歌謠反覆不斷地唱：『我們內心最深的願望，是祖國的統一』……」修女用英語說。

我無言了。我以肅穆而又激動的心，凝神諦聽著兩萬盞燭光中的兩萬顆心靈的深處吟唱出來的虔敬的歌聲：「我們內心最深的願望，是祖國的統一。」哦，親愛的天主……我的熱淚潄潄地下了。

我想起，在台灣，大多數的人們絕不以民族的分裂與國土的斷裂為羞恥、痛苦和悲哀。學

一九八八年八月

生們說：我們要學生權，要關心工農，但是不要用統獨問題來煩我們。台灣教會要高舉「鄉土神學」，十多年前就主張讓台灣成為一個與中國斷絕的「新而獨立的國家」。許多「海外學人」在台北會集一堂，像討論著與自己民族毫無關係的問題似地，對於「統獨問題」品頭論足。有一些作家說，對不起，我對於大陸中國沒有感情呢。新成立不久的野黨，在連帝國主義者都已廢棄的舊文件堆中找「台灣地位未定」的依據，力倡台灣主權不屬中國之議，陽為自決，實欲獨立。

「要怎樣理解台灣的這樣的情況呢？」

這樣的迷惑，常常困擾著我。而迷惑之所以迷惑，卻不是因為各式各樣的事大主義和分離主義有什麼新論成為思想和知識上的挑戰，恰恰相反，是因為這些台灣的事大主義和分離主義的邏輯，在知性上過分明顯的貧乏與粗疏，竟能在台灣的士林、學院和堂廟中，嗡嗡喳喳，議論不休。

要以僅僅是四十年不到的台灣戰後史的發展，來抹殺、否定和湮泯中國民眾所創造的數千年的歷史；寧可奉承及身可見其衰敗的強權，而以強權的眼光卑視一切中國的事物，卻註定了要和才只不過四十多年前那些唾棄自己的民族，瘋狂地使自己「皇國民化」的士紳、知識分子一樣，在歷史的轉折中灰飛煙滅。我於是看見歷史對於歪曲歷史者的冷峻的報復了。

一個人以平庸的智慧，安靜地看透那只要中才之智就能看破的一時代的愚痴。這又是何其不堪的寂寞呢？

初刊一九八八年八月《聯合文學》第四卷第十期、總四十六期
另載一九八九年九月《海峽》（福州）第五期

民族文學的新的可能性

在「陳映真文學創作與文化評論國際研討會」結束時的致謝辭[1]

陳坤耀教授、李歐梵教授、劉賓雁先生，參加這次研討會的各位學者，各位女士，各位先生：

我很清楚地知道，比我更值得集合這麼多優秀的文學研究專家學者，舉行研究討論會的兩岸作家，還有不少。我也清楚地知道，一個作家極少有機會享有這樣的研討會的光榮。對於質量上並不很好的我的作品，勞動多位優秀的學者進行了兩天半的討論，對我是一種錯愛和過譽，但對於我個人而言，無論如何，這是一次難忘的殊榮，卻也是我的一次嚴肅的教育。

因此，我也明白，這樣的一次討論會，是不會增加我的作品原所沒有的價值和光榮。兩天多來，我以第三者的心情，坐在台下，認真聆聽每一位學者的宏論，也有這些感想：

七〇年代的困惑

（一）文學評論，確實有它嚴整的體系。它雖與討論的作者和作品有關，卻自有其獨立、自足的知識的體系，令人起敬，也對於作者和讀者有重要的啟發與教育的作用。

（二）我感覺到創作的極度嚴肅性。這不僅因為作品和人、和生活、和社會有嚴肅的關係，還因為作品和文學批評的宏大的體系之間，有著十分嚴肅的關係。

（三）我比任何時候都覺得自己作品在品質和數量上的膚淺與單薄。我巴不得自己寫過比較好、比較重要的作品，才配得上這樣一個研討會。

一九七二年，台灣文壇上掀起了現代詩論戰。在綠島的囚室中，我透過《文學季刊》和《中外文學》兩本雜誌，理解到戰後台灣文學思潮的重大變化。在七〇年資本主義國家知識分子對越南戰爭、帝國主義、種族歧視、民主主義和言論自由的問題提出大批判的背景下，台灣文壇針對五〇年以降台灣的現代主義展開了全面的反省，從而提出了民眾的文學和民族文學的論題。從中國現代文學史看來，文學的民眾性和民族性的問題，早在三〇到四〇年代已經提起過。但五〇年的「冷戰—國家分裂」的結構下，現代詩論戰中民眾、民族文學論的展開，在二十年來台灣文學的買辦主義、惡性西化、中國主體性喪失的背景下，無疑地具有重大的意義。

然而，如今回想起來，現代詩論戰和一九七七年的鄉土文學論戰，先後由於理論知識的不足和政治上的高壓，這民眾文學論和民族文學論，在理論上沒有能夠往更縱深發展。在描寫生活現場的民眾這樣一個主張下，對於為什麼寫民眾，民眾在推動歷史與生活中所具備的功能，在哪一個特定的歷史時期，民眾包括了哪些社會階層，而當時的台灣社會的結構和性質是什麼……這些問題，在理論上不曾有所發展。在民族文學的提起上，對於在外來霸權干涉下中國國土分斷、民族分裂的歷史，對於台灣這樣一個「分斷下的社會」的基本構造，在理論上也沒有展開，而只是概括地、和西方新殖民主義文學針對性地提起台灣文學的中國指向性。究其原因，除了截至當時二十多年來，比較根元性(radical)的文學理論在長期國安體制下無法發展之外，在兩岸分斷的歷史格局中，無法從全局去把握中國文學的總的問題，也無法提出將台灣文學當面的性質規定為中國民族統一前的、指向中國統一文學的「分斷時代的文學」這樣的理論。

這是參與了鄉土文學的我的困難和悲傷，但這卻不是我第一次體驗了這樣的問題。

一九六八年我失去了自由。一九七〇年，我在台東泰源監獄和綠島監獄會見了五〇年初台灣全面「異端撲殺」運動中極少數在獄中倖活下來的人們。被政治和急速成長的社會湮滅的整整一代的歷史，因著這些偶然地倖活下來的人們血與肉的證言，對我栩栩然復活。五〇年代的風雷，對我已不是切切的耳語和單純的、恐怖的傳說。而一九五〇年，對於我也成了一個特殊的年曆，具有遠東和亞洲現代史的意義。我重新理解了韓戰，理解當時尚在進行中的越戰。「四人幫」崩潰，我也試圖從以一九五〇年為原點的歷史，去理解十年風暴中一部分無從思議的背理和瘋狂。

戰後亞洲和遠東地區革命和反革命、侵略和抵抗、包圍和反包圍、國家和民族的分斷，兩岸政治對於真實和虛構的敵人的撲殺，對於思想、創造、學術、言論、自由與民主的抑壓⋯⋯形成了不僅僅是海峽兩岸，而是亞洲「冷戰—民族分斷—國家安全」的巨大體制，對於亞洲的戰後，起著重大的影響。

生活、抵抗和創作

這樣的理解，容或有它的片面性。然而這樣的理解，是和我這樣的一個作家在過去近乎三十年中活過來的歷史中的體驗無法分開的。我生雖晚，但個人的偶然的命運，讓我撞進了一個被湮滅的歷史，讓我這樣去理解歷史，並在這樣的歷史感受中去生活、抵抗和創作。

在過去的三十年中，在中國的分斷這樣一個歷史時代，兩岸中國文學的議題有明顯的差異。一九四九年以後，大陸文學關心歌頌、保衛和鞏固革命。反右以後，文學長時期受到「革命」的權力的惡用。「新時期」以後，中國大陸的文學家開始全面反省、療傷，探索今後人和生活的去向。

一九五〇年後，台灣文學經歷了長達二十年的現代主義的支配。七〇年代的現代詩論戰和鄉土文學論戰，台灣和第三世界文學一樣，提出了離不開反帝·民族主義的現實主義課題。八〇年，因一九七九年美麗島事件，「台灣文學論」有明顯的發展。

然而，近年來大陸急遽地向著世界體系開門。即使從資訊不足的台灣看來，大陸的社會正面臨著一九四九年以來所未曾有的變化：

沿海加工出口特區與內陸落後地區間的經濟和社會格差迅速擴大；由沿海特區的發展帶動和「分潤」內地的效應，在六〇年代拉丁美洲發展困境的具體經驗前面對嚴重的挑戰和質問；表現在市場經濟條件的嚴重落後和市場經濟強權間的矛盾；社會主義紀律、倫理的急速頽弛和外鑠的強烈商品崇拜；民族自信心的動搖和某種民族自卑感的發展；中國經濟與美、日經濟間垂直分工結構的形成；報舊機器、技術和汙染性工業的湧入；新的洋務精英資產階級（官商）的形成……

歷史的這樣一個奇異的發展，使兩岸文學的議題，面臨越來越相似的環境——落後國家組織到世界體系中力求發展——而趨於同一。超前消費、在商品拜物主義前倫理的解體、階級關係的編組、官商和外來資本、價值的結托、庸俗的大眾消費文化的形成、民族主體性的喪失、世界體系對於中國精緻而甜美的支配……這些台灣鄉土文學所熟悉的議題，也許將越來越廣泛地引起大陸文學工作者的注意。

新的兩岸啟蒙運動

活過這樣的半生，我開始在「中國民族分斷時代」這樣一個歷史體驗中，看到了「分斷下的發展」和「分斷下的不發展」的同一性。然而，在相信資本主義發展永續不斷，相信台灣三十年的發展永無止境，相信人類的前史是人類正史的巔峰這樣一個時代，追求民族的主體的發展，克服民族分裂的歷史，一時也或者還是寂寞的工作吧。但我卻願意相信，兩岸的中國作家，在支付了慘烈的代價之後，會和廣泛的、仍然在為國家和民族真實的獨立與解放的作家一樣，重新具體地而不是教條地理解中國面臨的問題，從而在兩岸展開中國的新的啟蒙運動，探索中國的出路。在文學上，兩岸探索新的民眾文學和民族文學的歷史條件，應該正在以自己的規律形成，要求兩岸的文學家、社會科學家、文藝評論家做出深刻的回應。

我因而對於在這樣一個會議上和我素所敬仰的報告文學家劉賓雁相會，感到特別高興。他的半生所走過來的足跡，他的勇敢、正直，他對於祖國和祖國人民永不動搖的忠誠，對於迢隔了一個海峽的我是一個動人的啟發和鼓舞。因此，我和在台灣文壇上的不少同仁和讀者，都懷著一種新的期待，注視著當前這樣一個新的歷史時代中，對於不斷湧現在兩岸政治、社會和國際生活中諸問題的發言。兩岸情勢的急速發展，終於逐步克服了分斷的祖國的分斷的文壇，使我終竟能見到我景仰已久的中國文學界的同仁劉賓雁先生。我盼望這並不僅僅是我個人的喜悅，而是兩岸新的中國民族文學和民眾運動發展史過程中的一步。

兩天半來的討論會，對我是一次嚴肅的教育過程。對於許多關於我的小說作品中藝術和思想的檢討和批評，我懷著真誠的感謝，在今後再度仔細思考和反省；對於一些獎譽，我則當成對我的另外一種形式的鞭策和勉勵。

在香港，在這樣一個時刻，我想起中國當代重要的思想家徐復觀先生。為了中國知識分子傳統的良識和責任心，他付出了代價，拒絕和抵抗了權力，流寓香港。幾年前，他主要地為了支援我在一個當時比較苛峻的政治中生活、讀書和創作，對我做過「兩岸第一」這樣一個明顯地過譽、呵護疼愛後學不遺餘力的評價。特別在這樣一個對我而言極為嚴肅的討論會結束之時，我覺得必須懷著對徐復觀先生對一個長期為權力覬覦狙謀的作家不憚於庇愛之至深至大的感謝，謙卑地公開表示我絕對擔當不起這過度的褒譽。因為一個激盪的中國當代史，將在兩岸興起遠遠比我優秀的作家，為祖國的文壇寫出磅礡雄偉的作品來。

我再次感謝這次討論會給予我的鞭策、批評和鼓勵。我應該極力向生活爭取寫出比較好的新的作品，來回報這次討論會。

最後，我再次感謝香港大學的陳坤耀教授和芝加哥大學李歐梵先生。我特別感謝我所尊敬的美國聖地牙哥加大分校的三好將夫教授來發表他那饒有深意的論文，我也向來自中國大陸、美國、台灣和香港的傑出的學者、論文宣讀人和評論人深致謝意，但願您們能理解您們的分析和評論對於作者和他的讀者帶來的極有價值的啟發。我也要向芝加哥大學人類學博士候選人，這次研討會行政和組織上的負責人丘延亮先生和與他一起為這次研討會辛勞經年的朋友致謝。沒有他們日以繼夜的工作，這樣的研討會是不可能的。

謝謝大家。

初刊一九八八年九月《人間》第三十五期

1 本篇為「人間海峽兩岸對談」系列之三。研討會主辦單位：香港大學亞洲研究中心；時間：一九八八年八月四–六日。

陳映真・劉賓雁歷史性對談實錄[1]

被譽為「中國的良心」的兩岸著名作家劉賓雁和陳映真，本月六日在港進行了歷史性的首次公開對話。在接近三小時的暢談中，他們廣涉兩岸社會、政治、文學情況。既有嚴厲的批判也有熱切的期望，並應聽眾發問就香港民眾的現況和前景發表他們的意見。這次對話深受中港台及海外人士關注，傳媒連日紛以大篇幅報道，我們特依當晚錄音整理出整個對話實錄，以饗讀者。[2]

主持人：歡迎大家參加這個對談會，這是一個難得盛會。我想我也不需要詳細介紹兩位作家，大家座上有一個簡介。不過我還要援引一些他們曾經說過的話，作為一種小小的補充。一九八二年秋天，劉賓雁先生在美國愛荷華接受一次訪問時候曾經這樣講：「反右使我真正變成中國人民，特別是勞動人民的一分子。假如不是反右，我不敢說我現在的思想、感情是這個樣子的，因為反右以前，我已開始過上層生活，物質上、政治上都很優裕。」

關於陳映真先生，我要援引他在《知識人的偏執》自序上名為〈鞭子與提燈〉的一篇文章，上面這樣寫：「初作遠客的那兩年，父親頭一次來看我，在那次大概十分鐘的互談中，有這麼樣的一句話：『孩子，此後你要好好記得，首先你是上帝的孩子，其次你是中國的孩子，然後啊，你是我的孩子。我把這些話送給你，擺在羈旅的行囊中，據以為人，據以處事。』」如果上面「上帝的孩子」的「上帝」可解釋為對真理、對人的愛和追尋，那我看陳映真先生這些年來所做的，該符合他爸爸對他的叮嚀。而劉賓雁先生，剛才援引那段話是在大家都盛讚他具有中國文人的風骨之外，我覺得更重要的，是他嚴於反省，自己很了解自己在幹些什麼。我的介紹到這裡，現在請兩位先生開始他們的對談。

兩位都是文學工作者，或者大家有興趣了解一下，作為一個作者跟讀者的關係，在當中大概可以看出文學跟社會的一些關係。或者就這個問題先看看你們的意見，然後再對對方的意見做一些反應。

大陸作家讀者關係密切

陳：這個問題恐怕的確是台灣跟大陸有相當大的不同。所謂讀者跟作者之間的關係，就台灣的情況來說，由於經濟不斷發展，一般的說起來，文學有趨向於……不要說死亡吧，是不斷趨向於小群化。比較嚴肅的文學在台灣的情況大概就是一般對文學比較有興趣的青年，再過來就是專門搞文學研究工作的知識分子小集團在看。就是說，在台灣，文學跟民眾的生活離得比較遠。它的原因大概有幾點：

像劉先生在大陸的情況，根據王拓上一次到大陸訪問的結果，他說他手上有一個名單，這個名單大概是他覺得大陸上應該都認識的人，然後他一路從廣州問到北京，發現知道劉先生的名字，甚至讀過他的作品的人相當的多。讀的人當中——這點是我不大理解的，等下請劉先生說明一下——就是在大陸上搞創作的人跟讀小說的人不像台灣是比較局限於大學生或受過高等教育的人，而好像是他們的學歷並不那麼好，甚至是目前的工作是工人的，都可以寫出相當好的東西；讀的人也是一樣。台灣的情況就不太一樣，因為台灣的社會分工在比較高度資本主義化的社會裡，是很仔細的。分工仔細的結果，每一個人的工作、興趣就很不一樣，譬如一個勞動者，他每天要花很多時間很疲倦地在工廠工作，那他就沒有辦法、沒有時間來接近比較嚴肅的、好的文學。他們在休閒的時間恐怕就必須去購買那種比較官能性刺激、或者是通俗的作品來讀，或者去賭博，或者去喝酒，以這樣的方式來恢復他一天工作的疲勞。在大陸似乎不是這樣。另外一個原因，大概是我的估計吧。我是一九六八年離開正常的台灣社會，那個時候我們有的刊物叫《現代文學》，或者一路上來有很多搞創作的朋友，像今天在香港的施叔青，或是黃春明，都是那個時候年輕的作者。我在綠島就想，這麼多年一定新人輩出，以我還沒有進去時的那個經驗，一定這幾年不知出了多少人，將來回去可要好好補課，看看這些新出來的作家。可是出來以後，並沒有那麼多，甚至是令我吃驚的沒有。很多人問這個問題，我也不知道怎樣去解釋。可是有一件事大概是可以解釋的，就是我進去的時候已經開始有電視了，進去的那幾年電視不斷發展。第二就是台灣的消費經濟不斷發展，關於人生的各種各樣的問題，比方說人應該怎樣活著？人應該怎麼對待別人？譬如丈夫怎樣對待妻子，妻子怎樣對待丈夫，老子怎樣對待兒子，部屬怎樣對待上司，戀愛的問題，性的問題，健康的問題，住的問題，都是通過比較通俗的媒介來加以包裝，提供給別人。像在大陸吧，或者其他我比較關心的第三世界社會裡，比較多的民眾因為在比方說民族或社會的劇烈矛盾中，在這樣的社會裡，不只是文學青年或文學知識分子，可以說是比較多的人口都希望從文學家的發言，或者從文學作品或藝術作品裡尋找各種歷史社會人生問題的解答。所以我在八三年見到大陸的作家，他才二十八九歲吧，他當時好像也受到大陸年輕讀者的關注。據他說，大陸的作家一個月收到讀者一布袋的信是很平常的事。像劉賓雁先生這樣的人，來信和來訪恐怕就更多，這是一個蠻有趣的問題。

文革後作品才靠近人民

我想這種情況大概在日本和美國比較高度發展的社會，或者香港恐怕都有同樣的問題，就是文學的功能低減，這除了經濟發展的原因外，還有就是作家在這樣一個社會裡所寫的東西也不一樣，他不對人生提出解答，或是寫一些比較通俗的東西。如今年日本比較高的文學獎，芥川或直木獎，得獎的，是一個相當大膽的一種官能主義的作品。我想不只日本是這樣，美國差不多整個戰後吧，都沒有比較能成為話題的作品。

可是我在八三年以後至八七年，陸陸續續接觸了大陸作家，就像劉賓雁先生所說的，我想全世界沒有一個國家像現在中國大陸作家那麼幸福，他的社會地位那麼高，受到群眾那麼高的注意，以及在題材上——以下如果用幸運來講是不太對的——就是他們二十年作為右派的生活，貼著地面的生活，積累起來相當豐富，每一個故事都是那麼動人的，寫出來就不得了，讓我們覺得好像他們穿了去年冬天的外衣，摸摸摸出些花生屑，在我來說就是很好的短篇；萬一摸出半個乾枯的饅頭，那就可能是中篇了；萬一再摸出一張十元或一百元的鈔票，那就是長篇了。大陸上的作家二十年的右派生活，他們趴在地面上跟中國大地、人民民眾、生活深切的契合，雖是種不幸的經驗，可是從創作上來說，它是一個無限的幅員。在那種苦難、顛沛裡，思想、觀察有那樣的情形。我想這兩個原因使得大陸上的作家、作品跟讀者的關係，和台灣有很大的差別。

劉：大陸的情況也不從來都是這樣的，一九四九年以後有一段時間，文學作品的讀者群很狹窄，大概是到了一九五八年後，反右派鬥爭以後，經過官方的提倡，有幾本小說出於思想教育的目的，才有的由共青團出面，做出決議讓全國青年來學習；有的在軍隊裡這樣做，或者是報紙宣傳。比如說那時紅極一時幾本書，就是《紅岩》，寫共產黨在抗日時期在重慶的地下鬥爭；像《紅旗譜》，寫更早的時期河北省農村裡的地下鬥爭；楊沫的《青春之歌》，寫「一二九」學生運動的；《林海雪原》寫四十年代後期東北武裝鬥爭的，都是寫歷史。四九年到七八年的近三十年，沒有幾本書是寫當代生活的，因為當代很難寫。五六年，像我的兩篇特寫，王蒙的一個短篇，當時也曾經轟動一時。遇到這種情況，讀者一下子就變得很廣泛了，不限於少數的愛好文學的青年。一般的情況，就是一部分知識分子對文學有愛好的，甚至於準備當作家的，很狹窄。我和王蒙五六年的那些作品由於有較大的批判性，而在延安文藝座談會以後，這批判的武器就只能指向敵人了——帝國主義啊、國民黨啊、資產階級啊——在人民內部共產黨內部就不能公開的用批判的辦法來寫作。所以我們的那幾篇東西，應該說是一九四二年後第一批帶有批判性的作品，所以一下子引起了全國的注意。其實，譬如工人我相信就沒有人看，也只是限於知識分子和一些幹部。情況發生劇烈變化是在一九七八年以後。所以這跟我到香港以後一再提到的一個事實是有關係的，我說一九七六年是一個轉折，以天安門事件為標誌，中國人民開始走上中國的政治舞台。原來他們也在這舞台上，但是被動的角色，像京戲裡的跑龍套，是別人指揮的、擺布的。七六年以後他們自己上來了，他們要發言了，他們要自己書寫這腳本了，可能跟這個有關係。文革後期應該說是民不聊生、哀鴻遍野，十萬萬人裡就有十分之一，以各種不同形式直接或間接受到政治逼害。大家頭腦裡自然就有很多問題，需要得到一個答案：到底中國今後會怎樣？為什麼發生了這許多的事情？這形成了一種普遍的思潮。所以七九、八〇年，一批作品出來，一下子就轟動起來。譬如寫反右派鬥爭的《天雲山傳奇》，一出來的時候所有的人都去看。這種情況可能也不是非常正常的，因為他們那時可以選擇的讀物還是較少。後來各種通俗的東西就出來了，武俠小說啊、言情小說啊，其實從八〇年就有了。八〇年四川省有一家刊物，就是專門登這些神怪誌異的作品的，一下子就可以發行幾十萬，甚至有別的省還拿去翻印，又發行幾十萬。可見群眾有這種需要，它是一種自然的需要：看點輕鬆的、有趣的、可以消愁解悶的東西，這也是無可厚非的。到八三年以後就發生變化了，特別是到了八五年，幾乎是所有文學刊物都只登那些所謂純藝術、純文學的作品。

陳：有沒有分析那背後的原因為什麼是八五年？

文學距離讀者愈來愈遠

劉：是個逐步的發展吧。最初寫意識流小說是八〇年，後來慢慢就多起來了。就是我剛說的幾個原因：官方採取一種不置可否的態度，實際上是客觀地起了提倡作用，因為它不提倡寫這社會的重大問題，不提倡作家去關注那些事情、干預生活，它不歡迎這樣的東西。作家慢慢就轉移到這方面來了。這很明顯，八〇年一月兩個劇本被否定了，一個是《騙子》(《假如我是真的》)，沙葉新的話劇，內部上演上幾場，後來就禁演了，它是寫特權的。另外一個劇本就是《在社會的檔案裡》，它寫一個軍隊裡的高幹，跟他兒子兩個人一起玩弄一個少女。都是很激烈的，沒有能夠拍攝。這兩個劇本被禁以後，就連續出了一批低俗的電影，第一個就是《神秘的大佛》，就是四川樂山有的很大的佛嘛，帶點驚險啊、推理啊，也沒多大意思。後來就出現了「紅黃藍白黑」五部電影，紅大概是《紅牡丹》，藍是《藍色保險箱》，白是《白玫瑰》，黑是什麼東西記不清了，總之都是很無聊的、純趣味性的商業性電影。這種電影現在也有，因為現在電影廠是自負盈虧，它要拍一些賣座的來填補它那賠錢的。比方說有探索性的、藝術性較強的，賣座率低就要賠錢。總之，好幾種原因就造成現代派的潮流愈來愈旺盛，到了八五年幾乎占了整個中國的文藝刊物。讀者就跟這種文學愈來愈遠。最近作家又開始認識到這一點，又開始轉向，開始比較多的關注現實。

會寫小說就平步青雲？

陳：這個情況，時間上比台灣差了一點。我們現代主義的東西是一九五〇年以後，五〇年是一個非常明顯的分界線，在一九四五年台灣光復到一九五〇年的五年當中，雖然時間很短吧，可是數年前當戰爭將近結束時，台灣的文學受到當時日本的鎮壓很厲害，所以到戰爭末期差不多沒有文學了。只有四五年到五〇年的五年中台灣文學恢復得很快，一方面學習三〇年、四〇年中國文學，二方面像黎烈文、臺靜農，這樣的人來到台灣，像楊逵也在台灣介紹三〇年、四〇年的文學，然後戲劇啊，或是諷刺的散文，各方面都很蓬勃。可是五〇年有一個很大的轉折，五〇年政治上肅清運動以後，五〇年成立了「五月畫會」、「東方」。我想這件事跟大陸雖然相差三十年，那情況很像，那種苛烈的政治底下，反而是現代派成長的環境，而且有趣的是後來六〇年、七〇年台灣現代文學的重鎮都是軍方的、政工方面的作家比較多，所以這個現代派不干涉生活的文學，跟權力之間非常微妙的配合，我想居然台灣跟大陸有一點共同的地方，是很有意思的。另外，還有一個我不太明白的問題，為什麼在中國那樣一個社會，文學家會那麼重要？我是說我八七年在愛荷華初次見到了古華、張賢亮，他們告訴我在七八年，他們在中國大陸的存在差不多像賤民一樣，只是因為他們會寫小說，然後從賤民的地位整個的往上揚，為什麼那樣一個社會，那樣一個權力，那樣一個黨，對於作家會有這樣的重視（說重視是有點奇怪吧）。這是怎麼一回事？我們在台灣搞得不大清楚，我想全世界像台灣、香港可能因為投資啊，或者碰到一個好老頭給他一個遺產，絕不可能因為他會寫小說，然後從一個賤民的地位平步青雲，這在全世界都不可能。

劉：我想是不是受到蘇聯的影響。你要說共產黨，就黨內來說，我看領導也不是將作家、記者擺得那樣高。你看，有哪一個共產黨幹部接見過一個作家或記者？沒有。他們只接見外國的作家和外國的記者（笑聲、鼓掌）。所以很奇怪。而且他對作家、記者可以發號施令，應該寫這個，不應該寫這個，他可以這樣。你這個劇本可以上演不上演都經過他們審查的。儘管他是外行，他說的話你要聽。這對搞創作最困難不過的。寫小說的按說是自由的，因為沒有一個檢查制度。小說寫出來了交給一家刊物，甚至不需要你去送，他會來要的，門口就等著。刊物非常多，大家都願意下一次的頭條發一部有影響的作品或名家之作。這個地位可能跟蘇聯有點關係，因為蘇聯它是擺得比較高。再加上有什麼斯大林獎金、列寧獎金，如丁玲、周立波得了斯大林獎金，這是國家的榮耀。蘇聯很多作家什麼勞動勳章的獲得者，他們是擺比較高。知識分子在蘇聯的地位要比在中國高得多。這是斯大林跟毛澤東不同的地方。其實，在外文這writer是翻譯寫作都叫writer，但是在中國這「作家」的含意跟writer不太一樣，它就比那要高，搞文藝創作的就要高，一般寫書的就沒那麼高。是不是跟人民的文化程度低有什麼關係呢？這個事情我還沒想過。

陳：外面看起來是非常奇怪的，因為台灣的作家要花很多時間去生活，這影響到創作太大了。我們不是要那麼崇高的地位，很想有一個沒有後顧之憂的生活，然後到哪兒去旅行啊、做調查啊。實際上，台灣的作家的一個共同現象就是他們在二十幾歲開始寫作，因為沒有老婆孩子，而且成本也低，反正一疊稿紙一支原子筆就可以幹活。可是等他結了婚，或者在一個企業上不幸他是很能幹，他的地位一直上升，他的責任一直增加，那也會剝奪他的創作時間。實在很難理解，像那樣一個有問題的社會會這樣把一個奴隸拉上那麼高的地位。像張賢亮，據說當你們從右派平反回京工作的時候，他還怕在那兒，因為據說他是現行反革命，後來還是因為他會寫小說才解決這個問題，你說怪吧。

劉：張賢亮當然是因為他突出的幾部作品，一下子打就打響了，跟這有關。古華的情況不同，他沒有受到多大衝擊，他是從二十多年前就開始寫小說。我記得我上次到美國來還特別介紹了他的事情，因為他從六十年代就寫，但絕大部分的作品都沒有發表，沒有價值，因為他那時只能按照官方的需要來寫。他真正有影響有價值的作品還是在七九年以後。所以中國的文學真正介入人民的生活，成為人民生活的一部分，是七九年以後。

陳：我聽說那現代派的浪潮在大陸一、兩年就過去了。在台灣大概支配了二十年。

劉：中國的事情要是變，它的變化比外國還要快。比方說羅倫斯的小說《查泰萊夫人的情人》在歐洲大概禁了二、三十年吧，美國也是，中國在一九八七年初在湖南印了十幾萬冊，馬上查禁，封鎖起來，同年秋天，《文藝報》發了幾篇文章都是外國人寫的，肯定這本書，因為它的藝術價值高，到八七年冬天就解禁了。在這點上胡耀邦還是比較高明的，清除精神汙染時，關於什麼事情應該禁止什麼不該（笑聲），他提出幾個標準，其中有一條是：只要它是真正的藝術品，有一點色情的描寫，也不追究。我想這可能是從《紅樓夢》來的。

主：現在中國跟台灣都談開放，可否就此方面談談。

陳：請劉先生談談吧。

劉：我倒很有興趣知道台灣怎麼一下子蔣經國就邁出這一步？

大陸台灣開放各有困難

陳：我雖然身處台灣，但對台灣政治、特別是國民黨政治不是挺了解。台灣現在有「國民黨學」，因為台灣有很多黨外雜誌，在市場壓力下，逐漸變成內幕報道，如誰是誰的派別，如誰又是誰的私生子，我對這方面毫無興趣，所以不了解。但劉先生問到，這實在又是重要的問題。我講兩點，一是客觀方面，所謂亞洲四小龍的成長有一個特點，在日本有一個專有名詞——「專制的成長」，即是說，經濟的成長跟政治上的專制，有密切的關係。理論上我們的文化政治制度、人權條件、或言論自由各條件，應該與經濟的成長相應的往上爬，可是在韓國、台灣、新加坡等（香港我不曉得）有一個特點，經濟向上走，但政治上沒跟得上。而最近韓國、台灣一樣突然很陡峻的往上爬，最近的盧泰愚政權也是這樣，進行大改革。我的理解是，作為反共的前哨基地的這樣一個國家性質上，它有一種「國家安全體制」，而國家通過壓制物價、工資、國民運動，實現了資本主義的積累。待經濟成長至一定程度，一定要求上層建築要與經濟相配合，資本主義才可以往上發展，所以我個人認為台灣的改革，與其把它解釋成什麼開明派的發展，保守派的失敗，倒不如說是資本主義發展到一定程度之後，要求其他上層建築跟它配合。我常舉例子，老總統逝世時，台灣的表現好像是老國王的逝世，草木含悲，悽悽惶惶不知怎麼辦；蔣經國逝世時，就較係近代公司董事長的逝世（笑聲），死了固然悲傷，但正事還要繼續辦，於是副總統補上，人事再重新安排。那時股票沒往下跌，生意照做，這是值得注意的，我以為這是資本主義社會講求管理的國家的形態、是management state，我的朋友王杏慶說「中華民國」已變成「中華民國股份有限公司」（笑聲），這沒有調侃的意思，只說明國家的性格，國民黨也一樣，是一個現代化管理的黨。

第二點是個人觀點來說，雖然我坐過蔣經國的牢，我還是覺得應該實事求是具具體體的評價他。我舉個例子，小時候讀過童話〈灰姑娘〉，灰姑娘在十二時一定要回來，但她捨不得，開舞會，所以總流連到十一時五十七分才走，我覺得權力的變化大約也像灰姑娘，掌權的人總是十一時五十七分才肯走。台灣的經濟一直在成長，但我們為現代化付上很大代價，人、文化、大自然的破壞。在蔣經國改革時，我們覺得很累，一直覺得他不在改革，可是他一個孤獨的抱病的老人，只有他才能下命令，沒有人能負這個責任，我們見到一個孤單的老人，堅定地跟時間賽跑，就定下這個規章，幸好有這個規章，否則他過身以後恐怕就沒有這麼順利了。

劉：我對台灣的情況不太了解，我只覺得很不容易，蔣經國最後還為人民做了點好事，很輝煌的，但願所有的老人都這樣（拍手）。假使他不是那麼聰明的，他就只看到不利的地方，比如開放黨禁。我猜想他是看到另外一面。若不這樣做，台獨起來，台灣會亂起來，大陸就會出兵去了，他聰明之處就在此。

陳：我也同意劉先生這個意見，實際上蔣氏家族是一個政治力量非常強的家族，但在政治舞台上，卻迅速消退。這是台灣政治史上無法想像的事情，這當然是好事。

第二個是聽說，國民黨決心硬碰硬，要搞十三大全黨代表從下選上去，這對黨外、批評國民黨的人是一個很大的挑戰，不是那麼簡單罵兩句就可以了事。

劉：大陸有大陸的問題，回頭看這十年，有些事在台灣沒有那麼困難，我覺得意識形態的力量不得了。從我的經驗講，我從小在哈爾濱長大，那是個自由主義的城市，我的父親也是個自由主義人士，他從蘇聯回來，對我完全放任，完全沒有壓力。再說兩性關係吧，在那裡也是較自由的，三點式泳衣早就有了。到一九七八年，經過數十年的封鎖，不看外國電影，而且帶有軍事色彩的意識形態給我很大影響，到一九七八年我看第一部外國電影，從現在眼光看，沒有什麼特別，就是接吻的鏡頭較多，我看了就害怕。其實小時看父母接吻，都很正常。但我當時心中害怕，心想：這種電影年輕人看了不就墮落了嗎？連我都鬧這問題。七七年我校對一本書，是日文的日本外交史，寫到明治維新時代，那些幕府收買浪人刺殺外國人，發生很多問題，我當時就擔心中國不知會否出現這問題，使鄧小平的政策沒法進行下去，再有是農民的包產制度，涉及很多幹部的利益，這是台灣沒有的。

現在改善跟台灣的關係吧，也沒有很多不利我們的地方，但要放棄四項原則就麻煩一點。台灣有沒有這擔心呢？就是大陸很窮，台灣很富，統一之後，搞平均主義。

陳：我想是有的，不只國民黨吧，特別是台灣的中產階級。

劉：這種情況是不會的，我想就算把整個台灣都弄來，中國大陸十億人民，每人能分到多少，不夠分的。

陳：好吧，那麼我回去跟他們這麼說吧！

劉：你叫他們放心好了。

陳：實際上海峽兩岸恢復互相來往，是歷史上的大事。台灣曾經陷日五十年吧。在這五十年內，台灣的殖民地跟世界的殖民地不同，整個日據時代的反日運動，它都有一個指向性，一直希望中國強大，注意中國發生的事，不管左翼也好，右翼也好，都參與抗日運動。一九五〇年後的隔絕，是全球性對立的一部分，反對中國反對共產主義的宣傳，再加上四十年來絕對性的隔絕，大陸與台灣有絕對性的對立。再加上意識形態的對立，這種情況，是因物質上的隔絕，帶來感情上的對立。

大陸一直號召與台灣往來，但衝破這個阻絕是台灣的商人，台灣的中小企業面臨工資增長，在世界競爭力衰退，自然要找出路。這是人民先行，政策配合，因此我想超越兩個黨，民眾之間自然的物質的來往，都與兩岸人民在四十年隔絕後重新的理解、和解有極大幫助。

台灣人去大陸，覺得髒、窮，這是一個聲音，但也有親切的，台灣鄉下的人大量到大陸去玩，他們過去都有窮困的印象，因此不再震驚，反而有親切的感情，台灣去的人因本身的政治經濟地位不同而有不同的反應。

主：你們兩位都是中國知識分子的良心，能否談談知識分子的問題。

劉：台灣知識分子的地位怎樣？

陳：這是頂好的問題，大陸有這問題是因為所有知識分子都靠黨吃飯。台灣不一樣，六〇年代台灣的知識分子跟大陸的也許一樣，比較關心國家大事，中國往哪裡去，民主、人權等，比如《自由中國》、《文星》雜誌，介紹外國的思想，台灣民主化的情況，可能也因為當時經濟還未有大發展，容納知識分子的位置不那麼多，故他們牢騷較多，比較會想問題。一九六五年以後，經濟上的發展，造就了社會上很多新的位置，故大量的知識分子被安排在各單位，尤其是企業上，六〇年代後，當第一批留美的知識分子又回來，就出現重新界定知識分子的問題，去年我就參加這樣的研討會，總結出覺得知識分子不單要有好知識，更要關心社會，有負擔；但這樣的知識分子，並沒有因台灣教育提高而增加，我們有很多的專業人才。

至於大學教授吧，有一個問題就是我們有一些比較自由派教授從外面回來，他們這幾十年也起了一定清滌的作用，可是我們這些大教授有點問題，可以說是因為生活條件愈來愈高。相比之下，我聽王拓講大陸現在的學者，平常他們牢騷滿腹，可是，你一跟他講起他的專業，講起國家的前途，他們則滔滔雄辯，這情形在台灣是很少，台灣的多數是談待遇、談是哪所學校畢業、談出路……這樣的情況比較多。國家民族嘛，有點哼哼哈哈的。像我這樣在台灣主張國家應統一，他們覺得這是很不可思議的；談國家應該怎麼統一好像是談別人的事一樣。至於說知識分子地位高不高吧，我想，公平地說他們在整個社會是算中產階級的，並不低，但絕對不會高。除非是在黨裡工作的、有現代知識的，他們的地位會比較高一點。說知識分子地位高可以說是包括兩個意義吧，一個是待遇高、收入好，第二當然是受到群眾歡迎的程度。如果從第二個來講，知識分子好像劉賓雁先生那樣冒死犯諫、或冒著個人的安危替民眾說話的，就比較少。

劉：大陸的情況與台灣是不一樣，好的一方面是他們也不能不關心國家與社會的問題，因為太困難了。從客觀需要上來說，很明顯，因為人民愈來愈多的會獨立思考，至於哪個地位高，書記說什麼，我就信什麼，這樣的狀況是一去不復返了。人們需要思考的問題很多，到底是哪一個對，哪一個不對？到底是聽誰的呢？只能聽知識分子的、有學問的、在行的。可以說，知識分子的地位客觀上是大大提高了。但從主觀狀態來說，還是有一段很大的距離，因為幾十年的這種狀態，一切由共產黨的領導來決定，不歡迎你提建議、提意見，甚至是你說了話，反而會招災惹禍。我在一九七九年聽了一個知識分子跟我說了一句話，令我毛骨悚然。他說總結了他這一輩子生活的經驗，說在我們這樣的一個國家，想生活得順達，第一是不能提出跟領導不同的意見，第二是你尤其不能提出比領導高明的意見。我聽了之後，感到很可怕。我認為這樣一個社會、這樣一個民族，如果一層一層的都是這樣的，結果變成是聽一個人的了。這種情況當然現在有很大變化，不過還有一個情況是我們這個制度，知識分子是在國家機關、或在學校(是國營的)裡工作，那麼他們命運就操在別人手裡。我寫過上海一個學校，裡面我說，工資級別職稱，能不能出國，分房子有沒有份兒，是大的還是小的房子，能不能入黨，甚至是學術論文能不能發表，能不能到外地參加一次學術會議，所有這些都管在行政幹部和政工幹部手裡。久而久之，有些人也習慣於這種狀態。可以說是兩種習慣，一方面是習慣於對國家大事我不去考慮，我是教授就把我的課講好，我是作家就一年寫二、三篇小說，就問心無愧了。這是一種習慣。另一種習慣是逆來順受吧，知識分子你一看他那個樣子就是很溫柔的。

用自己方式分析社會

陳：我來做個補充。就是說也不可諱言的就是這二、三年，特別是最近台灣出了一些知識分子是相當介入運動的。比方說反對核能運動、反對汙染的運動、消費者利益保護運動，也是由知識分子來做了。民進黨還沒成立以前，一些自由派的學者從中調解吧，幫助民進黨與工黨溝通的也是一些大學教授。最近也有比較多的知識分子出來分析台灣社會的一些情況。這些的情況跟過去比起來是明顯的進步。台灣有一個具體問題是學術的買辦化、或者說是「西化」很嚴重。過去是在美國買了什麼東西，就到台灣來賣，而不加以本土化或者是經過本土再生產。這種情況最近有點改善，過去四十年以來，台灣的社會學教授，沒有一個人會告訴我們台灣是個什麼社會，沒有一個經濟學教授告訴我們台灣的經濟是怎樣發展，除了官式宣傳以外；譬如論述台灣資本主義的發展，就從來沒有這樣的專書。最近情況有所改變，有幾個年輕人辦了一本雜誌《台灣社會研究》，用自己的方式重新分析台灣發展的情況。這一點改變，是我必須補充的。第二個，劉先生剛才提到的情況在台灣過去歷史裡面也曾經長時期存在過，比方說人們必須入黨呀，必須渾渾噩噩地混呀，甚至更惡劣的是要靠黨來混，因為他根本沒有學問，反正是「混飯」。教育方面，搞教育行政的人，有教育責任的人比較少，黨政軍特退伍下來的官僚在搞。從這一點來說，海峽兩岸兩黨兩兄弟頗有相似之處。最近情況的確有所改變，以台大來說吧，訓導處公開表示，以前學生刊物要送審的，現在不需要送審，給老師看看就可以了。這些變化是不可諱言的。對我生活在台灣那麼多年的人來說，是巨大的變化，而這種巨大的變化有一個有趣的現象是被每人繁忙的營生所淹蓋，大家忙於賺錢，只有如我這樣的人憶昔思今，確也不太相信，會覺得有很巨大的變化。一般人是不管這些事的，一般每天都到股票市場去看，這才是最要緊的，賺錢馬上分紅、吃酒。另外一種情況兩岸是一樣的，但形式不一樣。是您們（大陸）要靠黨吃飯的情況比較多，我們台灣有一部分人也是要靠黨吃飯，但是現在台灣不少的知識分子可以不靠官方就可以吃飯。如果您是專制王朝，我不找您，您也最好不要找我。這樣的情況比較多。目前台灣受到企業控制的情況也比較多。台灣最近有一個很轟動的口香糖廣告，這廣告說的是什麼呢？就是有一個職員，他是搞創意的，因為出錢的老闆不同意他的看法，他受了挫折。他說：「我不幹了！」就把稿子扔掉了，扔掉以後，有一個戴著假面具的人出來了，碰到他的老闆也戴著一個假面具。老闆問：「您幹嘛？到哪兒去？」他本來想辭職的，後來卻說我去買一個什麼的口香糖。這就是說人們為了貪戀職位，因為車子、房子都交了貸款。我想，一個是黨、一個是企業，知識分子自主性的喪失是兩岸頗有相似之處。

問：今天我本來沒有機會坐上來，因為我沒有這個「特權」，而是幸運地抽〔中〕了（大笑），我謝謝這個機會。

在台下面我靜靜地聽了感覺像聽到兩位親人的講話一樣（熱烈鼓掌），我感到我們終於團聚在一起了。我們不是在香港二十多年來默默地做了不少的工作。在殖民地不明顯的壓迫之下，我們努力地做了一些文化的、人文的工作。今天我們能夠看到另外的一部分，看到他們在這裡見了面、談了心。這時候，我想起了魯迅在四〇年代到香港來（劉賓雁：不是四〇年代），說過香港是不能這樣讓它繼續下去的。雖然台灣有台灣的問題、大陸也有大陸的問題，我希望台灣的親人、祖國的親人再不要將香港這部分稱為僑胞。您們既叫「一國兩制」，就讓資本主義繼續下去吧。如果我們中國這樣發展下去就是你是你，我是我……這樣恐怕我們以後就算再見面，也沒有什麼意思。

劉：不單是我自己個人，恐怕是大陸的很多知識分子對香港、對台灣關心的都不是很足夠。這大概是個事實。一方面是我們得到外間信息的條件的可能性比較少。香港的刊物國內很難看到，不僅是《爭鳴》、《九十年代》看不到，連《明報月刊》也看不到，這是很不正常的。我們因此很難了解到香港。就算看到了，我們最關心的也是關於大陸的報道，因為大陸的事情我們也很難了解到情況。我相信這種情況今後會有大的改變。

陳：我第一次到香港是去年的事情。我記得上一次跟這一次我都很激動，我來到香港，感到了喜悅。這個地方是另外一個中國人生活的地方，而香港和台灣有一個共同的經驗：在列強的干涉下，變成殖民地，而在形式上、內容上都與「中國」分離了。在台灣的歷史來說，是日治時代的五十年，五〇年以後在美國的干涉下是一個離開中國本部的社會，用它自己的方式發展著。我想剛才那位先生的激動可能打動了我的心。

舞照跳馬照跑是墮落政策

目前的中國面臨著一個很大的矛盾，就是一方面要使國土統一，結束民族分裂的狀況；另一方面是因為這兩個地方離開「中國」的政治圈、文化圈，單獨發展，發展出了另外一套文明，這個文明就是舒適、享樂。這情況對於將來國土統一再團結，造成了一定的障礙。香港很多人都要跑了，台灣也不只是現在，從一九五〇年、六〇年，就有人離開台灣，有少數一些人也說一些「風涼話」，他們在外面事業有成，就回來指指點點，同樣，也有很多人回到大陸去指指點點。老實說，這些對我們一直在台灣生活的人是感到不怎麼太舒服的。聽說香港要「馬照跑、舞照跳」（笑），像這樣的政策，實在是一個很墮落的政策（鼓掌）。我想，在香港的中共官僚，應該多聽這一類、剛剛鼓掌的人的聲音。當然有一些人怕窮，有人怕不安全，我想這是中國幾十年政治發展所應該付出的代價。要付的代價，總是要付的。我相信香港跟台灣一樣，有很多人願意過著、做著一種有尊嚴、有民族自尊心的中國人，不一定是跑馬、買彩券、賭博情況下來維持與中國的關係，這是我有同感的。

不過不可諱言我們台灣跟大陸一樣，香港的資訊很少，這個「很少」有很複雜的原因。有一個原因是台灣幾十年來的發展，養成了對於只要離開台灣一公尺的事情也不怎麼關心的習慣。

照理說吧，香港一九九七的問題，台灣人應該很關心的。但據實來說，他們不怎麼關心。不關心這事情，並不是對香港特別歧視，而是幾十年來，不關心社會，也不關心世界，這樣的一種文化所造成的。我就不太能理解香港這樣商業化的社會，這樣的座談會有這麼多人出席，小記者來問我們的全是政治上的問題，而街道上完全又是一回事。這的確是我挺不能理解的（笑、鼓掌）。我在此致意。

問：我首先代表我自己歡迎劉先生和陳映真。因為我能坐在這向兩位文學的巨人講幾句話的時候，我的心情是很激動的。他們的文章我也拜讀過。我跟前面那位先生有點同感，就是香港的知識分子在香港扮演著什麼角色？

我想問我們社會的良心對待香港的知識分子究竟有什麼發現？在香港來說，上層文化、中層文化、下層文化，這個問題很敏感，特別是作為特權的階層，我自己除了思考過這個問題以外，也很想通過兩位巨人之口來談談香港的知識分子應該走一條什麼樣的路，這也就是前面兩位先生講的，香港的知識分子在扮演著什麼角色？還有，一位先生讓我代問兩個問題。第一是，劉先生您認為中國共產黨在本質上是否一個極權主義的政黨？似乎您很少把大陸的不幸事件提到人權的高度，您不提人權主義，是有意迴避，還是對西方輿論有所保留？另外，劉先生，您現在不是共產黨員了，以後還想不想加入進去呢？

劉：就我所知，極權主義不是拿來形容一個政黨，而是拿來形容一個政府、一種政治制度的。共產黨本來是一個革命的政黨，它是靠革命手段奪取了政權。這個黨本身當然犯了很多錯誤，但這個黨本身也在變化。我現在被這個黨開除了，但我並不因此對整個黨就輕易做出一個肯定的或是否定的判斷，因為它正在變，發生著變化。如果是說中國的政治制度的話，那麼美國有一位華裔政治學家鄒讜先生，他認為把大陸的政治制度叫做極權制度，還不如叫做「全能」政治制度，因為共產黨認為它可以把整個社會都管起來。不僅是共產黨這樣認為，而且是全國人民也把整個中國交給了共產黨，他們是完全出於自願的。我這樣說，因為整個過程我都經歷了。這是因為中國轉化的過程、或者稱是解放的過程，有一個它自己的特點，是任何其他國家所沒有的。比方說共產黨的軍隊占領了一個村莊，這個村莊的老百姓就解放了，共產黨的軍隊退出了村莊，老百姓又不解放了。可以說，中國人民是處於這樣的一個地位，所以才對共產黨感恩戴德。加上解放後確實在政治上有了翻天覆地的變化[3]，中國人未見過另外一個政黨和另一個政府，對這種現象經驗很深。黨已經發生變化。我這幾年的工作是要幫助黨糾正已經發生的腐敗，我相信這幾年的工作起了一定作用，明顯的是，去年我被除黨籍後，很多黨內的人仍然是同情我的和支持我的，還支持我繼續寫作；我能出國、出書都與他們這些人有關係，包括黨內及非黨內人士。

我沒有迴避人權問題，我一向就談過這個問題；今天下午也談到過。明年是法國革命二百週年——二百年前法國解決的問題，今天中國還未有解決，總之中國人的人權還未得到充分保障。在國內我常說：「壞人受不到應有的懲罰，好人得不到應有的保護。」人道主義是我在七九年跟王若水、周揚等一致呼籲，幾十年來中國一直的核心就是對人的態度問題；對人的權利、幸福、自由的腐蝕，對人的輕蔑、猜疑、抑制、摧殘，這是東方式的、造成機會主義的一個特點。當然，共產黨近年做了很多糾正和平反，但制度上並沒有改變。沒有改變，就不能保證以後不發生這些事情，而且，現在這裡這些問題還在發生。我認為，中國最當前的問題還在於改革、制度和民主。我們現在做得比蘇聯還要慢，比哥爾巴喬夫做得慢，叫我們很焦急。

「共產主義」的譯名錯了！

陳：香港知識分子應怎樣做的問題，首先我覺得問題提得不怎恰當，因為我們台灣受夠了，從六〇年代到現在一直有不少外面念書回來的人都指指點點，告訴我們你該怎麼做怎麼做；聽起來，也不見得他們的話不能聽，可是聽得進去的並不多，不切合我們的需要。我相信香港知識分子有力量解答自己的問題。你們曾有人說在強大的商業社會下，有很多朋友在奮鬥，把零用錢變成刊物……這種經驗我們在台灣也體驗到。……作為一個客人，我提出一點參考意見，第一是爭取香港人民、香港知識分子的主體性。主體性是建立在整理、回顧、反省整個香港的歷史，從歷史重新認識及尋找自己的位置：為什麼香港今天會成為這樣一個社會，怎樣來的，跟民眾有深刻的連帶，而不是跟拿著加拿大護照的人連帶。我相信大部分香港人想溜也沒有能力溜，我們要跟這些群眾之間找到共同語言。第二是年輕朋友重新認識在香港的中國人這個命題，然後爭取在工作思想、文化知識，並爭取在工作崗位上的主體性，有了主體性才有發言權。與其再埋怨、憤怒，不如不怕事情多麼小，仍然去做。現在大概還有十年，還來得及，加油吧！

問：劉先生，你過去曾言相信共產主義，現你雖退了黨，但我仍覺得你是個真正共產黨員。但是基本上人性是自私的，有你這樣膽量的人實在很少很少，這個社會很難達到完全公平，只能盡量做到多些機會給每個人，所以我認為共產主義是個夢想，不可能實現的，你現在怎樣看共產主義？

「回不回黨，是我的事！」

劉：共產主義Communism，當初翻成「共產」主義不大對，應該翻成「公社」、「社團」。其實一個名詞的稱呼不重要，重要是它的內容。有一點我相信你們會同意的，你們生活在香港，知道資本主義是什麼東西。多少年來社會主義沒有搞好，大家也知資本主義不是共產主義，沒有搞得那麼壞，於是覺得資本主義很好，而沒有看到它的另一面；這方面陳映真做了很多工作，我讀他的作品給了我一點啟發。別的不說，就說美國、西德犯罪率很高，很多人感到孤獨、空虛和絕望，要自殺，可見那不是一個理想社會。我相信人類絕不會只是滿足物質生活的豐富。不少人問我願不願留在美國，我說不願意，儘管我在美國生活很舒服，房間寬敞，甚至可買開篷車開，大陸就達不到這生活水平。但是生活上我感到寂寞，無聊。有一個博士生，他有四、五萬塊美金收入，能交百分之三十稅，他不想回國，他生活很好，每天跟美國年輕人搞在一起。很愉快，已經同美國第二個女孩同居了。但是我跟他說，我相信他到四十歲時會感到空虛無聊。我覺得美國生活很單調——也許因為住洛杉磯，住在波士頓可能會好一點——沒有多大意思。人類總爭取建立一個理想社會。所以你叫它共產主義也好，公社主義也好，或其他一個名詞。共產主義本來是一個遙遠的未來，帶有空想成分。馬克思也從來沒有說過共產主義的具體情形。人民有自由，有共同利益，豐富的生活，甚至擺脫因分工帶來的缺陷，能生活得更豐富和自由，有全面發展，這是大家所不能否定、認為是不對的。今天我還是追求這種理想社會，但可能跟原來預料中的共產主義不完全一樣。

問：你還會加入共產黨嗎？

劉：這個問題常常遇到，重新加入我是絕對不會的（鼓掌）。問題是他們要我回去——回不回去是我的問題（鼓掌）。美國一位最樂觀的女教授朋友曾經估計，於去年年底他們就會給我平反，她跟我太太打個賭。結果沒有這件事，不會那麼快的！我看這件事還是隔三兩年。我覺得這不是一件很重要的事情，只要我有行動的自由，寫作的自由，我已經很滿足，至於到他們要求我回到共產黨去的時候，我回不回去呢？我還要看一看，看一看這個黨會不會第三次開除我（鼓掌）。

問：我做中國貿易的，我常到國內去，最近我到北京聽到一個故事：有一次新加坡總理李光耀與蔣經國對話，問蔣為何不讓台灣人返大陸探親，是否怕他們留在大陸不走？要是怕的話應讓他們全都回去，因為回去以後他們全都會回來。令我想起一個月前在大陸電視看到一個感人鏡頭，一個老兵到大陸探親，到頭來還是回台灣去，因為若不返台灣，大陸的親人不能有電視機、洗衣機等東西，要回台灣多賺點錢。我從前搞過不少政治工作，學生會工作。但畢業以後，幾年來給我思想很大改變，重要就是統一問題。老實說我是愛國的，但是幾年來我回大陸，城市建設多了高樓大廈，但老百姓生活愈來愈苦！我接觸到不少那裡的知識分子，是北京重要單位的人員，他們問我香港情況怎麼樣？我告訴他有些搞移民，有些搏命賺錢，在九七之前走；他以一個國內知識分子，曾經經歷很多衝擊，他贊成我向外面跑，不是愛不愛國的問題。我想問一個問題，究竟統一除了民族感情以外，對我們一般人民實際有什麼樣的好處，請你們講一下。我是愛國的（鼓掌），但現在開始很懷疑。

劉：我們都是一個民族吧！傳統上，團結在一起比分家好，是吧。我相信待到統一條件真正成熟的時候，也必定是中國統一最有利的時候，台灣覺得有利，香港也覺得有利的。假如大家覺得統一沒有意思，那就是統一還不是成熟的時候，那麼也不可能實現統一。那麼，在什麼時候，在什麼條件下統一，實在是個問題。而且國內的政治制度，也要發生很大變化，現有二十九省區，總都是大一統局面，而地方權力很小。如地方的國營工業的利潤，百分之七十至九十都要上繳北京，然後由北京統一分配。國內有愈來愈多的知識分子覺得這情況不合適，恐怕不用很長時間，各個省區的自主性就會慢慢增強，甚至會變成某種制度固定下來。我相信終於總有一天，不單台灣、香港大家會統一，而且外國人也參加入中華人民共和國，而不是中國人都往外跑，我相信會有這種情況。我到過十多個國家，不見得都是全部都幸福的國家。在五十年代我們有過一段不錯的日子，無強盜，可夜不閉戶，但那段日子也有危機在萌芽。所以說那時並不是理想狀態，但它可以作為依據，就是我們可以做到這種地步，而且可能會做到更好。中國最大問題是人口，最好能有人找到方法更有效實用計畫生育。現在已沒有辦法。

陳：今年四月成立中國統一聯盟，我是聯盟的主席（鼓掌），這位青年人的論調在台灣也很多，關鍵在於態度，我認為選擇國籍是人權的一部分，不能說他不想當中國人就是數典忘宗、就是漢奸，具體事實是由於中國的一些錯誤和苦難吧！歷史上從沒有像現在這階段，那麼多人跑到別人已經打掃好的房子去住，煮好飯就上座吃，它是有具體原因。政治和兩極對立，這是個複雜的問題，這是中國和第三世界的命運。不少人往外跑，然後用失意、下一代作為藉口，牛往青草跑是很容易理解的，我覺得不要中國、不想當中國人是人權的一部分，應要尊重。但我反對就是：你不當中國人，又講出很多理由把它說成合理化，中國不成啦！中國落後啦！我想不必講理由，你喜歡當什麼人，都是合理的，但說道理就是叫人生氣（鼓掌）。

應該尊重溜派的人權呵！

第二，香港跟台灣有共同地方，在劉賓雁一生中，當中國人從來就不是一個問題，就好像呼吸、喝水一樣不是個問題。但對香港人及台灣人來說不一樣，當中國人是一種必須奮鬥的事情，我的父親，和到我的這一代，當中國人不是理所當然的事情。日本、美國從來不會有一秒鐘發生這種事情，這是一種很大的悲傷，我們應正視這個悲傷，而不是以這悲傷去撒嬌。我希望以後我們的子孫不必去鬥爭才變成一個中國人，這些恐怕是國內人不大理解的。

第三，香港和台灣離開中國，是有外來因素的影響，清朝時香港離開中國，清朝時也是台灣離開了中國，一九五〇年以後，兩極對立，分開後又發生很複雜政治變化，有時我半夜醒來覺得很奇怪，有這樣一個外來勢力，用自由、平等的大義名分將中國分成兩邊，然後盤根錯節的產生變化，讓兩部分的人不願來往。這個變化像台灣三十年來的變化……。

我覺得，一個分裂的民族是一個殘廢的民族，國家的分裂基本不是這個民族自願，所以後來發生的枝枝節節的事，是整個世界的結構性的問題。一個民族的分裂是很悲哀的事情。我主張統一，絕對不是因為我覺得共產黨是好的黨，中華人民共和國是理想國。對外而言，民族的分裂使同一民族互相瞧不起，互相猜忌，甚至互相仇恨，互相敵對，使這分裂的民族的智慧、創意、才能不單沒有相乘相加，反而互相抵消、互相挫折，而且因為分裂，雙方都受到傷害。比如我們動輒就稱對方「共匪」，那邊就叫我們「資產階級」、「美蔣特務」。我想不管兩個黨怎樣，這個債是要還的，恐怕，如劉先生言，要加倍的還，做生意的人知道，信用是很重要的，當你信用破產時，你要花很多力氣去重建。我想國民黨吃過這苦，最近慢慢就好了。我想共產黨才開始要吃這個苦。這個債你一定要還。

第四點是中國的統一不是國共兩黨的事情。就以文學說，我們談到中國的文學，起碼就從《詩經》想起來，然後到漢朝、唐朝等，我想沒有一個喜歡中國文學的人說，金朝的文學我不要，清朝喪權辱國，不算中國文學。沒人這樣講，政權不過轉瞬就過去的。中國是幾千年來由中國人的勞動不斷建立起來的。如果（有人）覺得這個國家不行了，不想當這國的公民，我覺得應該受到充分的尊重。但以我在台灣蹲了五十年的經驗，我可以告訴大家，我們一直堅持在島內生活、工作和抵抗，比諸陸陸續續回來的，像有個「國建會」——是國民黨對海外知識分子統一戰線工作，他們有特權，我們在國內不敢說的由他們說，所以起初我們就很關注，看這些「海外優秀」講什麼話——後來禁令解決了，這些學者專家又是搖搖晃晃回來開會，然後又亂發言一通，我們就很不滿意！你們能講的話，我們比你講得更好，所以那時代已經沒有了。

劉先生今天為什麼受到中國人這麼愛戴，那是因為他沒有跑到外國去，他堅持在祖國困難時與民眾一起，一起受苦，我不能忍受那些兩邊看，兩邊說閒話的人，何必呢？你走就走吧！（熱烈鼓掌）嫁出去的女兒回娘家就客氣點，何必又要指指點點呢！我覺得，在祖國最困難的時候仍然願意留下工作、抵抗、創作的人，以我的經驗，他會有豐富的補償，我不敢說補償——

起碼會覺得自己的生活是富足的。

問：想問兩位先生一些有關文學方面的問題，幾年前國內的小說較多是寫實主義的作品，但近年來寫實小說趨於沉寂，新一代作家開始出現，請問劉先生對這些新一批的作品有何意見。另外，由於最近台灣解除了書禁，台灣讀者可以看到許多大陸的作品，請問這情況會對於台灣社會及作家有什麼影響？

劉：中國的文學創作出現了不同的流派，這是件好事情，本來就應該有各種不同的流派。新起的作家又可以分為兩種：一種是韓少功那樣的，北島等等，他們的表現手法是現代主義的，但創作的內容、思想和意圖仍然是跟中國的現實緊密相關而非逃避的。怕的是有一種作家，則是對中國社會、對中國人民的需要也沒有什麼興趣，他們的寫作目的主要是抒發自己，或者甚至有其他的個人目的。但表現自己、實現自己，不見得是一件壞事，所以我曾經這樣說過：走入象牙塔的人未必都是不好的文學家，只要他是真誠地獻身於藝術，我們就應該尊重。但假如他的目的是得諾貝爾獎金，為了摘取某一個桂冠，或者為了賺幾個稿費錢，那麼我就認為是不足取的。而且那些小說也不見得是完全用舊的現實主義手法，也很可能有荒誕派的手法，因為荒誕派可能把現實表現更深刻。

陳：有些補充就是台灣也搞過現代主義，要澄清的是，台灣反對現代主義的人並不是不知道它有不少是進步的，如三〇年代歐洲現代主義，其實是反對當時的資產階級社會的庸俗化甚至是人的平庸化，具有相當明顯而激烈的革命意義。到了後現代主義就演變成一種玩弄文字的遊戲，內容只有個人，而拒絕了社會、拒絕了歷史、拒絕了時間、拒絕了生活。另外有些比較壞的情況是：為外國人寫。有些人希望自己的作品翻譯成英文或法文以後可以轟動全世界，這完全是殖民地心態。事實證明，這種現代主義反而不受國際上的重視，而著重表現台灣自己具體現實生活的鄉土派作品受到重視。我完全同意那些現代派有存在和創作的自由，因為若以任何意識形態或理由去壓制現代派的話，那別人也可以用另一些理由來壓制我們這種干涉生活的文學。所以一定要尊重他們表現手法或創作自由。重要的是大家如何在創作上爭取群眾。

大陸文學流入台灣以後對台灣的創作起了什麼作用？我可以做一個簡單的報告。台灣由於社會生活質量的變化，使文學的生產和再生產已經停止下來。所以台灣的文學出版界沒有東西可以出版。因此，中國國民黨開放大陸作品以後，很多出版商和商人不怕殺頭，直接跑到大陸跟作家簽約，或者來到香港跟「共匪」有關的出版社直接接洽（笑），其大膽程度說明是有利可圖的。實際上，出版以後都沒有戲劇性的銷量，雖然事實有些作品是很不錯的。我自己試圖對這個情況的解釋是因為整個社會對文學冷漠，另外是因為不管大陸文學作品是好是壞，但畢竟只是反映大陸本身的問題，但好的文學作品畢竟是會有人讀的。一個消費化的社會形成後，人們大概沒有興趣要花長時間去看長篇作品。第二個原因是台灣的研究界比較懶惰，台灣目前除了清華大學的幾個年輕教授外，在整體的研究是有系統的，對七八年以後整個大陸文壇沒有一個概括式的研究，所以我們還不曉得大陸文壇是怎麼一回事。第三是作家論和作品論都非常少，這個也是大陸文學在台灣沒有收到立刻影響的原因。不過我一直相信，只要文學作品是品質好的，也還是會發生影響的。說一下阿城的「下鄉」吧，幾里路沒有幾本書可以看，只有互相傳閱，說不定連電話簿也會從頭到尾津津有味地讀一遍，沒有東西閱讀時，他們對於文字的飢餓感，對台灣或香港人來說是無法想像的，我們一天可能會「飛」閱許多材料，用黃筆一劃，打上電腦，然後就視而不見了。可是阿城在破廟內發現了一份手抄的廟史！他藏為秘本，他沒事就讀來讀去，就像我們小的時候物質缺乏，逢年過節有幾個蛋，我們弟兄多，每人獲發一個滷蛋，省得吃，我們把它含在嘴裡，把黑黑的滷蛋含到變白色，到第二天發酵了才把它吃掉。同一道理，在缺乏書本的情況下，他會把文字放在嘴巴裡含著來玩味。沒有書看的時候五官就特別發達。

問：現在兩岸有一種現象，就是愈反對政府或愈給政府壓迫的人就愈有名，出現了許多明星，比方今天大家來看劉先生、陳先生，也可能抱著一種看明星的心態吧！我想問在這種情況下，陳、劉兩位先生有沒有信心可把握知識分子的那種主體性。

問：最近國內物價高漲以後有點民不聊生的感覺，官僚貪汙造成苦況，不少人都說現在可能是建國以來最危險的時候，請劉先生分析一下這個情況。

第二個問題是在「反資產階級自由化」以來，我看了一些得獎作品都是一些報告文學，不知道這是偶然還是必然的現象。

還請問陳映真先生：在看您的作品的時候，很多時都發覺您講出了資本主義社會裡許多不好的地方，好像有點社會主義色彩，請問在制度上社會主義是否比資本主義好一些呢？

問：請問劉先生幾個問題，因為剛才那位先生提過統一的問題，統一包括香港、台灣、大陸三個方面，現在主要矛盾好像集中在大陸方面，大陸的矛盾，又主要有兩個因素，第一是政治因素，第二是經濟因素，這兩方面有許多問題。比方說剛才劉先生講過怎樣對人的尊嚴如何更好地尊重，再者是在政治體制上如何反官僚，如何使他們更廉潔等等。從大陸的人民來說，他們應該怎樣自己主觀地面對和解決這些問題？

問：請問劉先生三個問題：首先是劉先生能否對八六年底學生上街遊行事件做一客觀的評價？

第二是劉先生可否告知受國內大學生愛戴的方勵之、王若望先生的近況？

第三是劉先生是否打算回國後再到一些高校做演說？

作家應該有充分創作自由

劉：物價問題是一種表面的東西，它背後隱藏著種種危機，這許許多多東西我們在七九、八四、八六都看見了，現在討論物價問題往往都是從經濟角度來看，沒有把人的因素考慮在內。我認為最重要、最根本的問題是人的問題，因為再好政策，再好的制度，若人們沒有那種心情去幹，你怎麼辦？就是說政治上有許多明顯和不明顯的怠工，這個現象我認為是很嚴重的問題。社會勞動生產力上不去，就算增加工資就等於直接提高物價，這是很簡單的道理，所以根本上就是要改革政治制度！使大家感到心情舒暢一點，使不公正的事情能夠有所糾正，那些貪官汙吏能被制裁。那就是說，要能看到希望、看到一個光明的前景，這是非常重要的。文學問題，八七年，國內作家協會的領導人也承認，沒有出現好的小說，但是報告文學卻一直不錯，從八〇至八七年一直沒有受到什麼影響。報告文學是大陸人民最愛看的，一方面是因為我們缺乏新聞自由，其他國家能在報紙上解決的，我們只能用報告文學這個形式。但另外一方面卻不完全是這樣，而是因為大陸正在進行一個劇烈的變革過程，湧現了大量新的現象、新的問題、新的人物，需要用報告文學的形式深刻地揭示出來，甚至做出分析來幫助讀者認識問題，這是其他國家所沒有的，像美國、法國、德國，他們的社會基本是停滯的，他們有很多問題都是一百年以前或三十年以前就已經有人寫過了，而不像大陸那樣每天都有很多新東西出現。

大學生每一次的遊行示威，我認為都是正常而且正當的，甚至我認為是一種進步行動，是推動中國前進的行動。我在南開大學做最後一次演講（八六年十一月二十九號），我說：「在任何一個社會裡，大學生都是新秩序的揭幕人。」在中國尤其如此。自五四以來，一次又一次地證明當我們民族遇到危機的時候，走在最前面的是大學生。所以，在我心目中最可愛的中國人就是大學生。

方勵之的近況我知道得多一點。本來今年初是不讓他出國的，後來消息是他八、九月要到澳大利亞去參加會議，然後今年年底到美國Texas開會。有兩種說法，一種是說限定他開完會後要馬上回國，另一種說法是他預備在美待大半年，這到底是他自己的意思還是官方的意思就不太清楚。總之他的日子還可以，還不錯。王若望也沒聽受到什麼不好的待遇，好像還可以正常的生活，正常的寫作。

假如我回去，而環境又允許的話，我當然會再到高等院校去，我最願意跟大學生在一起，但往往是要在中國政治氣氛比較好的時候，政治氣氛不好的時候我就不想去了。當然我回中國的時候情況怎樣是很難說，我打算明年六月回去，現在很難說是什麼樣子。現在的感覺是中國什麼事情都可能發生，任何時候都會發生一些我們意料不到的事情；但我相信不管發生怎樣的事情，不論是我們希望或不希望發生的，不管是哪一種，我相信對中國社會都是有利的，比那種表面安定，而實際上是法西斯專制、名義上又是社會主義的國家要好得多。

反對權力會受到人民擁護

陳：我這邊有兩個問題，第一個問題的提法相當好，而且是一個蠻嚴肅的問題。他說在兩岸搞反對的人成為明星，我得說明我在台灣絕對不是一個明星，只是你們讓我變成一個明星，我想這個責任應該在於你們吧！我跟劉先生會面，在個人來說，是一件很重要的事情，也是一個很難得的個人經驗，沒想到會驚動這麼多人。以下我要用劉先生的話說明為什麼反對權力的人反而受到民眾的愛戴，那有一個條件，就是權力腐敗、墮落了，權力跟人民群眾分開了，權力跟人民站在對立的方向。大概當權力還受到群眾擁戴的時候，誰反對權力就一定沒有好日子過，我想這個劉先生有深刻的理解，而且捱了權力的打還會覺得：啊！打得好，可能是我不對。所以這個應該相對來看。當一個反對權力的人受到群眾極高評價的時候，正好很生動地說明了權力本身已發生了重大的危機，而且說明了權力和群眾已終站在對立面上。只是一般的群眾不面對權力，不敢冒死做力諫，所以他們把自己想要做可是不能做或不敢做的心情投射到劉先生身上，給他以最真誠熱烈的關心和支持、擁護，所以跟電影明星是不能類比的，是相當不一樣的。

第二個問題是關於我的思想問題，對我做思想檢查吧（笑）。我的答案跟劉先生的一樣。第一點就是社會主義有非常寬闊的解釋。從柏拉圖，從世界各民族——不管它是先進還是落後的，長久以來都有一個夢想，就是希望人能夠活得更像一個人，活得更友愛，更有尊嚴，更有人的主體性，人更得到解放。中國有一部著名的小說叫《鏡花緣》，就是我們世界上有的他們都相反，這裡要偷斤偷兩的，那個社會就拚命要秤多給你，這個也說明了人類的願望。我們就是爾虞我詐，可是那裡面卻拚命要讓你欺負，讓你騙。這說明人類長久以來面對一個不公平的社會，就有一個相對的願望，希望能更公平更像人地生活，這種思想逐步發展就變成所謂的各種派別社會主義。其次，我是生長在一個資本主義逐步發達起來的國家，我自己跨越過一個由貧窮到富足的社會，雖然我現在還很窮，我是從資本主義各種具體（而不是書本上的理論）的弊病去理解社會主義的；所以，即使在這裡，我也可以公開說，一個真正理想的社會主義——就像劉先生所說的——也當然是我的主張。我八三年第一次到美國，一方面覺得這個國家真是他媽的這麼乾淨遼闊，文明開化，甚至到了嫉妒的地步。我從飛機上看，雖然中國跟美國一樣大，可是愛荷華是一片黑色的沃土，大概我們中國地理上是崇山峻嶺的，但是我卻真的不會喜歡那個國家，那個社會。我認為中國人民應該盡力量去建造一個適合我們需要的，具有我們主體性的一個比較幸福的、團結的、有正義和友愛的社會。謝謝。

初刊一九八八年八月八、九日《香港經濟日報》

1 對談會主辦單位：香港大學學生會、中文大學學生會、中大學生報、浸會學生會；時間：一九八八年八月六日；地點：香港大學陸佑堂；錄音整理：黃蕙瑜、曾憲冠、陳燕清、林道群、周靜然。

2 《香港經濟日報》八日刊出兩位作家與觀眾答問，九日刊出兩位作家的對話。本文依現場時序先載對話，後錄答問。八日所刊答問內容，後轉載於一九八九年三月《中華雜誌》第二十七卷總三〇八期。

3 「在政治上有了翻天覆地的變化」，原刊於「政治上」之後截斷，無標點，另起新段，而在「有了」之前加「這是」二字。此處按《中華雜誌》轉載版修訂。

〔訪談〕作為一個知識分子，我仍然勇於在爭議中堅守批判的立場[1]

陳映真可能是目前在台灣知識分子之間最常引起爭議的一位作家。然而，這些爭議，只有極少數是關於他的作品本身的風格和技巧，絕大多數都是關於他的小說作品中流露的政治理念、他的評論作品中的政治意涵，以及他個人對政治現實的態度。

陳映真自五〇年代末期開始寫作，初期作品偏重他對死亡問題的思索，時有感傷主義的慘綠色調，到了六〇年代中期，轉而反省當時知識分子的虛無和蒼白，筆鋒雖帶反諷，卻又不乏悲憫。

一九六八年，他因政治罪名繫獄，直到一九七五年才出獄。出獄後，陳映真繼續發表小說和評論。到目前為止，小說作品中，以譴責跨國企業的〈夜行貨車〉、〈雲〉、〈萬商帝君〉，以及以記錄五〇年代白色恐怖時期的〈山路〉、〈鈴璫花〉和《趙南棟》這兩個系列，最受注意。

陳映真的作品，探討的原本就是極具爭議性的題材，再加上他本人不時對海峽兩岸的政治關係發表言論，遂使他既偏向社會主義又主張中國統一的政治態度，除了為他帶來牢獄之災以外，也不斷引起來自各個不同方向的抨擊。

雖然備受海內外知識分子敬重的徐復觀曾經稱讚陳映真為「海峽東西第一人」，但是這份讚詞似乎並沒有使他免於更多的批評，甚至還使他承受了非他能夠料及的夾擊。

陳映真的政治態度，不但既不討台灣官方喜歡，而且也曾受到部分自由主義者的質疑。海外作家漁父便曾於一九八四年一月在《中國時報·人間副刊》發表〈憤怒的雲：剖析陳映真的小說〉，引發了一場引人注目的論戰。除此，近年來他也是分離主義者的攻擊對象。而他的小說作品對跨國企業的批判和對知識分子實踐問題的探討，雖為他繪出一張具有批判精神的容貌，卻也使他的寫作風格遭受敘事方式上的批評。

對於這些爭議，陳映真表示：

「我想，這場論戰的發生，是由於高估我在台灣的影響力，所以挑我作最大的目標來開刀。」

「你對漁父的批評有何看法？」

「我認為，彼此看法不同，可以討論，但是我不能同意嚴重曲解本地知識分子的現實處境。」

「對於分離主義者呢？」

「我知道在台灣的政治言論中，分離主義一直受壓抑，所以我自己很少寫文章攻擊他們。」

「你可不可能被兩方好辯之徒斷章取義放進此一爭辯架構中？」

「很可能。」

「你的小說常被評論家指為『概念先行』，以至於藝術性受到阻礙。你有什麼看法？」

「我們的社會正處於『國家機器—企業—外資』的三邊聯合體制與國家分裂狀態下，因此，文學的表現有其不同於其他強權地區的面貌，我認為，寫作技巧上不能盡以既有的模式為標竿。」

「你是說，你重視實踐上的啟蒙效果甚於創作上的藝術效果？」

「或許，不過我也不認為自己的作品沒有藝術性。」

「對於已經出版的《陳映真作品集》，你有何看法？」

「我很感謝王拓這些老朋友的好意，但坦白說，我覺得不好意思，到目前自己的書架上都不敢擺。」

由香港大學亞洲研究中心主辦的「陳映真的文學創作與文化批評研討會」，自八月四日起已在港大舉行。陳映真本人已在二日飛抵香港。他表示，此行之後，打算經由日本，再到美國，探望他的生父，目前還沒打算前往中國大陸。

作為一個作家，陳映真固有他的缺點；作為一個具有政治意義的公眾人物，陳映真當然不乏困境。但是作為一個知識分子，陳映真表示，他仍然勇於在爭議中堅守批判的立場。

初刊一九八八年八月八日《中國時報·開卷》第十六號第二十三版

1　本篇為「讀書·讀書人·讀書觀點」專題訪談。專訪、撰文：廖仁義。原刊題為「作為一個知識分子，我仍然勇於爭議中堅批判的立場」，今據內文末句增補「在」、「守」二字，成為現有標題。

〔訪談〕再燃上一支蠟燭

台灣著名作家陳映真訪談錄[1]

（一九八八年八月，香港）

我從「陳映真文學創作與文化評論國際研討會」上，揹回來一套《陳映真作品集》，十五冊，厚厚的一摞。

對於他和他的作品，我既陌生又似相識。大陸拍攝的一部根據他的原作改編的《夜行貨車》電影，我曾看到過。此後，我才知道了陳映真是台灣頗有名氣的作家。

他，好魁梧，更引人注目的是他那發達的腦袋，難怪朋友們稱他作「大頭」。他習慣抱著懷，笑瞇瞇的樣子，叫人感到親切。

他，是個男低音，據說他的歌聲很動聽，說起話來慢條斯理，謙和而睿智。

由表而即裡，我漸漸在心中掂出了他的分量，於是，我決定擠他點空兒找他一談。而為了這一談，我整整等候了一夜，他太忙了。

記者：陳先生，有些評論家說，您的早期作品可分為兩個階段，一九五九至一九六五年為第一個時期，您顯得憂鬱、感傷和苦悶；一九六五至一九六八年為第二個時期，您的感傷主義結束，呈現出一種比較明快的、理智的和嘲諷的色彩，是這樣嗎？如果是，那為什麼呢？

陳映真：是這樣，我在自己寫的一篇〈試論陳映真〉中，也是這樣分析的，這恐怕跟我的經歷有關。

我屬牛，一九三七年生於台北竹南鎮，我與哥哥是雙胞胎。小時候哥哥叫映真，我叫永善。我兩歲時過繼給三伯父，不幸的是，哥哥八九歲時得了腹膜炎，因醫療不及時而死去了。後來我搞創作時，為了紀念哥哥，就改名用「映真」。

小學二年級的時候，搬來了一對夫婦與我家做鄰居。一天我回到家，見走廊裡站滿了陌生的男人，鄰居太太在哭，哭得很淒慘，不一會兒，那先生就被人抓走了。臨走時，他走到我面前，按了一下我的頭。後來，他被槍斃了，聽說是南下工作團的。我的生父在光復後，任桃園小學校長。半夜裡我偶然醒來，見我們的父母在一頁一頁地燒書。那時候（一九五〇年左右），不少老師被突然抓走。我的父親因為推行國語，改編魯迅作品為劇本等等，也受到懷疑。那種恐怖的景象，我記憶很清[2]，對於我人生的道路發生了深刻的影響。

後來我進私立淡江文理學院外文系學英文，一九六二年畢業。這之前，我已經在讀魯迅的書——《吶喊》、《阿Q正傳》……每年都要讀一兩次，隨著年齡增長，理解也就愈深刻。我在舊書攤上，還接觸了巴金、曹禺和其他三十年代作家的作品，可是到一九四九年國民黨撤守台灣後，這些書不准進了，很難讀到大陸現代文學的書。

從大學一年級開始，我逐漸去找一些社會哲學方面的書籍來讀，比如艾思奇的書，政治經濟學教程，以至於毛澤東的書，馬列選集，那多半是用草紙製的，流傳到民間的。

我不是個政治化的人，但這些書對我影響很大，知道了共產主義是怎麼回事。後來，我讀到報告文學《西行漫記》，一抓到手就放不下，眼淚直掉，渾身發抖，我忽然覺得真對不起這個國家，我的思想產生了很大變化。

大學時期，我的朋友辦了一份《筆匯》雜誌，因為我讀中學時作文經常得獎，他約我寫小說，我便寫了〈麵攤〉，算是我的處女作。以後便陸續寫些東西，送給同人雜誌發表，後來又參與辦了《文學季刊》，正式參加文藝活動了。從我的經歷中，可尋找到我早期作品的思想軌跡。

記者：聽說陳先生一九六八年被捕，關了七年多，這段經歷對您的思想和創作有什麼影響呢？

陳：大學畢業後，我服了一年半的兵役，接著到中學當英語教師，後來又在一家美國公司做中層管理幹部。我一直沒有放鬆讀書，並和一些朋友成立了「讀書會」。以後，我們覺得，我們這些主張統一的，光讀書不行，光空談不行，得搞有組織的活動，結果搞了宣言、綱領、名稱，但啥事也沒做過。這時一個國民黨特務滲進來，把我們出賣了。一九六八年，當局以「顛覆陰謀罪」判了我十年刑，直到一九七五年，遇大赦才提前出獄。

這段時間，我對政治、社會、人生有了更深沉的思考。在獄中，我同每一個坐牢的人交談，瞭解社會和人的遭遇、命運，更審慎地回顧了五十年代以來台灣的歷史，這使我以後的創作題材和風格有了很大轉變，嘗試著從過去到現在的歷程中，尋找未來的希望。

記者：從您的創作，比如〈鄉村的教師〉、〈故鄉〉、〈永恆的大地〉等等作品中看，您所反映的社會是寫實的，人物卻是浪漫的，處理的態度是思辨的，語言卻是活潑的。這些作品包括您的一些評論文章，闡發的是什麼樣的文學主張呢？

陳：我深受三四十年代中國現代文學的反帝反封的現實主義影響，在切膚的生活感受中，我的血液存在有對非現實主義的免疫的東西，因此，我在創作中努力去反映台灣的現實，反映人在資本主義制度中的異化，反映台灣籍人與外省人的關係，反映社會中人的處境，以及外來文化對台灣所起到的影響和作用等等。

在文學理論上，我認為大陸、台灣文學同屬第三世界文學。日本統治台灣整整五十年，日本文化的滲透相當深，我提出台灣對日本文化並沒有很好地批判等問題。台灣當局在所謂「國家安全體系」下壓制民主、人權、工人和學生運動，對此我提出了「批判現實主義」的文學主張。

這些問題，在島內也引起了爭論。

記者：您是今年四月在台灣成立的「中國統一聯盟」主席，我想知道，您對兩岸文化交流有些什麼期望？

陳：兩岸的交流，現在只限於旅遊和經濟。我是重視相互往來的，一九五〇年以後出現的長期的斷絕局面，在日本統治台灣時期也不曾有過。社會、人的斷絕，彼此敵對宣傳，使感情疏遠了。商貿的自然發展，探親、旅遊的自然發展，是填補海峽兩岸空缺的重要一步，但文化作為民族感情的交流，會召喚整個民族的記憶。有組織、有計畫、有步驟地進行交流，對增進兩岸民眾互相理解有很大好處。

兩岸人的交流是很重要的，這次見到來自大陸的許多人，雖然是跟大陸人第一次見面，但不覺得陌生，好像從來沒有分隔過，自然得很，距離也並不像有人說的那麼遙遠。我認為，類似這樣的討論會多開一些，會有助於兩岸文學的理解。理解才能團結、和解。音樂、曲藝、宗教等等也應加強交流，台灣的宗教就是從閩南來的。最近幾年，大陸的電影在台灣引起轟動，台灣比較講究藝術，大陸電影的民族風格、氣魄，對台灣是一種挑戰。

在交流中有一點要注意，對台灣有衝擊力的是在民族特色的基礎上有所發展的東西，而不是洋人的東西。洋人的東西台灣學得、見得多了，如果把一些學得不三不四的東西拿來，會挨罵的。

記者：您是台灣本省人，是否也想過到大陸去看看？

陳：我很希望回大陸看看。我的內人是福建長樂人，她還有舅舅在家鄉。適當的時候，我準備回大陸走走。

初刊一九八八年八月三十、三十一日《人民日報・副刊》（海外版）第七版

1 作者：李克夫。

2 原文如此，疑應為「清楚」或「清晰」。

親愛的劉賓雁同志……

1

大約在八〇年代初，台灣《中央日報》上刊出劉賓雁著名的報告文學作品〈人妖之間〉。我第一次讀到劉賓雁作品，便是在這時候。〈人妖之間〉給了我這三方面的震撼：

（一）建立政權後的中共權力，經過三十年，竟而形成了這樣一個敗壞的、「前．現代」的官僚主義結構，讓一個在台灣社會中應該會成為「女強人」的王守信，買通黑龍江省，也幾乎買通了全中國。這是頭一次讓我具體地理解到中共官僚主義權力在特權利益中增殖和蔓延的報告，令我感到震驚。

（二）幾乎同樣叫人震驚的是，這樣一個官僚主義權力結構，竟而也有一個空隙，讓「右派翻身」的劉賓雁存在，容許他去調查這一項龐大的貪汙瀆職事件，而且還容許他在黨機關刊物《人民日報》上發表，也容許〈人妖之間〉在中國大陸以外地區發表。

（三）〈人妖之間〉也第一次使我認識了報告文學（reportage）的形式與內容。詳實艱苦的調查，經過作者明確的思想社會立場，以文學的敘述技巧，以報導的形式做成報告。這引起我對於報告文學濃厚的興趣。

一九八六年以後，我陸陸續續讀到另一些劉賓雁的報告文學作品。一九八七年，我第二次在愛荷華，更加有系統地搜讀劉賓雁的作品。經過劉先生口傳的授權，人間出版社在台灣出版了三卷作品集。

兩次錯失終於會面

八〇年代初讀過〈人妖之間〉後，又在一個偶然的機會中，在台灣讀到了如今已經停刊的香港《開卷》雜誌裡一篇訪問劉賓雁的文章。我這才又知道，劉賓雁是個有鮮明的思想系統的人。即使在海峽阻隔的當時，也油然地想要一見這樣一位在體制化的社會主義權力下吃盡了苦頭，而猶對人間解放抱持著不渝的堅信，並奮勇鬥爭的報告文學家。

一九八三年，我和劉賓雁皆受邀參加美國愛荷華大學「國際寫作計畫」。劉賓雁順利成行，而我卻被政府拒絕出境的許可，錯過了相見的機會；一九八七年，香港文學藝術協會也同時邀請劉賓雁和我。這回我得以出境，卻又輪到劉賓雁的出境被中共權力所否定，我們錯過第二次相見的機會。記得去年訪港時，朋友們帶我去看落馬洲，瞭望大陸。我看著遠處那像極了台灣農村的大陸國土，不由得想起了當時在政治上遭到嚴重困難的劉賓雁，在電視記者面前說了一些真摯關切劉賓雁的話……

今年八月三日晚，我和朋友們到啟德機場迎接美國洛杉磯專程來港的劉賓雁時，在鑽動的人群中，回憶兩次「失之交臂」的會面。約莫半個鐘頭後，劉賓雁在一片錯雜的閃電似的鎂光燈中出現。「看哪，這個人！」我站遠處，激動卻無聲地對自己說。他身材偉岸，頭髮灰白，不停地和迎接他的朋友握手笑語。我凝視著他向我的方向走來。在出版物上看過好幾回了的劉賓雁的臉，和逐漸在我的視域中清晰起來的劉賓雁本人，只有一個差異：眼前，是活生生的、具體的劉賓雁。

我們終於相對而立，互相含笑凝視。「我們早該見面的。我和陳映真。」他說。他把右手上人家獻給他的一束玫瑰交給左手。我們握手，然後互相擁抱。

四十年分斷的祖國。四十年分斷的文壇。四十年在兩地又迴異又相似的命運和抵抗。這會面，於我是個人的大事，但沒有兩岸歷史的變化，這私人的願望，又似乎絕無法達成吧！

港大善意的安排劉賓雁和我住在有兩套臥室的住所，王拓和延亮住進來以後，劉賓雁和我共用一房。但他忙著出席記者會、歡迎會，忙著和急著見他交換對大陸形勢的憂愁和關愛的大陸青年、傳播界見面，忙著香港各界談話，聽取會報。「映真，反正我們還在美國見。到美國，我們好好談。」他說。

重申政制需要改革

在香港，他發表了不少意見。

關於社會主義，他說：「沒有自由，沒有知道情況的自由，沒有批評的自由，就沒有社會主義。沒有人道主義，沒有對人格的尊重，就沒有社會主義。」他說雖然一時的偽社會主義把人民和知識分子推向另一個極端，嚮往資本主義，但「像中國這種一個幅員大、人口多的國家，經不起資本主義的剝削、浪費、縱容、資源浪費、失業、社會不公道德沉淪所造成的衝擊」。他相信人類終能經由真實的社會主義消滅剝削、不公，創造更好的世界。他說中國大陸在三、五年內還有困難，但他相信改革會成功。他說一個由集體所有、鄉鎮所有和一部分私人所有的新體制會使中國有「更多的自由，更多的社會主義」。

關於民主政治，劉賓雁不斷重申中國當所為政制需要調步改革[2]。他以為，現在中央在組織上有了改變，但在中國大陸的官僚主義之下，人事制度有很大的問題。好的幹部和人才不容易發現，不容易出頭。幸而被領導發現了，也容易受到其他派別排擠。「中國社會現在階級關係有了變化。搞私營企業的人們，在政治上也要有代表。」他說。他認為成立新黨是不可能的，但是現有的民主黨派可以發展，實際上，百分之七十的民主黨派內部成員換成新一代青壯人員。

這次劉賓雁在海外，講的最多的是中國大陸發展一個獨立的、自由的報紙的可能性和必要性。他說當前大陸報紙失去了指導社會的權威性和可信性。「甚至幹部都認為要有一個新的、自由的、社會主義的大報。」劉賓雁說，「在沒有反對黨的條件下，一個自由、獨立、公正的報紙可以發揮巨大的監督作用。」他說問題不能永遠擺在社會底層。「它會腐敗、潰瘍，終至爆發為嚴重的困難。在目前，中國大陸的新聞自由，靠有心的記者去擴充。一旦有所擴充，官方默許了，新聞自由就增加那麼一分。但是現在的輿論只對付社會的小犯罪。這還不夠，輿論要為人民揪大老虎打，不能只拍蒼蠅。」他說。關於學生上街示威，他基本上是支持的。「像我們這樣一個國家，歷史上，民族和社會面臨嚴重問題和困難，學生的感覺最敏銳的。」他說，「學生運動幾次在我們的歷史上推動了改革，喚醒人民搶救我們的祖國。」

關於國家統一的問題，他以為目前已經在逐步發展的兩岸經濟和文化的來往，是最具體的發展。「共產黨在變，中國的社會也在變。你們別那麼駭怕一九九七。」他笑著說，「到那時，中國（大陸）肯定不是今天的樣子。要從變化的觀點看歷史吧。」許多香港人在一九九七之前忙著辦移民。「現在我們有困難，有問題，人要走，連我都無法勸服人不要走。」他說，「但中國現在正是年年一小變，三年就一大變。長遠看，中國（大陸）一定會變得更好。改革、民主化和進步，基本上會成功的。」他說。

為祖國現狀憂心

在八月六日的公開對談上，在他的歡迎會上，在香港的報紙上，我看到這真實的劉賓雁：為祖國的現狀憂心如焚，可又那麼「無可救藥地樂觀」；對中國大陸的現狀，了無忌憚地批評，卻絲毫不自外於那一片多難的土地。他真摯、耐心地傾聽別人的意見，記在筆記本上；對年輕、不怎麼成熟的香港記者熱心回答問題；他不斷地把他的時間分給需要的人們，每天精疲力竭地爬上床。

當客人都走了，我和劉賓雁開始互相交換海峽兩岸的政治和社會情況。「說實話，我們的政治問題吸引了我們大部分的注意力。」有一回，劉賓雁一陣沉吟之後，這樣對我說，「我和我們一些切望改革的知識分子，比較少去想資本主義因素所能造成的弊病……」

在他的坦誠之前，我沉默了。對於在香港看來尤其嚴重的、當前中國大陸的經濟和財政問題，劉賓雁和一些大陸關心的知識分子，比較集中地把問題的根源放在當前大陸政治體制上，卻比較少有關於世界經濟既定結構，關於把比較緩慢的大陸經濟納入世界體系，關於市場經濟的條件不足下發展市場經濟，關於後進之黨官僚主義權力支配現代資本、預算、借款所產生的重大問題……這些思考。大陸改革派知識分子，在「左」派「偽馬克思主義」的「保守派」前，被迫陷入不能批評當前「改革開放」主義中，權力在巨大獨占利益、在增殖所造成的物質的、精神的和人的巨大矛盾。

在趙紫陽提出「國際經濟大循環論」和「社會主義初階段論」的時期，劉賓雁被迫逐出共產黨之門。從那時起，我就在想，向著世界資本主義急遽開門的中國大陸，劉賓雁如果有調查和報告的自由，他將如何發言呢？

然而，對於劉賓雁，我是懷著信心的。他就親自對我說，這次出來，他對自己的任務之一是「把新的馬克思主義搞一搞，把它弄清楚」。

沒有了黨證的劉賓雁，至此不但在情感上，也在思想上，和我成了同志。是的，親愛的，親愛的劉賓雁同志，祝願您為中國人民，為中華祖國，硬朗、樂觀，勝利地奮鬥不息……

初刊一九八八年九月《人間》第三十五期

1 本篇為「人間海峽兩岸對談」系列之二。

2 「當所為政制需要調步改革」，原文如此。

聲援胡秋原先生說明會紀實 1

編者按：中國統一聯盟名譽主席胡秋原先生訪問大陸，在北京期間曾三度進入人民大會堂同中共方面重要人士有所晤談，此事引起台灣主張「台獨」與「獨台」者的驚惶疑懼，竟群起發動對胡先生的誣蔑攻訐，而國民黨中常會亦率爾開除胡先生的黨籍。統聯特於九月二十三日下午七時假台北市耕莘文教院舉辦聲援胡秋原先生說明會，請到繆寄虎教授報告胡先生北京之行的經過，並請到耿榮水、毛鑄倫、陳映真、王曉波等諸先生發言評論，其內容如後。

在美國帝國主義的控制下，台灣的地位已到了非常可笑、可悲的地步。很遺憾的，如今在台灣，連平素熱衷自由、民主、人權的部分人士，也是竟然用已經多年聽不到的「匪」來形容胡先生之事為「通匪」、「資匪」。國民黨現在都不太講的，這些素以自由民主人權之士自居的人，居然就冒出這樣的話來。剛剛毛先生說過，台灣變成世界二大陣營當中，全球戰略上的美國的基地國家。這一次，國民黨已經暴露了國民黨跟他表面上的反對者，在反共，以及絕對化的反中國、反華、反統一的意識形態上，是完全一致而且密切聯繫的。

第二，我們要來談談四十年來享盡風光的、在台灣的自由派學者跟新聞記者吧。這些所謂「自由派」，我個人見識過，在一九七七年鄉土文學論戰之時，這一群掛著笑瞇瞇的臉的自由派學者，像余光中、彭歌等，全是留洋的，洋文滾瓜爛熟的，在《文星》、《自由中國》上寫文章，讓人覺得他們是大自由派。可是在鄉土文學論戰以後，他們的狼尾巴便很可惜的馬上露了出來，而且還抖個不停。那麼這一次因為「胡秋原事件」，我們看到了很多的評述，原都是主張自由民主的，在祭起「血滴子」，扣起人家帽子時，比警備總部還兇，這給了我們一個大教訓。然而，在平時他們並不是沒有跡象的。譬如說，某一家報紙曾請他們回來開會，大談大陸與台灣。在中國大陸最困難的時候，他們沒在中國大陸；在台灣為著民主奮鬥時，他們也不曾在我們旁邊加加油，他們一直在美國。現在情況好了，他們便回來指指點點，把咱們中國統一的事情，將他自己置身於所謂「客觀」(局外)的立場來談，說什麼對大陸的感情是浪漫情懷，這也是「李大哥」所說的，說什麼「統一要慢慢來呀！」、「不能一頭熱呀！」。甚至無恥的，以韓國學生那種堅定悲壯的愛國情懷來說「你看看吧，愛國過了頭，社會就會動亂」。還有這類的奇譚怪論，偏偏是由那些看起來很有學問的、喝過洋水的人回來告訴我們的。我想這也給我們上了一課：留洋學者「大爺」的話，我們不見得要聽。

第三，我想比較沉痛的是，剛剛幾位學者也談到了，四十年來美國勢力在台灣盤根錯節，已經深化到不曉得什麼地步。美國一直希望創造一個親美、反共、非共的，或者與中國保持長久斷絕的台灣，這是他一貫的政策，也是全世界其他非共地區的重要政策。這政策大致有三個秘訣：

第一個秘訣，製造一個親美的、軍事法西斯的政權，用高壓來統治；第二個秘訣，另外一隻手則支持此政權的反對派，來牽制他；第三個秘訣是，徹底的剷除那個地方的、反美的、民族主義的勢力，不惜用殘酷的手段，從一九四七、四八年一直到現在，在全世界各地做這些事。人家是二手，美國卻有三隻手。這些動作，美國無非是用賄賂、收買、套牢的方法，在每個政權中，他利用黨、政、軍、特務，無所不用其極。其次就是所謂的留美政策、獎學金政策、基金會政策，用來回機票招待你，你去那裡跟洋大人講「洋話」，談學問，就這麼倒過去了。還有，ＣＩＡ恐怕是無所不在的，或用金錢收買，或等而上之的送你地位，給你在美國的種種好處。或把反對者叫到一邊去，說「你放心造這個政權的反，有事情我老大哥負責」。一九五〇年後，在世間已不曉得上演了幾部這種戲。偏偏就一直有人不能覺悟，一直覺得說只要有美國老大哥的大腿讓我們抱著，台灣就沒問題。在這樣的情況下，台灣至今已被美國搞得不像人樣，而且發生前所未有的，中國人在中國自己的土地上主張不要民主統一與復興。一個「反對中國」和反華的最大的合唱團，就在台灣。

我想，針對此事，任何善良的、內心殷切盼望中國早日復興，在和平、民主條件下統一的中國人，都不能再坐視下去了。今天國民黨開除胡秋原的黨籍，不只是傷了那些真正的、愛國的黨員的心，也傷害了一切善良的、正直的、希望中國有一天能站起來的、全世界的中國人的心。為什麼？因為這個黨過去一直遮遮掩掩，我們不能確認其真正意向，現在他已暴露了他不願統一的真面目，他只想在美國人胯下過幾天舒服日子，而把我們全民族的光榮與苦難，全部忘掉。

我想傷心恐怕也是一種好處，讓我們知道必須自己想辦法。而在台灣長期以來，舉目上下以國家統一為恐懼、以民主統一為骯髒字眼的情況下，胡先生以一介書生，幾十年來如一日，為了中國的復興、民主和平的統一而奮鬥不懈。我個人就是因為這位老人家的風範，而受其吸引。這樣的一位老者，他的生理年齡雖大，但他對於民主的信念，對於民族復興的深切希望，卻是永久青春的。在這樣的狀況下，我想是相當嚴肅的時刻，在台灣的真誠的愛國的統一派，可能今後起，在這麼多的阻力下，在美國「老大哥」、民族分裂主義者、假統一派，以及那些哼哼哈哈、回來指指點點的留美學者這麼大的勢力之前，我們可能暫時是有些困難的。可是中國人民要求民族復興、團結、和平的潮流，是任何力量所不能阻擋的。讓我們團結起來，奮鬥下去！

我個人曾因為小小的政治原因，而失去過自由，至今當然是仍有餘悸的。可是如果我們的民族已經到了這個地步，台灣的情況已至若此，那麼我要用安靜的心在這裡向大家說，我願意再坐一次牢！

初刊一九八八年十月《中華雜誌》第二十六卷總三〇三期

1 此篇〈紀實〉署名中國統聯。本文僅錄陳映真（時任統聯主席）在說明會中的發言。同年十月七日下午七時，中國統一聯盟舉辦第二場聲援胡秋原先生說明會，由陳映真主持，主講人為繆寄虎及陪同胡秋原參訪中國大陸的曾祥鐸，評論人有蘇慶黎、張世傑、王曉波、唐建國等；此次說明會內容刊於一九八八年十一月《中華雜誌》第二十六卷總三〇四期。

陳映真全集（卷十）

THE COMPLETE WRITINGS OF CHEN YINGZHEN (VOLUME 10)

作者　陳映真
全集策畫　亞際書院・亞太／文化研究室
策畫主持人　陳光興、林麗雲
執行主編　宋玉雯
執行編輯　楊雅婷
版型設計　黃瑪琍
排版／印刷　中原造像股份有限公司

出版者　人間出版社
發行人　呂正惠
社長　陳麗娜
總編輯　林一明

地址　108台北市萬華區長泰街五十九巷七號
電話　886-2-2337-0566
傳真　886-2-2337-7447
郵政劃撥　11746473・人間出版社
電郵　renjianpublic@gmail.com

初版一刷　二〇一七年十一月
定價　一萬二千元（全套不分售）
ISBN　978-986-95141-3-2

國家圖書館出版品預行編目（CIP）資料

陳映真全集／陳映真作．-- 初版．-- 臺北市：
人間，2017.11
23冊；14.8 ×21 公分

ISBN 978-986-95141-3-2（全套：精裝）

848.6　　106017100